누나
노릇

누나

2020 환상문학웹진 거울 대표중단편선 2

노릇

아작

차례

에일-르의 마지막 손님

해도연

오징어먹물 스파게티

"오늘도 수고했어."

집 안으로 들어와 현관문을 닫기도 전에 검은색 앞치마를 입은 아내가 부엌에서 가벼운 발걸음으로 달려와 말했다. 그러고는 비닐장갑을 낀 손을 바깥으로 돌리며 내 어깨를 사뿐히 안아줬다. 아내의 하얀 목에서 며칠 전 사줬던 라벤더 향수의 향기가 흘러내렸다. 비린내가 났다.

"냄새나지? 옆 칸 식당에서 다음 주부터 오징어먹물 요리를 시작했다는 거야. 그래서 오늘 시식용으로 쓰고 남은 먹물을 좀 가져왔어. 먹물이라고만 말하니까 좀 이상하네, 그렇지?"

아내는 작은 입웃음을 보이고는 내 눈을 보며 말했다.

"그래서 오징어먹물 스파게티 만들어봤어. 근데 비린내가 잘 지워지질 않아서 좀 걱정이야. 이것저것 많이 시도해보기는 했는데 자꾸 신경 쓰이네. 그래도 맛은 괜찮아!"

명동의 백화점 푸드코트에서 보조요리사로 일하는 아내는 그렇게 종종 남은 재료를 가져와서 요리를 만들어주고는 했다. 붙임성 있는 성격 덕분에 다른 칸 식당에서도 재료를 얻을 때가 많아 가끔 난해한 정체성의 요리를 만들기도 했는데, 두꺼운 크림치즈 아래에 코코넛 밀크를 잔뜩 넣은 그린카레와 고수로 감싼 튀김두부가 뒤섞여 있는 그라탕은 그 절정이었다.

가방을 바닥에 내려놓고 아내를 따라 부엌으로 들어가자 조그만 식탁 위에 검은 면발이 가득 담긴 접시가 놓여 있었다. 의자에 앉아 접시 밑을 만져보니 먹기 좋게 따뜻하면서도 적당히 식은 상태였다. 아내가 어디선가 파슬리 가루를 꺼내 내 접시 위에 뿌리며 스파게티를 장식했다. 마른 파슬리 조각들은 검은 면 위에 다닥다닥 달라붙으며 조금씩 기름기를 빨아들였다.

"당신 파스타 좋아했잖아."

아내가 의자에 앉으며 말했다. 이번엔 자기 접시 위로 파슬리 가루를 뿌렸다.

"그래서 당신이 저녁 당번일 때 맨날 파스타만 만들어서 내가 투덜대고는 했었는데…. 맛이 없었다는 건 아냐. 그래도 일주일에 서너 번씩 스파게티만 먹으면 질릴 만도 하잖아. 그래서 내가 질렸다고 하니까, 그다음엔 면만 스파게티에서 페투치니로 바꾸질 않나."

아내는 잠시 키득거리다가 웃음을 멈추고는 엉덩이를 살짝 들어 올려 의자 위치를 가다듬었다.

"근데 왜 요즘엔 안 만들어? 당신도 이제 질려버린 거야?"

내 대답을 기다리는 듯 잠시 말을 멈추고는 포크를 집어 들어 검은 면을 가볍게 섞었다. 오징어먹물 스파게티가 접시 밑바닥에 감추고 있던 열기를 드러내며 하얀 김을 내뿜었다. 아내는 먹기 좋을 만큼 면을 포크에 감으면서 말했다.

"얼른 먹어봐. 스파게티가 다시 좋아질지도 몰라. 당신이 갑자기 안 먹으니까 내가 먹고 싶어지더라."

기다란 면이 포크에서 늘어져 여전히 접시에 닿아 있었지만, 아내는 신경 쓰지 않고 고개를 조금 숙이더니 포크에 감긴 면발 덩어리를 목구멍 깊숙이 빨아들였다. 아내의 작고 도톰한 두 입술 사이로 새카만 면발 여덟 가닥이 목 아래까지 내려와 출렁거렸다. 바다 깊은 곳에 사는 괴물 같다는 생각이 들었다. 하지만 아내는 여전히 아름다웠다. 검은 머리카락은 뒤로 묶고 있었지만 몇 가닥이 새하얀 이마 위로 빠져나와 아내의 고개가 움직이는 리듬에 맞춰 흔들렸다. 아기자기한 입술은 어느새 먹물 색으로 물들었다. 가냘픈 턱 너머로 보이는 가슴 언덕 사이에는 보드라운 그림자가 살며시 드리우며 앞치마 아래의 깊고 어두운 계곡으로 흘러 내려갔다. 세상에 이처럼 칠흑같이 아름다운 괴물이 있었던가.

오징어먹물 스파게티를 내려다봤다. 별다른 감흥이 없었다. 지난 석 달 동안 면은 입에도 대지 않았다. 먹을 수가 없었다. 보는 것만으로도 역겨웠다. 세상에 그렇게 혐오스러운 가짜 음식이 존재한다는 게 믿기지 않았다. 아내가 만든 오징어먹물 스파게티. 하얀 접시 위에서 검은 면발들이 몸을 섞고 있었다. 집단 교미하는 벌레들 같다. 하지만 가짜다. 모두 살아 있는 진짜 면을 본 적이 없다. 먹어본 적도 없다.

"…먹을 생각 없어?"

아내가 천천히 고개를 들며 말했다. 포크를 든 손을 살며시 식탁에 내려놓고는 염려 어린 시선을 보냈다. 나를 바라보는 아내의 크고 둥그런 흑갈색 눈동자는 포크를 들지도 않은 내 모습을 애처롭게 담아내고 있었다. 아내는 진심으로 나를 걱정하고 있었다.

"오늘 무슨 일 있었던 거야? 식욕이 전혀 없어 보이네."

나는 잠시 뜸을 들이고 대답했다.

"아니, 그런 건 아니고…. 갑자기 생각난 게 있어서."

아내는 포크를 식탁에 내려놓고는 의자를 밀고 일어나 내 왼쪽으로 다가왔다. 그러고는 희고 긴 팔로 내 어깨를 두르고 부드럽게 말했다.

"오늘 파스타 만드는 게 아니었어? 혹시 그동안 일부러 피하고 있었던 거야?"

아내의 팔은 길고 가늘었지만, 식당의 무거운 식기들로 단련되어 언제나 유연하면서도 힘이 들어가 있었다. 아내는 가냘픈 몸을 내게 붙이며 새하얀 촉수 같은 양팔로 내 목과 가슴을 감쌌다. 섬세한 짜릿함이 뒷덜미를 타고 올랐다.

"별거 아니야. 나도 그동안 파스타를 안 먹고 있던 걸 잊고 있었거든. 당신이 말해줘서 왜 그랬을까 생각하던 중이었어."

나는 대충 둘러대면서 포크를 들어 면을 휘저었다.

"맛있어 보여."

포크 끝에 면을 휘감고는 입속으로 가져갔다. 구역질이 났다. 내장에 담긴 모든 것이 꿈틀거리며 삼키기를 거부했다. 하지만 억지로 질겅질겅 씹어가며 입속 모든 근육을 동원해 조각난 면을 목구멍 속으로 집어넣었다. 한 번에 좀 많이 감아올린다면 대여섯 번 정도로 접시를 비울 수 있을 것 같았다.

아내는 애매한 눈웃음을 보이고는 슬며시 자리로 돌아가서는 의자에 앉았다가 엉덩이를 들어 올리며 위치 바로잡기를 몇 번 반복했다. 내가 어떤 표정을 하고 있었던 걸까?

"다음엔 더 맛있게 해줄게."

아내는 물을 한 모금 마시더니 다시 포크를 집어 들었다. 나는 면을 감아올리며 아내를 바라봤다. 표정에는 얕은 실망감이 묻어나 있었지만, 포크를 움직이는 손놀림은 여전히 힘차고 건강해 보였다. 내가 포크에 감긴 면을 입으로 집어넣을 때 즈음, 아내는 작은 고민거리를 떨쳐내듯 고개를 좌우로 가볍게 흔들고는 다시 나를 바라봤다. 활짝 웃었다. 언제나 그렇듯, 아내는 아름다웠다.

케이프타운, 남아프리카공화국

3개월 전, 나는 일 때문에 남아프리카공화국 천문대의 서덜랜드 관측소로 향하고 있었다. 공항에서 나와 남아공 천문대 본부가 있는 케이프타운에서 하룻밤 묵은 후 서덜랜드로 가는 셔틀을 탈 예정이었다. 하지만 도착한 날 저녁부터 갑자기 쏟아진 폭우가 도로를 삼켜버려 며칠 밤을 케이프타운 변두리의 게스트하우스에 머물게 됐다. 강이 범람하고 사고가 이어지자 결국 출장은 취소되었고 바로 다음 날 비행기로 돌아가게 되었다.

아무런 실적도 성과도 없이 돌아가기엔 아쉬워서 마지막 밤을 어떻게 보낼까 고민하다가 게스트하우스 호스트의 저녁 식사 초대를 정중히 거절하고 혼자 길거리 모험을 하기로 마음을 먹었다. 낯선 식당에 들어가 듣지도 보지도 못한 음식을 먹어볼 생각이었다. 그리고 그날 밤, 나는 신의 음식을 맛보았다. 그것은 인간이 만든 음식, 지구의 음식이 아니었다.

재킷을 걸치고 게스트하우스 문을 나서자 하늘을 향해 우뚝 솟은 테이블 마운틴이 빗물 폭포를 쏟아내며 나를 맞이했다. 주변에 고층 빌딩 하나 없었기에 새하얀 물줄기를 뿜어대는 테이블 마운틴은 대지의 거대한 생식기처럼 보였다. 케이프타운에 이런 규모의 호우가 온 건 역사에 없었다며 이상기후를 떠들어대던 방송은 요 며칠 사이 많이 줄어들었다. 대신 갑작스럽게 불어난 강물이 사람과 집을 여럿 휩쓸고 갔다는 좀 더 현실적인 이야기가 텔레비전에서 흘러나왔다. 도로변을 걷고 있으니 세계 곳곳의 구호단체들이 보낸 물품들이 케이프타운 공항에 도착해 트럭에 실려 도로를 달리는 모습도 자주 눈에 띄었다.

게스트하우스에서 나와 옵저베이터리 가(街)를 따라 해지는 방향으로 잠시 걸어가면 케이프타운의 빈민가 사람들과 중산층 주민들이 뒤섞이는 다운타운에 들어갈 수 있다. 물론 층마다 실외 수영장이 딸린 아파트에 사는 부유층들은 이곳 근처에도 오지 않는다. 사람 키만 한 벽 하나를 사이에 두고 나누어진 빈민가와 고급주택가의 모습을 비행기에서 내려봤을 때의 느낌은 잊을 수가 없다. 아무튼, 덕분에 다운타운은 부유층을 제외한 폭넓은 계층의 사람들이 돌아다니고 있어 그럭저럭 괜찮은 음식을 나쁘지 않은 가격에 먹을 수 있었다.

서쪽 하늘이 붉어지기 시작하자 나는 발걸음을 서둘렀다. 시에라리온과 비교하면 케이프타운의 치안은 그리 나쁘지 않았다. 하지만 그래도 어둠이 내리기 시작하면 외국인, 특히 아시아인이 혼자 돌아다니기엔 그다지 안전한 곳이 아니었다. 다운타운으로 향하는 다리 위에 오르니 이번 호우가 얼마나 대단했는지 실감이 되었다. 며칠 전까지 다리 아래에는 작은 개울과 철로 여러 개가 지나가는 역이 있었는데 지금은 발아래 2미터 정도까지 흙탕물이 굉음을 내며 거칠게 흐르고 있었다. 강물이 작은 역 하나를 통째로 집어삼킨 것이었다. 살 떨리는 오한이 팔뚝을 감싸자 강물 소리가 괴물의 포효처럼 들렸다.

다리가 끝나자마자 길 건너편에서 웬 작은 체구의 흑인 청년 한 명이 다가와서는 "헤이, 유!"를 외치며 웃는 얼굴로 내게 주먹을 내밀었다. 조금 당황스러웠지만 일단 나도 주먹을 내밀어 살짝 부딪히며 인사를 했다. 누추한 옷차림으로 봐서는 다운타운 주민인 것 같았다. 청년이 짧은 영어로 말을 하기 시작했다.

"여기 사람 아니죠? 케이프타운 처음 왔어요? 어디서 왔어요?"

"처음 온 건 아니고…. 한국에서 왔어요."

나는 적당히 대답하고 빠져나가고 싶었다.

"한국! 여기 한국 사람 잘 안 와요. 한국 사람도 없어요. 어디 가고 싶은 곳 있어요? 내가 여기 안내해줄게요."

그는 대답할 틈도 거절할 틈도 주지 않고 내게 어깨동무를 하고는 길을 걷기 시작했다. 안타깝게도 내게는 웃는 얼굴 앞에서 정색한 얼굴로 거절할 용기가 없었다. 그는 이 주변의 작은 골목길까지 모두 파악하고 있었다. 작은 길을 이리저리 통과하며 보이는 모든 것들을 설명하기 시작했다. 이 길로 가면 학교가 있고 저 길로 가면 유명한 스시 가게가 있다. 스시가 한국 음식이었나? 아, 일본이구나. 한국 음식을 하는 곳은 본 적이 없는 것 같다. 저 길에서 오른쪽으로 가면 벽에 그림 그리는 길거리 예술가들이 모여 있는 곳이 있다. 난 그들이 정말 예술가라고 생각해. 경찰들은 싫어하지만. 오늘은 좀 늦었지만 밝은 낮에 가보면 정말 멋진 그림들이 벽을 뒤덮고 있다. 내일 한 번 가봐.

아니, 난 내일 비행기를 타고 여기를 뜰 거야. 청년은 쉬지 않고 떠들었지만 나는 대충 흘려 들으며 빠져나갈 방법을 생각했다. 하지만 적당한 핑곗거리가 생각났을 때 즈음, 청년이 설명을 멈추고 낮은 목소리로 다른 얘기를 시작했다.

"사실, 나 당신 도움이 필요해요."

오, 세상에.

"나 집이 없어요. 저기 공장 창고에서 잠을 잤었는데 비 때문에 이제 못 들어가요. 물에 잠겼거든요. 오늘은 온종일 음식도 못 먹었고…. 전 원래 이런 거 안 해요! 나쁜 사람들은 칼이나 총 들고 아시아인 돈을 뺏어요. 난 폭력 싫어요. 그런 사람들도 싫어요. 하지만 오늘은 정말 잘 곳이 필요해요. 친구가 10랜드만 주면 자기 자리에서 재워준다고 했어요. 그리고… 배도 너무 고파요."

10랜드면 천 원 남짓이다. 나는 바지 주머니를 뒤지며 말했다.

"미안해요. 사실 여기 혼자 돌아다니는 건 위험하다고 해서 아무것도 안 가져왔어요. 물론 지갑도 두고 나왔고. 그냥 산책 나온 거라…. 그래도 주머니에 잔돈이라도 있으면 줄게요."

바지 주머니를 뒤집으며 아무것도 가지고 온 게 없다는 걸 보여줬지만, 그는 실망한 기색을 보이지 않았다. 오른쪽 바지 주머니에서 꺼낸 걸 손바닥에 펼치자 동전 몇 개가 보였다. 6랜드 50센트. 내가 건네주기도 전에 그는 동전을 모두 자기 손바닥에 쓸어담았다.

"고마워요, 고마워요! 신이 당신을 축복할 거에요."

그는 들뜬 표정으로 몸을 들썩이며 말했다.

"좋은 저녁 보내길 바래요. 아, 그리고 저기 파란 건물 너머로는 가면 안 돼요. 거긴 진짜 갱들이 있어요. 무서운 사람들이에요. 총이랑 칼도 가지고 있어요."

"고마워요. 조심할게요."

나는 애매한 웃음을 보이며 고개를 끄덕였다. 그는 이번에도 주먹을 내밀었고 나는 다시 한 번 그와 주먹을 맞부딪혔다. 그는 고맙다는 말을 몇 번 더 반복하더니 뒤돌아서는 우리가 걸어 온 길을 되돌아갔다. 잠시 걷다가 그가 뒤돌아보며 소리쳤다.

"파란 건물 오른쪽으로 내려가면 근사한 식당이 잔뜩 있어요! 저녁 맛있게 먹어요!"

내가 저녁을 먹을 거라는 건 어떻게 알았을까? 나는 방금 지갑도 가져오지 않았다고 얘기했는데. 그저 해 질 녘의 인사였을 뿐일까? 그가 다시 가던 길을 걷기 시작하자 나는 뒤돌아서 재킷 왼쪽 안주머니에 있는 두툼한 지갑을 다시 확인했다. 정확히 1,500랜드가 들어 있었다. 나는 어디서 저녁을 먹을지 잠시 고민하다가 그가 알려준 파란 건물 오른쪽 길로 걸어갔다. 남아프리카까지 와서 굳이 스시를 먹고 싶지는 않았다.

정말 근사한 식당 거리였다. 좁은 내리막길을 따라 자그만 가게들이 개성적이고 알록달록한 간판을 좌우로 내걸고 늘어서 있었다. 사람 가랑이 높이까지 오목한 곳은 모조리 흙탕물이 차지하고 있고 멀쩡한 유리창이 하나도 없으며 진흙 묻은 의자와 테이블이 길거리에 아무렇게 던져져 있다는 걸 무시할 수만 있다면 기념사진이라도 찍었을 것이다.

실망이 식욕을 묻어버리려는 순간, 향기로운 음식 냄새가 차가운 밤공기 사이에서 흘러나왔다. 홍수 속에서 살아남았거나 빠르게 복구한 식당이 있는 것 같았다. 하지만 10분 정도 냄새를 따라 길을 내려가도, 문을 연 식당은 찾을 수 없었다. 어느새 어둠이 내려와 거리를 덮기 시작하자 계속 멀쩡한 식당을 찾아다니기엔 밤길이 조금 무서워졌다. 그냥 슈퍼마켓에서 간식거리를 사서 돌아갈까 하던 참에 얼마 떨어지지 않은 식당 건물 틈 사이로 빛이 새어 나왔다. 내가 발걸음을 돌리려고 할 때마다 보이지 않는 촉수가 나를 잡아채기라도 하는 걸까.

새어 나온 빛줄기에 다가가자 문을 닫은 두 식당 사이로 어른 한 명이 겨우 지나갈 수 있는 좁은 골목길이 있었고 그 끝에 네모난 창문이 달린 문이 있었다. 빛과 냄새는 그 창문에서 흘러나오고 있었다. 창문에 그려진 스푼과 포크가 그곳이 식당임을 알려주었다. 양쪽 건물의 벽에서는 낮에 내린 빗물이 아직도 흘러내리고 있었지만, 신기하게도 골목길의 바닥은 바싹 말라 있었는데 내가 골목 안으로 발걸음을 옮길 때마다 흙먼지가 조금씩 일어날 정도였다.

나무로 된 문을 밀어서 열자 경첩에서 부드러운 마찰 소리가 들렸다. 문에서 조금 떨어진 의자에 앉아 있던 건장하고 잘생긴 흑인 남자가 경첩 소리를 듣고는 다가왔다. 골목 분위기에 어울리지 않는 깔끔한 정장 차림이었다. 아프리칸스어로 뭐라고 말했지만 내가 알아듣지 못하자 곧 유창한 미국식 영어로 말했다.

"어서 오세요. 식사하러 오셨나요? 전 피슬리라고 합니다. 오늘 첫 손님을 대접하게 되어 기쁘네요. 자리로 안내해드리죠."

"고마워요. 배고파 미칠 지경이네요."

식당 웨이터가 자기 이름을 알려주는 건 처음 겪는 일이라 잠시 위화감이 들었지만 딱히 신경 쓰이지는 않았다. 피슬리의 안내를 따라 식당 안으로 발걸음을 옮겼다.

주황색 조명이 비추는 넓은 홀에는 흰색 식탁보로 장식된

2인용 테이블 다섯 개 정도가 적당한 거리를 두고 놓여 있었다. 입구 반대편에는 붙박이 카운터가 있었고 그 너머에 있는 주방에서는 요리사로 보이는 작은 키의 백인 남자가 벽에 몸을 기댄 체 표정 없이 칼을 갈고 있었다. 홀 가운데에는 지름이 3미터 정도 되는 둥그런 수조가 있었는데 물은 티끌 하나 없이 깨끗했지만, 물고기가 한 마리도 보이지 않았다. 대신 수조 가장자리 50센티미터 정도만 남기고 물살을 따라 흔들리는 흑갈색 해초만 가득했다. 수조 위의 파란 조명이 만들어내는 해초의 아른거리는 그림자가 매혹적이었다.

"앉으세요."

피슬리가 수조 바로 옆 테이블의 의자를 꺼내주며 말했다. 내가 재킷을 벗자 그가 받아서는 카운터 근처에 있는 옷걸이에 걸어놓았다. 요리사는 여전히 칼을 갈고 있었고 내가 있는 곳으로는 눈길 한번 주지 않았다.

"메뉴 보여주시겠어요?"

내가 묻자 피슬리가 허리를 펴고 자세를 가다듬고는 소리 없이 크게 미소 지으며 말했다.

"저희 가게는 처음이시군요. 메뉴는 하나밖에 없습니다. 한번 드셔보시면 그 이유를 알게 되실 겁니다. 그 하나 말고 다른 음식을 내놓는 건 의미가 없거든요."

피슬리는 카운터에서 주전자를 들고 다가와서는 내 컵에 물을 따르며 내 눈을 보고 말했다.

"굉장히 귀한 음식이에요. 여기서만 맛볼 수 있죠."

"그거 재미있네요. 어떤 음식이죠?"

피슬리가 대답하려고 입을 열었을 때 내가 다시 말했다.

"아니, 괜찮아요. 일단 그걸로 주세요. 아무것도 모르고 있는 게 오히려 더 기대되네요."

진심이었다. 애초에 이곳을 발견한 것 자체가 흔치 않은 경험이었다. 6랜드 50센트를 잃기는 했지만, 지금처럼 낯선 체험을 계속할 수 있다면 그 홈리스 청년에게도 고마워할 의향이 있었다. 피슬리는 내 말이 마음에 들었는지 더욱 크게 미소 지었다.

"절대 후회하지 않으실 겁니다. 사실 저희 가게는 항상 문을 여는 게 아니거든요. 그래서 단골들도 수확 없이 발을 돌릴 때가 많아요. 손님은 굉장히 운이 좋으신 겁니다. 그리고 장담하죠. 1년 치 운을 다 썼다고 해도 충분히 만족하실 겁니다."

피슬리가 주머니에서 작은 종을 꺼내 가볍게 울리자 요리사는 드디어 칼 갈기를 멈추고 주방을 이리저리 돌아다니기 시작했다. 종은 다시 피슬리의 주머니 속으로 들어갔다. 나는 문득 입구에 간판이 없다는 것을 떠올리고는 피슬리에게 물었다.

"그런데 여기 이름이 뭐죠?"

"에일-르."

피슬리가 벽에 걸린 낡은 나무 간판 하나를 가리키며 말했다. 'HEYL-R'라고 양각으로 새겨져 있었다.

"오래전 제가 미국에 있을 때 방문한 식당에서 따온 이름이에요. 정말 멋진 곳이었어요. 그야말로 제 인생을 바꾼 식당이었죠. 아쉽게도 제가 갔을 때가 그 식당의 마지막 날이었는데….

사실 저 나무 간판은 그 식당이 문을 닫고 난 뒤에 거기 가서 직접 가져온 거예요. 저 간판이 아마 저나 손님보다도 나이가 많을 겁니다."

피슬리는 나무 간판을 바라보며 잠시 생각에 잠기는 듯했다. 그러고는 나를 향해 다시 고개를 돌리고는 필요할 땐 언제든 불러달라는 듯 가볍게 눈인사를 하고 카운터 옆으로 가서는 종이 냅킨을 하나씩 접기 시작했다. 주방을 이리저리 움직이는 요리사의 발걸음 소리만이 식당을 가득 메웠다.

나는 물을 한 모금 마시고는 식당 안을 다시 한 번 둘러봤다. 건물 틈 사이에 만들어진 식당이라서 그런지 바깥세상의 빛이 들어오는 곳은 입구에 달린 네모난 창문뿐이었다. 책을 겨우 읽을 수 있을 정도의 조명만이 식당 안을 비추고 외부 세계의 소음은 전혀 들리지 않았다. 주변을 둘러싼 벽은 격자 모양으로 배열된 나무 기둥과 흰색 페인트를 칠한 싸구려 시멘트로 만들어졌고 드문드문 설치된 벽걸이 조명 말고는 아무런 장식도 없었다. 움직이는 것이라고는 수조 안의 해초와 냅킨을 접는 피슬리의 손뿐이었다. 식당 안은 마치 시간이 멈춘 다른 세계처럼 다가왔다.

어떤 요리가 나올지 궁금해하며 푸른 빛이 가득한 수조 속에 눈길을 돌렸을 때, 해초 사이로 무언가가 움직인 것 같은 느낌이 들었다. 물고기라도 있는 걸까? 무언가가 숨어 있기에 딱 좋은 장소이긴 했다.

향기롭고 진득한 냄새가 온몸을 스멀스멀 감쌌다. 주방에서 달그락하는 소리가 몇 번 들리더니 피슬리가 김이 모락모락 나는 접시와 포크와 스푼, 그리고 가득 채워진 냅킨꽂이를 가져와서는 테이블에 내려놓았다.

"여기 있습니다."

새하얀 접시 위에 도톰하고 기름기가 도는 검은색 면이 가득 담겨 있었다. 오직 면뿐이었다. 면이 담긴 모습은 완벽할 만큼 질서정연해서 접시를 그 자리에서 빙글빙글 돌려도 차이를 전혀 알 수 없을 정도였다.

"이건…, 파스타네요?"

"그렇게 부르셔도 됩니다."

내가 보기에 파스타가 분명했지만, 피슬리는 마치 파스타가 아니지만 그건 중요하지 않다는 듯이 대답했다. 그러고는 내가 어떤 말을 할지 기대라도 하고 있는 것처럼 내 입을 바라봤다.

"검은색 스파게티. 오징어먹물을 사용한 건가요?"

"비슷했어요. 하지만 오징어는 아니에요."

피슬리가 만족스럽게 웃으며 대답했다. 오징어가 아니라면….

"문어…?"

문어먹물은 오징어먹물보다 채집이 어렵고 양도 적어서 잘 사용되지 않는다는 이야기는 들어본 적이 있었다. 좋은 문어먹물은 오징어먹물에는 없는 감칠맛이 있다고도 했다. 하지만 문어먹물을 사용한 게 그렇게 대단한 걸까? 지중해 연안이나 아시아를 제외하고는 문어나 오징어가 혐오의 대상이라는 걸 생각하면 이해가 전혀 가지 않는 건 아니었다.

"맞아요. 문어를 사용했어요. 그것도 아주 귀한 문어죠. 보통 문어들은 근처에도 가지 못하는 깊은 어두운 바다에서만 아주 가끔 모습을 드러내거든요. 가게를 아주 가끔만 여는 이유도 바로 여기에 있어요."

"어떻게 생긴 문어인지 궁금해지네요."

내가 진심으로 궁금한 얼굴로 바라보자 피슬리는 웃는 얼굴로 고개를 흔들며 말했다.

"안 보시는 게 좋을 겁니다. 생김새는 정말 끔찍해요. 이 세상 생물처럼 보이지 않을 정도로요. 마음 약한 사람이 보면 기절할지도 몰라요. 가끔 사람을 닮은 것 같다는 느낌을 받을 때도 있어요. 마치 피카소가 사람과 문어를 뒤섞어놓은 것 같기도 하고…."

피슬리는 잠시 말을 줄이더니 수조의 해초를 지긋이 바라봤다. 마치 자기 눈을 정화하기라도 하는 것처럼. 그렇게 끔찍한 모습일까?

"이런, 식사하시는데 징그러운 이야기는 그만두죠. 식기 전에 얼른 드세요."

웃는 얼굴로 그렇게 말하고 그는 뒷걸음치며 물러섰다. 딱히 뒤돌아보지는 않았지만 아마 카운터 옆에 서서는 이곳을 바라보고 있을 것 같았다. 끔찍한 재료로 만든 맛있는 음식을 먹는 모습도 나쁘지 않은 구경거리라는 생각이 들었다.

접시를 내려다보니 새카만 면발이 먹음직스럽게 빛나고 있었다. 일반적인 스파게티 면과 비교하면 제법 굵은 면이었다. 그래서인지 접시 옆에 놓인 삼지창 모양의 포크도 굵은 면이 충분히 들어갈 만큼 큼직했다. 포크를 집어 들어 면발 사이에 담그고는 몇 바퀴 빙글빙글 돌리자 검은색 소용돌이가 내 손을 덮치기라도 할 것처럼 포크를 타고 올라왔다. 자세히 보니 신기하게도 면은 한 가닥뿐이었다. 접시에 담긴 건 믿을 수 없을 만큼 기다란 면 한 가닥이었다. 하지만 절묘하게 기름진 면은 항상 먹기 좋은 만큼만 감겨 올라왔다. 말없이 칼만 갈던 그 요리사의 능력에 감탄이 나왔다. 이런 건 어디서도 본 적이 없었다. 도대체 어떻게 만들었을까?

면을 잔뜩 감은 포크를 입에 넣고는 적당한 부분에서 이를 물어 면을 끊었다. 그러자 마치 면이 살아 있는 것처럼 입속에서 탄력 있게 미끄러지고 파닥거리며 기묘한 식감을 만들어냈다. 접시에 떨어진 면의 단면을 자세히 살펴보니 면 속에서 새하얗고 끈적한 액체가 천천히 흘러나왔다. 입속에서 씹히고 있는 면에서도 무언가 흘러나오고 있다는 걸 느낄 수 있었다. 씁쓸하면서도 달콤한 맛이 입 안에 퍼졌다. 통통한 면의 담백한 기름기와 어우러지자 그 조화로움에 혓바닥에서도 오르가슴을 느낄 수 있는 게 아닐까 하는 생각마저 들었다. 고개를 들고 눈을 감아 전율에 몸을 맡길 수밖에 없었다.

"제가 말씀드렸죠? 여기서만 만들 수 있는 음식이에요."

피슬리가 소리도 없이 뒤로 다가와 말했다. 그의 말이 맞았다. 이런 음식은 어디에서도 먹어본 적이 없다.

"평생 잊지 못할 경험이 될 겁니다. 오늘 하루가 죽을 때까지 당신을 따라다닐지도 몰라요."

피슬리가 웃으며 말했지만 나는 그에게 눈길 한번 주지 않고 포크를 돌리고 입에 집어넣기를 끊임없이 반복했다. 중간부터는 제대로 씹지도 않았다. 면에서 흘러나온 하얀색 액체가 이미 접시를 흥건히 적시고 새카만 면과 적당히 어우러져 굳이 씹을 필요도 없었다. 씹고 싶지도 않았다. 입속에서 느껴지는 면발의 생기 넘치는 움직임은 마치 천사의 춤사위 같았다. 혓바닥 위에서 무대를 마친 면발들은 꿈틀거리며 스스로 목구멍을 향했다. 면발들이 목을 넘어갈 때의 쾌감은 오랜 기억 속에 묻어둔 첫 성관계를 떠올릴 만큼 황홀했다. 피슬리는 그런 모습을 말없이 바라만 보고 있었다.

접시의 빈 바닥을 보는 것이 이렇게 슬프리라고는 상상도 하지 못했다. 눈을 감고 혓바닥으로 입속 곳곳을 탐미했다. 접시 바닥은 이미 깨끗이 핥고 난 다음이었다. 피슬리가 채워준 물컵은 식전의 한 모금 이후로 손도 대지 않았다. 입속에 남아 있는 그 맛을 조금도 씻어내고 싶지 않았다. 가슴이 두근거렸다. 땀 한 방울 흘리지 않았지만 내 영혼은 이미 땀과 흥분에 흠뻑 젖어 있었다. 정신을 차린 건 포크를 빈 접시에 내려놓고 한참이 지난 뒤였다. 피슬리가 정성스럽게 접은 종이냅킨을 몇 장 건네줬다. 나는 냅킨을 받아 입을 닦았다. 냅킨에 검은 기름기가 묻어나자 냅킨을 그대로 삼키고 싶어졌다. 나 스스로도 지금의 내가 이상하다는 걸 알 수 있었다.

"아무 말 하지 않으셔도 좋아요. 다들 반응이 비슷하거든요."

그는 테이블 위를 정리하며 접시를 들어 올렸다. 내가 미련 가득한 눈빛을 빈 접시에 보내고 있는 걸 보고는 피슬리가 말했다.

"규칙이에요. 두 접시는 안 돼요."

첫사랑을 고백했던 이웃집 누나의 매몰찬 거절보다 더 아픈 말이었다. 가슴이 찢어질 듯 시려 왔다. 피슬리가 빈 접시를 들고 주방으로 들어가 요리사에게 건네줬다. 요리사는 접시를 잠시 이리저리 살피더니 차가운 눈빛으로 나를 바라봤다. 그렇게 잠시 눈이 맞은 뒤 요리사는 주방의 사각 어딘가로 사라졌다. 피슬리가 다시 내게 다가왔다.

"커피나 차를 드릴까요?"

그는 허리를 세우고 양손을 배꼽 앞에 공손히 포개고는 내게 물었다. 하지만 나는 대답을 하지 못했다. 꾹 다문 입은 미동도 하지 않았다. 입속에 남아 있는 향과 기름기를 씻어내고 싶지 않았다. 피슬리는 나를 잠시 응시하더니 다시 카운터 쪽으로 향했다.

"좋은 시간 보내셨길 바랍니다."

그는 내 재킷을 양손에 들고 돌아왔다. 나는 여전히 얼이 빠진 상태로 일어나 재킷을 주섬주섬 챙겨 입었다. 피슬리는 여전히 웃는 얼굴로 공손히 나를 출입문까지 안내해줬다. 문 바로 앞에서 문득 떠오른 게 있었다. 이제야 떠오르다니.

"얼마…."

말이 제대로 나오지 않았다. 입을 벌리면 방금 먹은 음식의 마지막 흔적이 입 밖으로 증발해버릴 것만 같았다.

"얼만가요? 가격을 전혀 생각하고 있지 않았네요."

그럭저럭 괜찮은 음식을 나쁘지 않은 가격에 먹으려고 다운타운까지 나온 것이었지만 이젠 아무래도 좋았다. 이 황홀한 경험의 가격은 도대체 얼마일까.

"손님이 결정하시면 됩니다. 만족하신 만큼 주시면 돼요. 뭣하면 그냥 가셔도 좋습니다. 아, 물론 팁은 주셔야죠."

내가 상황파악이 되지 않은 얼굴로 그를 쳐다보자 이번엔 크게 소리 내 웃으며 말했다.

"팁은 농담이에요. 하지만 다른 건 진짜예요. 손님이 원하시는 만큼 주시면 됩니다."

나는 재킷 안주머니에서 지갑을 꺼내 살폈다. 정확히 1,500랜드가 들어 있었다. 그러고 보니 여기 오기 전에도 한 번 확인했었지. 나는 조금도 고민하지 않고 지갑에 든 돈을 모두 꺼내 가지런히 정리해서는 피슬리에게 건넸다. 그는 돈을 받더니 따로 세어보지도 않고 바지 주머니에 집어넣었다.

"감사합니다."

피슬리가 여유로운 동작으로 문을 열었다. 경첩에서 부드러운 마찰 소리가 들렸다. 젖은 벽에 둘러싸인 마른 길이 나왔다. 저 길을 지나 이곳으로 걸어 들어온 게 몇 년은 더 지난 일인 것처럼 느껴졌다. 한 발짝 두 발짝 걸어나가자 몸이 조금씩 가벼워졌다. 내가 뒤돌아보자 피슬리가 여전히 웃는 얼굴로 나를 바라보며 문을 닫고 있었다. 문이 닫히기 직전, 그의 어깨너머로 파랗게 빛나는 수조가 눈에 들어왔다. 수조 속 해초 사이에서 다시 한 번 무언가가 움직였다. 아주 잠깐이었지만 새빨간 눈동자 비슷한 무언가가 보였다. 에일-르의 문이 닫히고 피슬리의 모습도 사라졌다. 마지막 순간에 흘러나온 경첩의 소리는 처음과는 달리 마치 비웃음처럼 들렸다.

터벅터벅 걸으며 좁은 길을 빠져나오자 별이 빛나는 밤하늘이 모습을 드러냈다. 북동쪽 하늘에서 거꾸로 매달린 뱀자리가 떠오르고 있었다. 뱀자리의 심장에 있는 별 우누칼하이가 붉은 눈으로 나를 노려봤다. 수조 속 해초 사이에 숨어 있던 건 무엇이었을까.

공항으로 가는 택시는 오전 10시에 게스트하우스 앞으로 오기로 되어 있었다. 앞으로 2시간 뒤였다. 나는 얼마 없는 짐을 미리 챙겨놓고 다시 다운타운으로 향했다. 며칠 전 폭우를 완전히 잊은 하늘은 구름 한 점 없이 깨끗했다. 에일-르를 찾아 나섰다. 이곳을 떠나기 전에 피슬리를 만나야 한다. 피슬리는 가게가 항상 문을 여는 것이 아니라고 했다. 그렇다면 언제 다시 여는지를 알아야 한다.

아침 햇살이 비치는 다운타운의 모습은 밤과는 전혀 다른 풍경이었다. 밤에는 보이지 않았던 낯선 길과 건물들이 미로처럼 다가왔다. 한참을 헤맸더니 어제 파란 건물 근처까지 길을 안내해줬던 그 흑인 청년을 다시 만날 수 있다면 내 신용카드라도 주고 싶어졌다. 포기할까 생각할 때 즈음, 도색용 스프레이 캔을 양손에 잔뜩 들고 터벅터벅 걸어가는 사람들을 발견했다. 흑인 청년이 말한 거리의 예술가들이 분명했다. 그들을 뒤따라 가자 파란 건물은 금세 모습을 드러냈다. 나는 예술가들에게 무언의 감사를 보내고는 파란 건물 오른쪽 길로 향했고 알록달록한 식당가의 내리막길을 거침없이 뛰어 내려갔다.

두 식당 건물 사이의 좁은 골목길은 그 자리에 그대로 있었다. 하지만 어제까지 말라 있던 바닥은 건물 벽과 마찬가지로 빗물에 흥건히 젖어 있었다. 어젯밤부터 오늘 아침까지 비가 내리진 않았기에 기묘한 일이었다. 하지만 그런 건 아무래도 좋았다. 골목길을 걸어 들어가 에일-르의 문을 열었다. 경첩에선 아무런 소리도 나지 않았다. 식당 안에는 아무도 없었다. 피슬리도 없고 요리사도 없었다. 수조의 물은 모두 빠져 있고 해초들은 힘없이 바닥에 늘어져 있었다. 피슬리가 아끼던 나무 간판은 수조 옆 바닥에 아무렇게나 널브러져 있었다. 무엇보다, 어제는 전혀 다른 세계처럼 느껴지던 공간이 지금은 그저 별 볼 일 없는 이 세계의 일부가 되어 있었다.

택시는 10시 정각에 게스트 하우스 앞으로 왔다. 택시 기사의 도움을 받으며 커다란 짐을 트렁크에 싣고 곧장 공항으로 향했다. 모든 게 순조로웠다. 아무것도 예상을 벗어나지 않았다. 두바이에서의 환승도, 인천 공항에서 기다리던 아내의 모습도 예외 없이 예상대로였다. 집에 돌아온 후에 가진 아내와의 잠자리도 뜨거웠지만, 그 열기는 매일 아침 머그잔에 떨어지는 새카만 커피의 뜨거움을 지켜보는 것 정도로 느껴졌다.

에일-르 이후로는 모든 것이 식상했다.

플라나리아

힘겹게 집어삼킨 오징어먹물 스파게티가 생각나자 정신이 번쩍 들면서 잠에서 깨어났다. 아내가 깊이 잠든 걸 확인하고는 침실에서 나왔다. 시곗바늘은 오전 2시를 조금 지난 곳을 향해 있었다. 케이프타운은 저녁 7시 정도일 것이다. 에일-르의 면 요리를 처음 입에 가져간 것이 바로 이 시간이었다. 저녁으로 먹은 쓰레기 같은 음식 생각이 자꾸 떠올라 주체할 수 없는 구역질이 목을 타고 올라왔다. 화장실로 달려가 변기 뚜껑을 열고는 오른손 검지와 중지를 목구멍에 쑤셔 넣어 혀의 뿌리를 자극했다. 마치 배 속의 무언가가 밀어내기라도 하는 듯이 오징어먹물 스파게티가 식도를 타고 뿜어져 나왔다. 먹은 지 6시간이 지났지만 제대로 소화도 되지 않은 상태였다. 모두 토해내자 몸속에서 무언가가 꿈틀거렸다.

입을 씻어내고는 거실로 향했다. 도중에 부엌을 지나쳤지만, 혹여나 접시에 남은 오징어먹물 스파게티가 보일까 봐 눈길도 주지 않았다. 아내는 간혹 그렇게 먹다 남은 음식을 그렇게 식탁에 내버려두고는 했다. 오, 나의 아름다운 괴물을 닮은 아내. 괴물을 품은 아내. 오징어먹물 스파게티를 먹는 내 모습이 고통에 가득 차 있다는 걸 알았는지 그녀는 식사 후에 하려던 고백을 하지 않았다. 하지만 나는 알고 있었다. 그럼, 알고말고. 나는 느낄 수 있었다. 그녀의 아름다움이 모든 걸 말하고 있었다. 몸속에 위대한 생명이 똬리를 틀고 있다는 것을. 이것이 얼마나 큰 기적인지 아내는 알 수 있을까? 일생의 운을 모두 써버렸다고 해도 여한이 없을 거대한 축복이다. 내가 3개월 전에 에일-르를 우연히 방문했던 것도, 같은 날 아내의 피임약이 모두 떨어진 것도, 모두 몇 개월 뒤에 다가올 고귀한 순간을 위한 것임을 내 몸속의 또 다른 존재가 말해주고 있었다.

"피슬리, 피슬리. 당신 말이 맞았어요."

나는 잠꼬대처럼 중얼거리며 거실 한가운데에 놓인 와인색 소파에 앉아 텔레비전을 켰다. 푸른 빛이 거실을 가득 채웠다. 다큐멘터리 재방송이었다. 짤막한 지렁이처럼 생긴 자그마한 생물이 꿈틀거리고 있었다. 플라나리아였다. 페트리 접시에 담긴 플라나리아의 가운데를 창처럼 생긴 칼로 자르고 하루를 내버려두자 절단면에서 머리와 꼬리가 자라더니 어느새 두 마리가 되어 살아 움직였다. 초등학교 때 플라나리아 실험을 하며 담임에게 죽도록 얻어맞은 적이 있었다. 내가 플라나리아를 커터칼로 수십 조각 내버렸기 때문이었다. 나는 그저 플라나리아가 피라니아 같은 물고기에게 잡아먹혀 갈기갈기 찢어졌을 때 배 속에서 살아남을 수 있을지 궁금했을 뿐이었다.

배 속에서 다시 무언가가 꿈틀거렸다. 오징어먹물 스파게티는 완전히 잊었다. 지금이라면 에일-르의 경험을 다시 느낄 수 있을 것 같았다. 소파에 최대한 편하게 앉아 목구멍을 최대한 벌리고 입으로 천천히 호흡했다. 따뜻한 소용돌이가 식도를 타고 올라왔다. 황홀함이 온몸을 감쌌다. 기다랗고 시커먼 면발 하나가 입속에서 살아서 춤추기 시작했다. 그것은 입 밖을 정찰하더니 내 콧등을 타고 이마 위로 올라왔다. 잠시 얼굴 위에서 맴돌고는 내 눈알과 눈꺼풀 사이를 헤집으며 그 안으로 들어가기 시작했다. 그 순간 내 눈앞에 천국이 펼쳐졌다. 머나먼 별에서 빨간 눈을 가진 천사가 내려와 나의 운명을 이야기하기 시작했다. 천사는 그렇게 매일 밤 나를 찾아왔다.

미즈사와, 일본

창문 너머로 비가 쏟아졌다. 마른 나뭇가지 같은 굵은 빗줄기들이 바깥 공간을 빈틈없이 채우면서 옅은 회색 풍경만이 창틀 사이에 그려졌다. 하시쿠라는 창틀 옆에 놓인 작은 나무 의자에 앉아 테이블에 양손을 모아 얹고는 눈을 감고 빗소리를 듣고 있었다. 수천 마리의 좀비들이 제물을 달라며 건물을 둘러싸고 벽을 두드리는 것 같은 야단스러운 소리였다. 하시쿠라의 테이블에서 조금 떨어진 벽 앞에서는 둥글고 커다란 철제 난로가 입을 벌린 채 딱딱거리며 장작을 불태웠다. 난로의 온기는 구석구석으로 퍼져 나갔지만, 공기는 창문에 물방울 하나 맺히지 않을 만큼 건조했다. 벽난로 왼편에서 벽과 수직으로 이어진 좁고 긴 카운터는 커튼이 달린 주방과 연결되어 있었고 커튼 너머에선 여유로운 인기척이 흘러나왔다. 하시쿠라의 식당은 첫 손님을 맞이할 준비가 되어 있었다.

바깥에서 발소리가 들리자 하시쿠라는 의자에서 일어나 양손으로 바지를 몇 번 털더니 입구 쪽으로 걸어갔다. 출입문의 안개 유리에 사람 그림자가 슬며시 나타났다. 그림자는 문턱 앞에서 잠시 망설이는 듯했다. 하시쿠라는 기다렸다.

출입문 모서리에 달린 종이 딸랑거리며 문이 열리고 있음을 알렸지만 금세 새어 들어온 빗소리에 묻혔다. 바깥의 회색 세계에 서 있던 남자가 식당 안으로 들어왔다. 흠뻑 젖어 축 늘어진 머리카락 끝에서 물방울이 뚝뚝 떨어졌다. 어깨에는 방수천을 사용한 가방을 메고 있었다.

"어서 오세요."

하시쿠라가 손가락으로 난로를 가리키며 말했다.

"추우시죠? 난로 근처에 앉으세요. 수건 가져다 드릴게요."

비에 젖은 남자는 고개를 가볍게 끄덕이며 난로를 향해 걸어갔다. 그가 지나가며 떨어뜨린 빗물이 나무 바닥에 축축한 길을 그렸다. 하시쿠라가 하얀 수건 두 장을 들고 나타나 그에게 건네줬다. 그는 한 장으로 얼굴과 머리를 거칠게 닦고 다른 한 장으로는 옷을 대충 털고는 조금 전까지 하시쿠라가 앉아 있던 의자에 축 늘어져 앉았다.

"고마워요."

빗물을 잔뜩 머금은 수건을 테이블에 올려놓으며 그가 말했다.

"설마 미즈사와에, 그것도 한겨울에 이런 비가 내리라고는 생각도 못 했네요. 눈이 몇 센티 쌓여도 부족할 때인데. 북위 40도도 이젠 아무것도 아니네요. 일본도 기후가 이상해졌나 봐요."

"미즈사와에 오래 사셨나 보네요."

하시쿠라는 수건을 집어 들어 난로 가까운 곳에 가지런히 걸어두며 말했다.

"아니, 여기에 살지는 않아요. 여기서 좀 떨어진 곳에 천문대가 있잖아요? 가끔 그리로 관측을 오거든요. 요즘 도쿄엔 눈이 내리질 않다 보니 여기에서 눈 보는 재미가 조금은 있었는데…."

천문학자는 그제야 자기가 식당 안에 들어와 앉아 있다는 걸 다시 떠올렸는지 부끄러운 듯 앉은 자세를 바로잡았다.

"미안해요. 사실 길 가다가 갑자기 비가 쏟아져서 피할 곳을 찾아다녔는데 한참을 뛰어다녀도 문을 연 곳이 없는 거예요. 그러다가 포기할 때 즈음에 여기 보였어요. 몸은 떨리고 해는 조금씩 낮아져서 일단 무작정 들어와버렸네요."

그는 하시쿠라에게 가볍게 웃음을 보낸 뒤 손목시계를 슬쩍 보고는 말을 이었다.

"아직 저녁 먹기엔 이른 시간인데 뜨거운 차 종류는 있나요? 비가 한참은 이어질 거 같으니 식사는 나중에 따로 주문할게요."

"차 메뉴는 따로 없지만, 식사에 따라 나오는 밀크티가 있어요. 그걸로 드릴까요?"

"그거 괜찮네요. 그걸로 주세요."

천문학자가 말을 마치자 하시쿠라는 카운터 안으로 들어가 냄비에 물을 담고 가스레인지에 불을 켜고는 냄비를 그 위에 올렸다. 불이 꺼지지 않는지 잠시 지켜본 뒤 하시쿠라는 카운터 아래에서 곱게 갈린 찻잎이 가득한 유리병을 꺼내고는 뚜껑을 열고 코앞에서 흔들며 향을 살폈다. 그러고는 짧은 주둥이가 달린 주황색 찻주전자 속으로 찻잎을 조금 집어넣고는 병을 다시 카운터 아래에 감췄다. 물이 끓어 오르자 불을 끄고 냄비의 물을 찻주전자에 조금씩 따라 넣고는 주전자 뚜껑을 닫았다. 찻잎의 향은 난롯불이 만드는 뜨거운 대류를 타고 퍼져나가 금세 천문학자의 코끝에 닿았다. 가방에서 논문을 꺼내던 천문학자는 새빨간 난롯불을 지긋이 바라보며 향을 음미했다.

천문학자의 몸에서 더는 물방울이 떨어지지 않을 때 즈음, 하시쿠라가 쟁반을 들고 난로 옆으로 다가왔다. 하시쿠라는 차가 가득 담긴 찻주전자와 빈 찻잔, 우유가 담긴 조그만 유리병을 차례로 테이블에 내려놓고는 능숙한 몸놀림으로 찻잔에 차를 따랐다. 찻잔이 적당히 채워지자 하시쿠라가 찻주전자를 내려놓으며 말했다.

"처음엔 우유를 넣지 말고 한두 모금을 잠시 입에 담가 향을 남긴 다음, 차에 우유를 넣어 마시세요."

하시쿠라의 시선이 찻주전자에서 천문학자의 논문 위로 떨어져 잠시 머무르자 천문학자가 찻잔으로 손을 녹이며 말했다.

"별 좋아하시나요? 근처에 천문대가 있어서 그런지 관심 있어 하는 사람들이 많더라고요."

"글쎄요. 관심 있다고 할 정도는 아니지만, 인연이 없는 것도 아니죠. 망원경을 조금 다뤄본 적이 있어요."

천문학자는 망원경이라는 단어에 흥분한 내색을 감추지 않았다. 사실 하시쿠라의 시선을 끈 것은 논문에 쓰인 한국어로 된 메모였지만 크게 내색하지 않고 천문학자의 기분을 따라줬다. 천문학자는 논문을 손에 들고 몇 페이지를 넘기더니 페이지 하나를 보여줬다. 네모난 격자 안에 그래프가 가득 채워져 있고 유일하게 그래프가 아닌 곳에는 싸구려 카메라로 찍은 태양의 흑백사진 같은 그림이 있었다. 천문학자의 손가락이 그 그림을 가리켰다.

"이번에 관측하려던 별이에요. 원래 여름밤에 볼 수 있는 별인데 여기 천문대에는 전파망원경이 있어서 낮에도 관측할 수 있어요. 우누칼하이라고, 뱀자리 알파별이에요. 그 별자리에서 가장 밝은 별인데 최근에 재미있는 게 알려졌어요. 17년에 한 번씩, 이 별의 색깔이 달라지는 거예요. 원래는 주황색인데 17년마다 3일 정도 붉게 변해요. 별 표면의 온도가 갑자기 1,000도 이상 떨어진다는 뜻이에요."

천문학자는 흥분을 가라앉히기 위해 차를 두 모금 마셨다. 하지만 말을 멈추지는 않았다. 그는 좋아하는 화젯거리가 나오면 좀처럼 입을 다물지 않는 전형적인 천문학자였다.

"원래는 별다른 주목을 받지 못하던 별이었는데 아마추어 천문가가 수십 년 동안 찍어온 천체사진을 정리하면서 그 현상을 발견하고는 논문을 내버린 거죠. 그것도 거물급 천문학자들을 공저로 모아서 거물급 저널에. 맨눈으로 보일 만큼 식상한 별에서 17년에 겨우 3일 동안 무언가가 일어나리라고는 아무도 생각을 못 했던 거에요. 그 사람은 심지어 망원경을 사용하지도 않았었어요. 튼튼한 삼각대와 좋은 카메라뿐이었죠. 웃긴 건 제가 그 논문을 처음 읽은 날 밤, 저는 하와이의 4,500미터 산꼭대기에서 구경 30미터짜리 망원경으로 어린 별 주변의 행성을 보고 있었어요. 아니, 행성인 줄 알았죠. 나중에야 그게 그냥 같은 방향에 있던 평범한 어두운 별이란 게 드러나 결국 논문 하나 쓰지 못했는데, 그때 즈음엔 그 늙은 아마추어 천문가가 어디 대학 명예교수로 채용되었다는 뉴스가 뜨더군요."

그림을 가리키던 손가락에서 슬며시 힘이 빠졌다. 옆에서 하시쿠라가 한참을 서서 기다리고 있다는 것도 모르고 떠들던 천문학자의 입을 잠시나마 다물게 한 건 어느 운 좋은 늙은이를 향한 부러움이었다.

천문학자는 찻잔에 우유를 살며시 따랐다. 우유가 중력과 부력 사이에서 꽃 모양을 그리며 퍼져나갔다. 차는 밝은 갈색을 띠며 불투명해졌다. 어디서 바람이 들어왔는지 난로에서 장작이 거세게 타오르며 불이 공기를 가르는 소리가 들렸다가 금방 잠잠해졌다.

"조금 전에 별이랑 인연이 없지도 않다고 했잖아요? 망원경을 다루셨다고도 했는데 괜찮다면 좀 더 들을 수 있을까요?"

천문학자는 그렇게 물으며 찻잔을 살짝 흔들었다. 하시쿠라는 창밖의 회색 풍경을 잠시 바라보고는 말했다.

"별거 아니에요. 오래전에 엔지니어 일을 했는데 주로 대형 망원경 돔을 설계했거든요. 하지만 망원경으로 별을 본 적은 한 번도 없네요."

하시쿠라의 말에 천문학자는 놀란 듯 둥그런 눈으로 그를 올려다봤다. 하시쿠라는 여전히 창밖을 바라보고 있었다. 천문학자는 우유를 넣은 뒤로 아직 입도 대지 않은 찻잔을 다시 내려놓으며 말했다.

"그러고 보니 학생 시절 때 남아프리카에 관측을 간 적이 있었어요. 근데 거기 있는 망원경의 돔이 일주일에 서너 번은 고장이 나는 거예요. 그런 일이 너무 자주 있어서 누가 거기 갈 때마다 돔은 가장 먼저 무사한지 물어볼 정도였어요. 서덜랜드라고, 케이프타운에서 차로 대여섯 시간 정도 떨어진 곳이었는데…."

천문학자가 말을 잠시 멈추자 하시쿠라의 시선이 다시 그를 향했다. 천문학자는 작은 한숨을 쉬더니 말을 이어나갔다.

"17년 전에 홍수가 케이프타운을 쓸어버린 거예요. 케이프타운의 남아프리카 천문대 근처에 옵저베이터리라는 역이 있었는데 거긴 역 자체가 물에 잠겼대요. 거기 천문대가 있어서 옵저베이터리(Observatory)라고 이름까지 붙은 곳이었는데…. 결국 천문대도 몇 년간 재정난에 시달리더니 케이프타운 관측소를 폐쇄해버렸어요. 그 지긋지긋한 돔을 다시 볼일도 사라졌죠. 그 뒤로 전파천문학으로 분야를 바꿔서 지금은 돔 자체를 볼 일이 없지만요."

천문학자가 다시 잔을 집어 들었다.

"지금 생각해보니 홍수가 케이프타운을 덮쳤을 때가 딱 우누칼하이가 붉어졌을 때였네요. 오늘은 맨눈으로 볼 순 없겠지만 아마 지금도 붉을 거예요."

천문학자는 별을 바라보기라도 하듯 천장을 잠시 올려다보더니 이윽고 고개를 내리고는 식어버린 밀크티를 단숨에 들이켰다. 그가 찻잔을 내려놓자 난롯불이 다시 한 번 거세졌다. 탁탁하는 소리를 내며 새빨간 불씨 몇 개가 난로 밖으로 빠져나왔다. 몸이 충분히 따뜻해지자 허기가 몰려왔다.

"계속 세워두고 저만 떠들었네요. 죄송해요. 메뉴 주시겠어요? 어느새 저녁 먹을 때가 된 것 같네요."

천문학자의 말에 하시쿠라는 입이 찢어질 듯한 미소를 보이고는 말했다.

"식사 메뉴는 검은 기름국수 하나밖에 없어요. 하지만 약속하죠. 절대 후회하지 않을 거예요. 문어 기름으로 만든 건데, 방금 드신 밀크티와도 아주 잘 어울리거든요."

하시쿠라가 카운터 너머의 주방으로 사라지자 천문학자만이 난로 주변에 남았다. 주방에선 두 사람의 인기척이 새어 나왔다. 천문학자는 식당 바깥에 걸려 있던 'HEYL-R'라고 양각으로 새겨진 낡은 나무 간판을 문득 떠올렸다. 무슨 뜻일까 궁금해하며 찻주전자를 기울여 찻잔에 차를 따랐다. 이번에는 우유를 바로 섞었다. 새하얀 액체가 다시 한 번 꽃을 그리며 퍼져 나갔다.

우누칼하이

비가 그치고 에일-르의 문이 닫혔다. 천문학자는 비에 젖은 풍경 사이로 사라졌다. 하시쿠라는 난로 옆 테이블로 걸어와 테이블을 정리하기 시작했다. 그는 아직 온기가 남아 있는 접시 위로 찻잔과 함께 그 아래에 깔려 있던 2만7천 엔을 성의 없이 접시 위로 던졌다. 접시 안에 남아 있던 검은 기름이 지폐를 천천히 검게 물들였다. 남은 식기들도 대충 접시 위로 올리고는 카운터 위에 살며시 놓았다. 그리고 느긋하게 난로를 향해 걸어가서는 불길 바로 옆에 있는 레버를 손으로 잡아당겼다. 팔의 피부가 불길에 익으면서 악취가 났지만, 그는 신경 쓰지 않았다. 레버를 끝까지 당기자 난로의 불길이 줄어들기 시작하더니 금세 완전히 꺼져버렸다. 난로의 빛이 사라지자 에일-르는 냉기를 힘껏 빨아들였다. 하시쿠라의 코에서 하얀 김이 규칙적으로 뿜어져 나왔다. 그의 눈은 여전히 난로 속을 바라보고 있었다.

난로 속 검게 탄 나뭇조각들 사이로 무언가 꿈틀거리며 움직이기 시작했다. 나뭇조각들이 서로 부딪히면서 가루가 되어 흩어지자 그 아래에서 '그것'이 모습을 드러냈다. '그것'의 흐물흐물한 몸은 경도비만에 걸린 10대의 몸과 비슷했다. 사지가 있어야 할 곳에는 뱀 비늘로 가득 덮인 촉수 여러 개가 말미잘처럼 한 뭉텅이씩 붙어 있었다. 하지만 다리 한쪽에 해당하는 부분은 아직 자라나지 않은 것처럼 짧은 돌기만 뭉툭하게 나와 있을 뿐이었다. 양쪽 어깻죽지에는 빨대 굵기만 한 구멍 수십 개가 잔뜩 뚫려 있었는데 마치 호흡을 하는 것처럼 주기적으로 진동했다. 그렇게 구멍 가장자리가 떨릴 때마다 검고 길고 가느다란, 면발처럼 생긴 벌레들이 끊임없이 구멍과 구멍 사이를 돌아다녔다. 그리고 머리처럼 보이는 부분에는 일자형 동공을 가진 시뻘겋고 커다란 눈 세 개가 박혀 있었다. 세 개의 눈 사이에서는 빨판이 가득 달린 수십 개의 시커먼 촉수가 둥그런 입을 둘러싸고 있었다. 문어 다리를 닮은 촉수의 빨판에서는 하얀색 액체가 조금씩 그리고 끊임없이 흘러나왔다. 하얀색 액체가 눈깔 주변으로 흘러내리자 어깨의 구멍을 드나들던 검은 벌레 하나가 스멀스멀 기어오더니 하얀색 액체를 빨아들이기 시작했다. 벌레의 기다란 몸이 조금씩 부풀어 올랐고 액체를 완전히 들이켰을 땐 스파게티 면보다도 굵어졌다.

주방의 커튼 사이로 젊은 여자가 걸어 나왔다. 여자는 여유로운 동작으로 카운터를 돌아 하시쿠라의 뒤편으로 다가왔다. 그러고는 그의 양어깨 위에 손을 얹고는 말했다.

"잘 됐어?"

한국어였다. 하시쿠라는 여자의 손 위에 자신의 손을 포개며 역시 유창한 한국어로 말했다.

"문제없어. 조금 남기긴 했지만. 괜찮아, 맛있어 보였는걸."

젊은 여자는 하시쿠라에게 몸을 바짝 기대고는 촉수처럼 희고 긴 팔로 그의 목과 가슴을 감쌌다. 섬세한 짜릿함이 하시쿠라의 뒷덜미를 타고 올랐다. 라벤더 냄새 사이로 비린내가 스쳐 지나갔다.

젊은 여자는 식어버린 난로로 다가가 '그것'의 기다란 오른팔(그렇게 말할 수 있다면)을 부드럽게 쓰다듬었다. 검은 벌레가 여자의 손가락 사이를 잠시 드나들더니 다시 구멍으로 들어갔다. 여자의 따뜻한 눈길과 손길은 오직 '그것'의 오른팔만을 향했다. 다른 부분은 거들떠보지도 않았고 만지려고 하지도 않았다.

"우리 아가."

여자는 상냥한 표정을 지으며 말했다.

"조금만 더 기다리렴. 곧 마지막 친구를 만날 수 있을 거야."

이제 돌아오렴, 붉은 눈이 말했다.

하시쿠라와 젊은 여자의 몸이 잠깐 비틀거리더니 그들의 콧구멍에서 가늘고 기다란 검은색 벌레가 기어 나왔다. 두 가닥의 벌레는 재빠르게 두 사람의 몸을 타고 내려와 난로를 기어오르고 '그것'의 어깻죽지에 있는 구멍으로 들어갔다.

어서 오렴, 붉은 눈이 일을 마친 벌레들에게 말했다.

하시쿠라와 젊은 여자의 몸이 마룻바닥에 힘없이 쓰러졌다. 그들의 몸은 그동안 억지로 시간을 막고 있기라도 한 것처럼 순식간에 보라색으로 물들더니 악취를 풍기며 서서히 썩기 시작했다. '그것'은 난로에서 천천히 기어 나와서는 두 사람의 몸에 촉수가 가득 달린 입을 들이댔다. 그리고 천천히 녹여가며 옷만 남을 때까지 그들의 몸을 꿀꺽꿀꺽 삼켰다.

'그것'은 식사를 마친 후 천천히 몸을 일으켰다. 아직 다리가 하나밖에 없지만, 양팔의 촉수에 달린 빨판들이 카운터를 붙잡아 몸을 일으켜줬다. 부족한 다리는 천문학자의 파트너 몸속에서 자라나 검은 벨레의 보호 속에서 16년간 성장한 뒤 '그것'의 몸을 완성하기 위해 찾아올 것이다. 이제 천문학자의 검은 꼬리가 달린 생식세포가 누군가의 몸에 들어가기를 기다리기만 하면 된다. 상대가 남자든 여자든 상관없었다.

한 가닥의 가늘고 긴 연약한 몸으로 시작해, 지금의 몸을 손에 넣기까지 한 세기가 걸렸다. '그것'이 우주 공간을 떠돌던 긴 세월과 비교하면 한 세기 정도는 순식간이었다. 17년 뒤 완성된 몸으로 마지막 식사를 마친 뒤(천문학자는 어떤 맛이 날까) 진짜 임무가 시작되고 나면 그동안의 세월은 충분히 보상받을 수 있을 것이다. '그것'은 붉은 눈으로 그렇게 중얼거리며 주방을 향해 비틀거리며 이동했다.

약속의 날과 장소는 우누칼하이가 알려줄 것이다. 천문학자는 그 별을 그렇게 불렀지만 '그것'은 자신의 고향을 에일-르라고 불렀다.

해도연

작가 겸 연구원. 낮에 일하고 밤에 아이와 놀고 새벽에 글을 쓴다. 초전도체를 공부하고 외계행성을 연구하다가 지금은 근지구 우주환경을 감시하는 일을 한다. 주제와 장르, 소설비소설을 가리지 않고 좋아하는 것에 대해 쓴다. 소설로는 《위대한 침묵》과 〈위그드라실의 여신들〉, 〈우주탐사선 베르티아〉, 〈텅 빈 거품〉 등을 썼다. 비소설로는 과학대중서 《외계행성: EXOPLANET》이 있다.

할로윈이든 핼러윈이든

남세오

"어머. 정호 엄마, 몰랐어? 오늘 핼러윈이잖아."

단지 내 상가에서 사탕과 초콜릿을 쓸어 담으며 아래층 민준이 엄마가 핀잔을 주었다. 핼러윈? 아, 할로윈. 수진은 살짝 자존심이 상했지만 얼굴에 드러내지 않으려 노력했다. 묘하게 성질을 긁기는 했지만 그래도 이 단지에서 수진에게 말을 걸어주는 몇 안 되는 여자 중 하나였다. 순진해서 그럴 거야. 남편이 무슨 사업을 하는지 돈을 그렇게 잘 벌어다준다지. 참자. 정호를 위해서라도. 민준이와 정호는 같은 반이었다.

가진 돈을 박박 긁어모으고 대출도 한계까지 뽑아내서 단지 내에 초등학교가 있는 아파트, 소위 '초품아'라는 이곳으로 이사왔다. 퇴직금까지 중간 정산해서 돈을 마련하는 걸 남편은 탐탁지 않아 했지만 수진은 막무가내였다. 누구는 아이 때문에 세

번이나 이사했다는데 고작 이 정도를 가지고. 대형 평수로만 구성된 아파트라 학교 분위기가 남다르다는 소문이 자자했다. 초등학교에 입학할 때 미리 이곳에 이사와주지 못한 게 아쉬울 뿐이었다. 전학해서 적응하기가 만만치 않다던데. 가뜩이나 소극적인 정호의 성격을 생각하니 수진은 한숨만 나왔다.

"정호 입힐 코스튬은 준비했어? 핼러윈인 것도 모르는 걸 보니 준비 안 했구나? 우리 애들 작년에 입었던 거 어디 넣어놨을 텐데. 이따 정호 내려보내. 하나 빌려줄게. 동네 애들 다 쏟아져 나올 텐데. 이럴 때 어울려야지."

수진은 정신이 번쩍 들었다. 그래, 할로윈. 아니 핼러윈. 역시 부자 동네는 다르구나. 발음도 헷갈리는 외국 명절을 온 동네가 챙긴다는 걸 보니. 어렸을 때부터 이런 분위기에서 자란 애들을 커서 노력한다고 따라잡을 수 있겠어? 난 이미 틀렸지만, 우리 정호만큼은 꼭 그 무리에 집어넣을 거야. 여기 애들이 가는 곳은 지옥이라도 쫓아가야지.

*

어깨를 축 늘어뜨리고 억지로 현관을 나서는 정호의 뒷모습을 보며 수진은 속에서 불이 났다. 먼저 나서서 들러붙어도 애들이 끼워줄까 말까인데 자꾸 뒤로 빼기만 하니 갑갑해 죽을 지경이었다. 여기 이사 오려고 엄마 아빠가 무슨 고생을 했는지 알기나 할까. 다른 애들은 끼가 넘치다 못해 되바라질 정도인데. 이 험한 세상을 대체 어떻게 살아가려고. 수진은 사자 우리에 밀어 넣는 심정으로 싫다는 아이의 등을 떠밀어 민준이네 집으로 보냈다.

쿵 하고 현관문이 닫혔다.

수진의 속은 타들어 갔다. 같은 동 아랫집이니 중간에 잘못될 일은 없겠지. 현관 앞이나 계단에 주저앉아 있는 건 아닐까. 수진은 문을 열고 나가 확인해보고 싶은 마음이 간절했지만 차마 그럴 수는 없었다. 언제나 이렇게 물러나고 감싸주기만 해서 아이가 나약해졌는지도 몰라. 민준이네 전화를 해볼까. 어딘지 구차했다. 쿨하지 않아 보였다. 무엇보다 민준 엄마의 핀잔을 또 듣고 싶지가 않았다. 수진보다 한 살 많으면서 더 어려 보이는 게 마음에 안 들었다. 수진도 젊었을 때는 꽤 인기가 있었다. 나도 집안일 다 사람 써서 하면서 편하게 살면 그 정도는.

띵동띵동. 수진은 흠칫 놀라 일어서며 문을 열었다.

"트릭 오어 트릿!"

아이들의 입에서 유창한 발음이 흘러나왔다. 수진은 얼른 아이들을 훑어보았다. 죄다 가면을 뒤집어쓰고 망토까지 둘러서 누가 누군지 구별하기 힘들었다. 그렇지만 정호는 없는 듯했다. 거리낌 없이 서로 떠들며 쥐어박는 모습이 정호일 리는 없었다. 수진은 얼른 사탕 바구니를 가지고 와서는 한 움큼씩 일일이 나누어주었다. 한마디 덧붙이는 것도 잊지 않았다.

"우리 여기 새로 이사 왔거든. 3학년 2반 없니? 박정호 아는 애 없어? 정호랑 사이좋게 놀아라. 우리 집 놀러 오면 아줌마가 맛있는 것도 많이 해줄게."

아이들은 수진의 말에 관심이 없었다. 세금을 걷듯 사탕을 쓸어 담고는 자기들끼리 왁자지껄 떠들며 아래층으로 몰려 내려갔다. 역시 정호가 저기 끼어 있을 리는 없었다. 수진은 힘없이 이마를 짚으며 현관문을 닫았다.

답답한 마음에 거실 창문을 열고 아래를 내려다보았다. 차가 다니지 않는다는 단지 안에서 마음껏 아이들이 뛰어놀고 있었다. 시끌벅적한 소리가 바람을 타고 밀려 올라와 바로 앞에서 떠드는 듯 또렷했다. 정호의 목소리는 없었다.

1년에 딱 한 번, 아이들을 풀어준다고 했다. 아침부터 저녁까지 학원 뺑뺑이를 돌아야 하는 아이들은 1년에 딱 한 번, 발음도 생소한 핼러윈에는 가면을 쓰고 모든 학원과 숙제에서 벗어나 마음껏 떠들고 밤새 몰려다니며 스트레스를 푼다고 했다. 오늘 밤 저지르는 그 어떤 잘못도 용서해준단다. 밤이 지나고 가면을 벗으면 밤새 저질렀던 말썽들도 모두 벗어지고, 다시 학교와 학원을 오가는 모범생이 된다고 한다.

그래서 그런가. 창밖으로 내려다보이는 아이들은 조금 심하다 싶을 정도로 소리를 지르며 돌아다녔다. 술에 취했을 리도 없을 텐데, 마치 술 취한 사람들처럼 이리 휘청 저리 휘청 몰려다녔다. 그러다 자기들끼리 투닥거리고 쫓고 쫓기며 요란을 떨었다. 뭔가를 집어 던지는 아이들도 있었다. 사탕인 모양이었다. 아이들은 애써 나눠준 사탕을 망설임 없이 바닥에 던지며 깔깔댔다. 가끔 서로에게 집어 던지기도 했다.

그런 광경을 멍하니 바라보고 있던 수진의 눈에 유령처럼 허연 천을 온몸에 뒤집어쓰고 눈물이 뚝뚝 떨어지는 가면을 쓴 아이 하나가 보였다. 그 아이는 다른 아이들에게 사탕 세례를 받으면서도 반격은커녕 도망치는 것조차 굼떴다. 도망치는 건지, 쫓아가는 건지 알 수가 없을 정도였다. 아이가 움직이면 다른 아이들은 자석에 당겨지고 밀려나듯 그 주위를 맴돌았다. 그러다 휘청, 아이가 쓰러졌다. 쓰러진 아이 위로 몰려든 아이들의 발길질이 쏟아졌다.

정호?

불길한 예감이 수진의 등골을 훑었다. 목덜미가 뻣뻣해지는 걸 느끼며 수진은 정신없이 현관 밖으로 뛰쳐나갔다.

*

아이가 쓰러졌던 곳에는 아무도 없었다. 허연 천을 뒤집어썼던 아이도, 발길질을 퍼붓던 아이도 모두 없었다. 바닥에는 깨진 사탕과 짓뭉개진 초콜릿이 여기저기 널브러져 있었다. 아이들이 떠드는 소리가 반대쪽 놀이터에서 들려왔다. 수진은 그쪽으로 달려갔다.

아이들은 놀이터에 모여 사탕과 초콜릿을 까먹고 있었다. 여전히 시끌벅적했지만 아까처럼 요란한 분위기는 아니었다. 허연 천을 뒤집어쓴 아이는 없었다. 정호는 어디 있지? 수진은 아이를 찾을 수 없었다. 흡혈귀와 처녀 귀신과 미라와 늑대와 거미와 박쥐와 프랑켄슈타인. 수많은 작은 악마 중 자신의 아이가 누구인지 확신할 수 없었다.

정호야. 말이 나오다 목에 걸렸다. 밖에 나와 있는 어른은 자신밖에 없었다. 아이들만 가득한 이곳에서 정호의 이름을 부르고 돌아다니면 아이들이 뭐라고 생각할까. 마마보이라고 손가락질당할지도 모른다. 전학한 지 얼마 되지도 않았는데 그런 이미지가 덧씌워진다면. 수진은 떨리는 손을 겨드랑이 사이에 넣고 슬그머니 뒤로 물러났다.

넘어진 아이에게 발길질이 쏟아졌던 건 착각일지도 모른다. 어쩌면 아이들은 그저 일으켜주려고 했던 건지도. 다쳐서 쓰러져 있지도 않았잖아. 허연 천을 뒤집어쓴 아이가 정호가 아닐지도 모른다. 거리낌 없이 서로 떠들며 놀고 있는 저 아이들 가운데 정호가 있을지도 모른다. 소심한 아이지만 가면을 썼잖아.

그렇게 생각하면 이 할로윈이 정호에게는 딱 맞는 시기에 열린 고마운 축제인지도 모른다. 자연스럽게 아이들과 어울릴 수 있는. 돈도 많고 똑똑하고 영어도 잘하고 매너도 좋은, 하여간에 근본이 다른 아이들과. 요새는 개천에서 나봐야 미꾸라지밖에 안 된다지. 빚에 허덕이며 천 원짜리 한 장도 망설이며 써야 하는 이런 삶을, 할로윈을 핼러윈이라고 부르는 사람들에게 주눅 들어야 하는 이런 삶을 아이에게 물려줄 순 없어.

현관 번호키를 누르며 수진은 또다시 만감이 교차했다. 정호가 너무 보고 싶었다. 문을 열고 들어가면 집 안에 사랑스러운 아이가 눈을 초롱거리며 앉아 있다면 얼마나 좋을까. 하지만 그건 아이가 친구들과 어울리지 못했다는 걸 의미했다. 안 된다. 아이가 집 안에 있어서는 안 된다. 덜컥 문이 열리고, 덩그러니

켜진 거실 전등만이 수진을 맞이했다. 남편은 오늘도 야근이다.

생각을 비우기 위해 텔레비전을 켰다. 공허한 웃음소리가 거실을 채웠다. 수진은 넋이 나간 사람처럼 소파에 앉아 매분 마다 시계를 확인했다. 낡았지만 아직은 쓸 만한 소파를 버리고 빚을 더해 장만한 비싼 소파였다. 이웃들을 초대하려면 어쩔 수 없었다. 부드럽게 몸을 감싸주는 폭신한 소파가 지금은 바늘처럼 수진을 찔러댔다. 벌떡 일어나 하릴없이 거실을 돌았다.

스마트폰 사달라고 할 때 사줄걸. 요즘 애들은 다 하나씩 들고 다닌다던데. 몇 푼이나 한다고. 그 말 없는 애가 뭐 사달라고 한 건 그게 처음이었는데. 답답한 마음에 수진은 남편에게 전화를 걸었다. 일할 때 전화하는 걸 안 좋아하는 남편이었지만, 누구하고라도 말을 하지 않으면 무슨 사고라도 칠 것 같았다. 통화음이 한참 동안 이어지고서야 남편의 목소리가 들려왔다.

"왜? 무슨 일이야?"

수화기 너머로 시끌벅적한 소리가 들려왔다. 사무실은 아닌 듯했다. 남편은 모래같이 까끌까끌한 목소리로 전화를 받았다.

"오빠 어디야? 많이 늦어?"

"어, 지금 접대 중이라… 최대한 빨리 들어가볼게. 왜? 무슨 일 있어?"

남편은 자꾸만 무슨 일이 있느냐고 물었다. 수진은 무슨 일이 생겨버릴 것 같아 점점 더 불안해졌다. 남편이 화를 낼 걸 알면서도, 수진은 정호의 이야기를 했다.

"정호가 친구랑 놀러 나갔는데… 아직 안 들어와. 아무 일 없겠지?"

"뭐? 지금이 몇 시인데!"

"오늘 그… 핼러윈이라고… 동네 아이들 다 나와서 놀고 있거든… 아마 정호도 같이 잘 놀고 있을 것 같긴 한데… 괜히 마음이 불안해서…."

"핼… 뭐? 할로윈? 무슨 족보도 없는 서양 명절 축하를 한다고 이 밤중에 애를 내보내!"

"여기서는 다들 그렇게 한대…. 우리도 적응해야지."

술이 얼근히 들어간 듯 남편은 목소리가 높아졌다. 수진은 그런 목소리라도 들으니 조금은 마음이 편해지는 자기 자신이 싫었다. 결국 남편은 최대한 빨리 빠져나와 보겠다고 하고는 전화를 끊었다. 수진은 다시 텔레비전 소리만 가득한 거실에 내던져졌다. 그대로 주저앉아 초점 없는 눈으로 화면을 바라보며 손톱을 물어뜯었다. 쇠사슬이 끌리듯 시간이 흘러갔다. 여전히 아이의 소식은 없었다. 시간은 벌써 자정에 가까워졌다.

끼아아아악.

창밖에서 비명이 들렸다. 사색이 된 수진이 황급히 난간 밖으로 몸을 뺐다. 내려다보이는 바깥에는 아무도 없었다. 아파트 동과 동 사이를 들여다보려 몸을 더 뺐다. 수진의 몸이 반 이상 난간을 넘어 아슬아슬하게 걸렸다. 아무도 없었다.

*

수진은 터질 듯한 심장을 부여잡고 인터폰을 집어 들었다. 몇 번이나 헛기침을 하고는 떨리는 손가락으로 번호를 눌렀다. 신호음이 울렸다. 한 번, 두 번, 세 번. 딸각 소리와 함께 아이의 목소리가 흘러나왔다. 정호보다 굵은, 어른스러운 목소리였다.

"민준이니? 아… 나 정호 엄만데. 혹시 정호 지금 거기 있니?"

"아뇨. 전 먼저 들어왔는데."

수화기 너머로 아이들이 떠드는 소리가 들려왔다. 민준이는 말을 미처 다 끝마치기도 전에 아이들과의 대화에 섞여들었다. 아, 좀 가만히 좀 있어봐. 그거 그냥 놔두라고. 너 죽는다.

"…그래? 그럼 지금 정호 어디 있는지 혹시 아니?"

민준이는 아이들과 떠드느라 수진의 말을 못 들은 듯했다. 수진은 고개를 돌려 헛기침을 하고는 좀 더 굵고 확실한, 하지만 화가 난 기색을 뺀 목소리로 아이에게 물었다. 민준이는 그제야 대답했다.

"몰라요. 밖에 나가서는 흩어져서 따로 다녔어요. 가면 써서 누가 누군지도 몰라요."

부글부글 끓어오르는 화와 불길한 예감이 섞여 수진의 다리가 후들거렸다. 견뎌야 해. 고작 이런 것도 못 견디면. 수진은 다시 한 번 물었다.

"그렇구나. 그럼… 혹시 우리 정호 무슨 옷 입고 나갔는지는 아니? 네가 빌려줬잖아."

"몰라요. 기억 안 나요."

뚝. 인터폰이 끊겼다. 수진 머릿속의 무언가도 함께 끊겼다.

*

수진은 미친 듯이 단지 안을 헤집고 다니며 아이를 찾았다. 아이들의 수는 반 이하로 줄어들어 있었다. 악마와 귀신과 괴물로 변한 아이들은 이제는 좀 지친 듯 흐느적거리며 단지 안을 돌아다녔다. 허연 천을 뒤집어쓴 유령은 여전히 보이지 않았다. 어깨를 잡고 흔들며 아이의 이름을 불러보았지만, 연기인지 진심인지 가면을 쓴 아이들은 으르렁거릴 뿐 대답이 없었다.

휴대폰을 사줄걸. 할로윈인지 핼러윈인지에 내보내지 말걸. 여기에 이사 오지 말걸. 아니 예전에 미리 이사 올걸. 바보. 바보. 바보. 바보. 수진은 달빛이 가득한 단지 안을 상처 입은 짐승처럼 헤매고 다녔다.

수진이 경비실 문을 벌컥 밀어젖히자 졸고 있던 경비가 깜짝 놀라 일어났다. 얼굴에 불쾌한 기분이 가득했지만 수진은 개의치 않았다.

"우리 아이, 우리 아이가 없어졌어요!"

아이가 없어졌다는 말에 경비의 눈이 잠시 커졌다가 이내 심드렁한 표정으로 돌아갔다. 단지 안 어딘가에 있을 테니 걱정하지 말라고 했다. 하로윈인지 뭔지 그것 때문에, 오늘 밤만큼은 아이들이 마음껏 돌아다니게 내버려두는 대신 단지 밖으로는 못 나가게 철저하게 지키고 있다는 말을, 조금 전까지 졸고 있던 사람이 천연덕스럽게 늘어놓았다.

"방송이라도 좀 해주세요! 예감이 이상해요!"

"지금 시간이 몇 신데 방송을… 좀 기다려보세요. 애들 다 들어가고 나서도 안 보이면 그때 찾아볼 테니까."

"아무리 기다려도 안 오니까 그러죠! 아무리 찾아도 없고! 우리 애가, 우리 정호가 그럴 애가 아니라고요!"

"아니, 근데 이 아줌마가 왜 소리를 질러!"

삐뽀삐뽀삐뽀.

구급차 소리였다. 아파트 정문 너머에서 들려오는 소리였다. 수진이 먼저 새파래진 얼굴로 뛰쳐나갔고 경비가 허겁지겁 모자를 챙겨 쓰고는 뒤를 따랐다.

아파트 정문에서 버스 정류장으로 가는 길 쪽에 새빨간 경광등을 번쩍이는 구급차 한 대가 서 있었다. 주황색 옷을 입은 구급대원들이 누군가를 들것에 실어 옮기고 있었다. 수진이 정신을 놓고 구급차로 뛰었다. 지나가던 차가 급브레이크를 밟고 아슬아슬하게 멈춰 섰다. 운전자가 창문을 내리고 욕을 했지만 수진의 귀에는 들어오지 않았다. 구급대원들 사이로 쓰러진 사람의 얼굴이 보였다. 수진이 너무나도 잘 아는 얼굴이었다.

"…오빠?"

"아는 분이세요?"

조금만 늦었으면 큰일 날 뻔했다고 구급대원이 말해주었다. 길거리에 쓰러져 있는 걸 지나가는 사람이 신고했다고. 술을 마시고 걸어오다 미끄러져서 머리를 부딪친 것 같다고. 끄응. 신음을 내며 남편이 몸을 꿈틀댔다. 게슴츠레 뜬 눈으로 수진을 바라보더니, 남편은 술 냄새 가득한 숨을 내뱉으며 말했다.

"어… 여기 어디지? 내가 왜…."

"오빠 지금 뭐 하는 거야! 지금 우리 정호가 어디서 어떻게 됐는지도 모르겠는데, 왜 오빠까지 내 속을 썩여! 도대체 왜! 다들 나한테 왜 그러냐고!"

이럴 때가 아니었다. 정호를 찾아야 했다. 수진은 눈물을 씻으며 구급대원을 뿌리치고 돌아섰다. 보호자 아니냐는 말에 저런 사람 모른다고 소리쳤다. 사람들은 미친 사람 보듯 수진을 바라보았다. 정말로 미쳤는지도 몰랐다. 갑자기 현실감이 없었다. 낯선 동네, 낯선 사람들. 남편도 낯설었다. 수진의 머릿속에는 아이밖에 없었다. 어서 정호를 찾아서 여길 빠져나가야 해. 수진은 꿈속을 걷듯 무거운 팔다리를 이끌며 단지 안을 헤맸다.

*

혹시나 하고 집에 가보았지만, 아무도 없었다. 어디에서도 아이의 흔적을 찾을 수가 없었다. 다시 단지 안을 구석구석 찾아 헤맸지만 소용없었다. 시커멓고 육중한 콘크리트 기둥 중간에 켜져 있던 불들이 하나둘씩 꺼져갔다. 아직 환하게 밝혀진 곳은 몇 집 되지 않았다. 그중 하나가 수진의 눈에 들어왔다. 701호. 민준이네 집이었다.

수진은 정신없이 동 현관을 찾아 들어가 승강기 버튼을 눌렀다. 20층에 세워져 있던 승강기가 꿈지럭거리며 내려오기 시작했다. 기다릴 수가 없어 계단을 뛰어올랐다. 7층에 도착했을 때는 숨이 턱까지 차올랐다. 벨을 누를 생각도 하지 못하고 수진은 주먹으로 문을 두드렸다. 안에서는 아이들이 시끄럽게 떠드는 소리가 들려왔다. 수진은 더 세게, 문을 두드렸다.

"아니, 대체 누구… 어머, 정호 엄마 아냐? 어머, 어머. 꼴이 이게 뭐야? 무슨 일 있어?"

민준 엄마는 머리가 온통 흐트러지고 땀에 절어 있는 수진을 보고는 깜짝 놀라서 물었다. 어쩌면 사람의 눈 같지 않은 눈을 보고 놀랐는지도. 수진은 민준 엄마를 거칠게 밀치며 집 안으로 들어섰다.

거실은 난장판이었다. 집 안에서도 여전히 가면을 쓴 아이들이 거실에 깔아놓은 이불 위에서 난리를 피우고 있었다. 흡혈귀와 처녀 귀신과 미라와 늑대와 거미와 박쥐와 프랑켄슈타인. 작은 악마들이 1년에 한 번 오는 밤, 무엇을 해도, 무슨 잘못을 저질러도 용서가 되는 밤을 즐기고 있었다. 우리 정호 어딨니. 정호에게 무슨 짓을 한 거야. 난 절대 용서하지 않아.

수진은 흡혈귀의 어깨를 잡아챘다. 아까 인터폰에 떴던 가면이었다. 가면을 벗겼더니 역시 민준이였다. 흉측한 가면 뒤에 감춰져 있던 아이의 눈동자는 잔뜩 겁에 질려 있었다.

"정호 어딨니? 응? 정호 어딨냐고? 우리 정호 무슨 옷 입고 나갔어? 허연 천에 우는 가면, 그거 맞지? 어딨어? 어딨냐고?"

"아줌마 왜 그래요… 무서워요… 오늘 핼러윈인데… 엄마가 실컷 놀아도 된다고 했는데…."

"정호 엄마! 지금 애한테 뭐 하는 거야? 대체 무슨 소릴 하는 거냐고?"

수진의 귀에는 이제 아무것도 들어오지 않았다. 말리는 민준 엄마의 팔을 다시 한 번 뿌리치고, 주변을 둘러보았다. 아이들은 가면을 쓴 채로 이곳저곳 구석으로 도망가 떨고 있었다. 프랑켄슈타인만이 놀라서 몸이 굳은 듯 아직 거실에 얼어붙어 있었다. 수진은 얼른 프랑켄슈타인을 붙잡았다. 그러고는 거칠게 가면을 뜯어냈다. 우리 정호 어디 있니.

정호가 놀란 눈으로 엄마를 바라보고 있었다.

*

아이와 엄마는 단지 내 정원에 놓인 벤치에 앉아 하늘에 뜬 달을 바라보았다. 아이는 오랜만에 신나게 뛰어놀아 피곤한 듯 엄마에게 기대 눈을 감고 있었다. 아무 일도 없었다. 혼자 걱정하고, 혼자 뛰어다니고, 혼자 난리 치고. 할로윈이라고. 수진에게는 잊고 싶은 끔찍한 날이었다. 민준 엄마 얼굴을 어떻게 보지. 그보다 정호, 우리 정호 괜히 엄마 때문에 친구들에게 따돌림당하면 어쩌지. 바보. 바보. 바보. 수진은 괜히 부아가 치밀어 아이에게 따졌다.

"그런데 민준이는 너랑 놀면서 네 이름도 모르니? 아까 전화하니까 너 없다고 했단 말이야."

"아까 애들이 한꺼번에 가면이랑 옷이랑 막 꺼내 입어서 그래요. 누가 누군지 모르는 게 재밌다고. 핼러윈에는 원래 그러고 논대요. 여기서는.”

아이가 잠이 들려다가 설핏 깨어 엄마를 바라보며 말했다. 수진은 한숨을 쉬며 아이의 머리를 쓸었다.

“그래, 아이들은 괜찮아? 많이 친해졌어?”

“네. 전에 학교 친구들도 좋은데, 여기 애들도 좋아요. 다 착해요.”

“근데 왜 그렇게 가기 싫다 그랬어. 아까는.”

아이는 대답하지 않았다. 평소라면 그냥 넘어갔겠지만 오늘 밤엔 꼭 아이의 대답을 듣고 싶었다. 수진은 심술궂은 아이처럼 재차 캐물었다. 아이는 망설이다가 대답했다.

“…엄마 혼자 집에 있는 게 싫어서. 아빠 들어오시면 놀러 가려고 했어요.”

그래. 다 내 잘못이야. 바보같이. 난 대체 뭘 하고 사는 걸까. 수진은 하늘의 달을 올려다보았다. 흡혈귀와 처녀 귀신과 미라와 늑대와 거미와 박쥐와 프랑켄슈타인이 허연 천을 뒤집어쓴 유령을 쫓아가고 있었다. 유령은 끼아아아악 비명을 질렀다. 그 광경이 하나도 이상해 보이지 않을 정도로, 오늘 밤 수진은 모든 게 낯설었다. 수진은 다시 잠이 들려는 아이를 깨웠다. 나랑 놀아줘.

“정호야. 오늘 엄마 때문에 많이 놀랐지? 미안해. 엄마가 바보같이.”

“…괜찮아요. 오늘은 핼러윈이잖아요. 오늘 밤에 한 일은 모두 용서된대요. 내일이면 다 잊을 거래요.”

아이의 말이었지만, 수진은 왠지 마음이 가벼워졌다. 그제야 남편이 생각났다. 이 인간. 괜찮을까. 수진은 다시 기대려는 아이를 일으켜 세웠다.

"정호야. 가자. 아빠 문병 가야 해."

"아빠? 아빠 다쳤어요?"

"응. 근데… 괜찮을 거야. 큰일 날 뻔했다고 했으니까…. 큰일은 안 나겠지. 어서 가보자."

아이는 눈을 비비며 벤치에서 일어나 엄마의 손을 잡았다.

오늘은 할로윈, 아니 핼러윈. 모든 성인의 밤. 모든 악마의 밤. 세상에 없는 밤. 모든 것이 용서되는 밤. 가면을 쓰지 않았다고요? 괜찮아요. 우리는 모두 가면을 쓰고 사니까요. 원래부터. 평소에 가면을 쓰지 않는 아이들만 핼러윈에 가면을 쓰죠. 해피 할로윈, 해피 핼러윈. 할로윈이든 핼러윈이든.

남세오

서울대 원자핵공학과를 졸업하고 평범한 연구원으로 살아가던 어느 날 문득 글을 쓰게 되었다. 언제 다시 닫힐지 모르는 주머니에서 허겁지겁 이야기들을 끄집어내 서툴게 다듬고 있다. 글을 쓰는 건 많은 시간을 홀로 고민하는 작가의 몫이지만 그 결과물은 독자에 따라 저마다의 방식으로 읽힐 수 있는 소설이라는 매체에 편안함과 매력을 느낀다.

브릿G에서 '노말시티'라는 필명으로 활동을 시작하여 다수의 작품이 편집부 추천을 받았으며 환상문학웹진 거울의 필진으로 2019 거울 대표중단편선에 표제작인 〈살을 섞다〉를 실었다. 2020년에 제7회 과학소재 장르문학 단편소설 공모전에서 〈스윙 바이 레테〉로 우수상을 수상했으며, 2021년에 그동안 썼던 SF 단편을 모아 《중력의 노래를 들어라》를 출간했다.

박평수가 술법을 익히다

김인정

가을 겨울을 거쳐 봄까지 내내 어지간하도록 푹푹 내리는 눈 말고도 비설산(飛雪山)이 자랑할 만한 것이라면 신선바위다. 비설산 은선대(隱仙臺) 근처 높다란 곳의 신선바위는 뭘 닮지도 않았고 색이 오묘한 것도 아닌, 그저 편평한 바위에 불과했지만 알음알음 사방 백 리에 그 명성이 퍼졌다.

신선이 될 수 있다는 소문 때문이다.

수양하여 자질이 있는 자는 몸을 던진 즉시 우화등선(羽化登仙)한다는 이야기에 눈이 번쩍 뜨인 사람들이 꾸준히 신선바위를 찾았다. 그 덕에 근처 사기꾼들만 노가 났다. 사기꾼들은 어디서 도사, 신선, 은거기인 복장을 주워 입고는 신선바위로 가는 길목마다 초막을 짓고 뜨내기들 상대로 한탕 해 먹었다. 이들은 몸 던진 이들의 시신이 바위 아래 수북하게 흩어지면 그걸

더러 시해선(尸解仙)이라고 태연하게 거짓말을 늘어놓고 등을 떠밀어 죽이는가 하면, 겁을 먹고 돌아서는 이들에게 신선 수련을 시켜준다며 어르고 달래 돈을 뺏기도 했다.

한편, 정말로 신선을 만난 이도 있다.

풍진 세상에 순정한 마음을 품고 수행을 쌓은 이들이나 절실한 일심이 하늘에 닿은, 일테면 말 그대로 '지성이 감천'한 이들이다. 혹은 세상을 등지는 편이 얼싸안고 살아가느니보다 낫거나 혹은 정말로 타고 난, 세속에서 선골이라고 부르는 이들.

박평수(朴平壽)는 그중 어디에도 속하지 않았다.

우선 이 양반은 참말로 게을렀다. 하도 게을러서 깔때기를 꽂아 먹을 걸 흘려주지 않으면 그대로 굶는 양반 이야기가 있는데, 박평수도 그에 비견할 만한 작자였다. 거기다 박평수는 유복한 가문의 자제로 태어난 덕분에 길바닥에서 얼어 죽거나 궁둥이를 걷어 차이는 천덕꾸러기로 늙는 대신에 구들장에 딱 들러붙어 둥기둥기 편안하게 자랐다. 유모가 업어주고 찬모며 하인들이 박평수의 앵돌아간 주둥이에 죽을 물려주고 손이며 발이며 닦아주어 사실상 숨만 쉬면서 슬그머니 자랐다는 뜻이다.

각설하고, 사람이란 게 우스워서 자기 사지육신 가누는 걸 성가셔해도, 그 아둔한 머리만으로는 얼마든지 창천을 노닐 수가 있는지라 이 양반도 불쑥 꿈을 품었다. 사지 편안하게 구름 사이나 노닐 것 같은 신선이 되어 술법을 좀 써보고 싶었던 것이다.

대저 신선이란 무엇이냐?

하늘을 다스리고 땅을 돌보며 산과 들과 강과 바다에 두루 조화로운 경지를 이름이거늘, 제 사지육신 가누는 것도 싫어라 하는 게으름뱅이 박평수가 언감생심 어떻게 신선이 되겠는가. 박평수는 며칠 구들장을 지고 가만 고민하다가 때마침 온 천하가 춘삼월 따뜻할 적에 불쑥 길을 나섰다. 비설산 은선대 신선바위 소문을 들은 게다.

다섯 걸음에 한 번씩 두고 온 자기 방 아랫목을 그리워하면서도 어찌어찌 비설산에 이른 박평수. 그는 산기슭에 발을 딱 들이자마자 '아이고, 이 호구를 내가 물어야지.' 하며 접근한 사기꾼 손에 끌려 은선대를 꾸역꾸역 올랐다. 그 과정이 또 얼마나 지긋지긋하게 힘겹고 길고 느려 터졌던지 종내엔 사기꾼도 이 놈에겐 돈 좀 더 울궈내도 미안할 게 없겠다 싶었을 정도였다.

박평수의 신선이 되려는 욕망이 티끌만 했어도 그를 뜯어먹으려는 사기꾼의 욕망이 주먹만 한 덕분에, 두 사람은 한낮쯤 되어 신선바위에 앉아 아래를 훑어볼 수 있었다.

"아이구!"

눈으로 보고는 도저히 못 뛰어내릴 높이인지라, 박평수는 눈을 딱 감고 바위에서 냉큼 물러났다.

"아이구, 아이구! 도무지 나는… 못 뛰어내리겠소이다."

사기꾼은 이 성가신 종자를 번쩍 들어 던질까 말까 하다가 자신이 들인 공이 떠올랐는지 낯을 좋게 꾸며 번지르르 떠들었다.

"거, 이보쇼. 우화등선을 그리 쉽게 하는 게 아니외다. 뛰어내릴 용기 하나 없는 양반이 어찌 속세를 등지겠소?"

"신선까지는 아니 되어도 좋소. 나는 그저… 그저 선술 한 자락이나 얻으면 그로 족하오. 신선을 만나면 그만이지 굳이 내가 신선이 될 필요까지야 있소?"

"글쎄! 신선을 만나는 건 삼생의 연이 있어야 되는 일이라오. 그보다는 한 번 눈 감고 뛰어내려서 스스로 신선이 되는 편이 좋잖소?"

"아니, 아니. 글쎄… 그것이. 선술 한 자락이나… 아이고! 아이구야! 휘이… 높아라!"

사기꾼은 박평수와 실랑이를 하다 어디 혼 좀 나보라는 생각에 그를 두고 하산해버렸다. 박평수는 바지런히 그 뒤를 쫓아갈 생각도 없이 멍청한 얼굴로 나가떨어져 신선바위 위에 오도카니 앉았다. 해바라기를 하다 달바라기를 할 지경에 이르자 박평수는 덜컥 겁이 났으나 어둑어둑한 길을 되짚어 내려가기엔 귀찮고 두려웠다.

'에라, 될 대로 돼라지. 설마 죽겠나.'

평생 게으르게 살아온 이 양반이 그리 드러누워 빈둥거리노라니, 야심한 밤에 휘영청한 보름달이 뜰 때 인기척이 났다. 수런거리는 수풀 소리며 시커먼 나무 그림자, 계곡 저편의 아득한 바람 소리가 어지간한 사람의 간담을 서늘하게 했으나 이 박평수는 태연하기 그지없었다.

무엇인가가 자신을 해치리라는 상상을 한 번도 해본 적이 없었던 탓이다.

덕분에 박평수는 신선을 만났다. 정확히 말하자면야 구름을 다루고 산을 접고 땅을 엎는 신선은 아니고, 그 제자의 제자쯤 되는 누군가였다. 높으신 신선 나리는 바위에 드러누운 양반의 생사 따위엔 흥미가 없겠으나 제자의 제자는 아직 세속의 때가 묻은 인간인지라 그만 호기심이 일어, 슬쩍 살피러 온 참이었다.

신선의 제자의 제자, 저간에서는 송옥(松玉)이라고도 불리는 여자가 낭랑하게 물었다.

"거기서 무얼 하니?"

"서… 선인이십니까?"

박평수가 그렇게나 재빠르게 몸을 일으켜 무릎을 꿇은 건 전에도 없고 후에도 다시없을 일이었다.

"그렇단다."

그는 송옥의 옷자락에 매달릴 기세로 달려들어 머리를 바위에 쿵 하고 찧었다. 한 번 찧고 나니 이게 생각보다 더 아픈지라, 다시 찧지는 않고 슬그머니 손을 짚어서 이마와 바위 사이에 댔다. 목소리만은 우렁차게 선인의 술법 한 자락 얻기를 청하였다. 송옥은 이 양반이 겁 없이 한밤 신선바위 위에서 견디었다고 착각하여 잠시 마음이 동해, 은근한 어조로 물었다.

"선인이 되고 싶다고? 그러면 벽곡(辟穀)하며 자중할 수 있겠니?"

"아니, 아니, 그저 선술 한 자락이면 되옵니다."

"내 제자로 삼아줄 수도 있는데 정말 그거면 되니? 많이 고단하겠지만 단단히 결심을 굳히고 노력하노라면 우리 스승도 뵐 날이 올 거란다."

"감히 선술 한 자락을…."

벽곡이라니, 안 될 소리였다. 사실 박평수는 이미 배가 고파서 죽을 지경이었고 '신선이 되자' 하는 막연한 꿈도 만사 귀찮아서 쪼그라든 지 오래였다. 집에 가만히 앉아 허송세월하노라면 온갖 산해진미를 대령해 올 텐데 그걸 즐기며 한세상 살지 뭣 하러 못 먹을 걸 질금질금 주워 먹어 가면서 춥고 배고프고 험난한 길을 간단 말인가.

한정된 수명을 두려워하기에 박평수는 지나치게 젊었다.

그는 이제 본전 생각이 나서 술법을 베풀어달라 매달릴 뿐이었다.

"뭐, 이런 인연도 있는 거겠지. 좋다. 너에게 뭘 하나 내어주마."

송옥은 박평수에게 절을 받아 흡족하였고 동시에 절값을 해 주어야 한다는 생각에 소맷자락을 펄럭, 흔들었다. 희고 가느다래서 산 사람 같지 않은 손가락이 소매 속으로 사라지더니 무엇인가가 그 안에서 덩더꿍 널뛰는 모습이 보였다. 박평수는 숨죽이고 그 광경을 지켜보았다.

"옜다. 이걸 너에게 줄 테니 잘 익혀보렴."

둘둘 말린 두루마리가 박평수의 품에 뚝 떨어졌다. 그가 두루마리를 쥐고 고개를 들자, 송옥은 홀연 간 곳이 없었다. 그는 터오는 새벽빛에 두루마리를 펼쳤다. 누렇게 낡은 종이에 생생한 필치로 돼지 한 마리가 그려져 있었다. 금방이라도 종이를 뚫고 튀어나올 듯한 그 녀석 위로 나는 듯한 글귀가 보였다.

"마음을 바르게 하고 눈을 감은 즉 세상사 모두 내게 달린 것을 아노라."

일체유심조(一切唯心造).

그는 흐릿한 글자 위를 쓰다듬었다.

그것은 목적한 것을 돼지로 바꾸는 술법인 듯했다.

박평수가 두루마리에 적힌 괴상한 주문을 마저 읽어 외는 사이 날이 훤히 밝았고 그를 버려두고 떠났던 사기꾼이 나타났다. 박평수는 어설픈 신선 복색으로 등장한 사기꾼과 눈이 마주치자, 방금 익힌 술법을 시험해보기로 결심했다. 그가 진짜 신선이나 그 제자쯤 된다면 알아서 피할 것이고, 아니라면 술법에 당해도 그 업보라는 계산이 섰던 것이다.

'너는 돼지다.'

그는 사기꾼의 눈을 한번 보고 눈을 감은 후 주문을 외웠다. 너는 돼지다. 반신반의하며 생각한 후 슬그머니 눈을 뜨자, 이게 웬일인가? 사기꾼은 간데없이 옷자락에 폭 파묻힌 돼지 한 마리가 버둥거리고 있는 게 아닌가.

"으하하!"

예상외의 소득을 거의 공으로 얻은 박평수가 얼마나 신이 났을지는 덧붙일 필요도 없을 터다. 이 게으른 사내가 앉은 자리에서 두어 장쯤은 펄쩍펄쩍 뛰며 하산했을 정도로 아주 신바람이 났다. 그는 곧바로 비설산을 떠나 고향으로 되돌아갔다.

'이 몸은 이제 신선의 말석이란 말씀이야.'

다만 무언가를 돼지로 바꾸는 술법 따위는 기실 박평수의 일상에 별반 도움이 되지 않았다. 그는 눈을 깜박이며 주문을 외우는 것보다, 아랫목에서 빈둥거리며 종에게 돼지를 대령하라고 명령하는 쪽이 더 편한 양반이었으므로. 그야 살아서 펄펄

날뛰는 돼지가 양반에게 무슨 소용이겠는가. 잘 다듬어 요리를 마치고 상에 올라야 겨우 박평수에게 돼지 취급을 받을 수 있었다.

그런데 마침 박평수에게 기회가 왔다.

사정은 이러했다.

박평수의 일가 가운데 두루 신망이 높은 무인이 하나 있었다. 이름을 천욱이라고 하는 그이는 소년급제한 헌헌장부였는데, 화살 한 대로 천 리 밖의 엽전을 꿰미처럼 꿰었더라는 호들갑스러운 소문이 따라붙을 정도였다.

덕분에 박천욱은 세상천지에 두려운 게 없었는데, 어느 날 첩첩산중에서 그만 집채만 한 범을 만나 사투를 벌이다 부상을 입고 말았다. 그날부터 천욱은 범을 두려워했다. 호걸 소리를 듣던 젊은이는 자신의 두려움을 감히 고백할 수 없었다. 몸은 나았으나 마음은 낫지 않아, 안으로 감춘 공포는 이내 건장한 육신마저 좀먹기 시작했다. 한데 바로 이때 왕도 인근에 범이 한 마리 나타나 인심이 흉흉해지자, 관에서는 장수 박천욱에게 범을 잡아 왕의 덕을 널리 떨치라 하였다. 천욱은 깊은 근심을 품고 왕명을 받들어 떠난 참에 잠시 친지를 방문했다.

박평수의 집이었다.

구들장을 지고 자신의 술법 한 자락을 어떻게 자랑할까 알지 못하던 박평수는, 이 대단한 친척을 보러 슬그머니 기어 나왔다. 천욱은 일가 어른들 앞에서 침묵을 지키다가 조심스레 자신의 두려움을 털어놓았다. 병풍보다도 존재감 없이 앉았던 박평수는 불현듯 말을 얹었다.

"그걸 내가 어찌할 수 있을 법도 하고… 큼큼, 아닐 법도 하고…."

박평수는 온 일가가 신줏단지 받들듯 하는 젊은이 앞에서 한 번쯤 어른 노릇을 하고 싶었다. 턱을 빳빳하게 쳐들고 으쓱거려 보고 싶기도 했다. 누구에게나 있는 그 공명심이라고 할지 허풍이라고 할지 모를 욕망이 박평수를 이끌었다.

"이보게, 내가 촌수로 따지면야 자네 삼촌쯤 될 터인데 어린 조카의 고민을 모른 척해서야 되겠나? 그간 세속을 등지고 초연하였을 뿐 세상 정리를 모르는 바 아니라네. 에헴."

박평수의 부모 형제는 속으로 '아이고! 저 어리석은 것이 웬 흰소리를 늘어놓아 망신을 당하려나' 하였지만 천욱 앞에서 나무라기 어려워 말을 삼갔다. 천욱은 부드러운 어조에 약간의 존경심을 담아 그의 '삼촌뻘' 되는 양반에게 간청하였다.

"아저씨. 아저씨께서 이 조카의 가여운 처지를 도와주신다면 그 은혜를 일생 잊지 않겠습니다."

"과갈(瓜葛)간에 모르는 척해서야 사람이 아니지. 자네가 그리 말한다면야 내가 나서줌세. 에헴에헴."

그는 우선 잔뜩 허세를 부렸다. 그러나 주둥이로 지껄일 때나 쉽고 재미나고 기분 좋았지, 정작 천욱과 다른 몰이꾼들을 데리고 인근 산을 오르기로 하자 두렵고 귀찮아서 고통이 찾아왔다.

"자네는 범을 보면 오금이 저린다고 하였지."

박평수가 조급증을 내며 천욱에게 물었다. 금방이라도 산중에서 범이 톡 튀어나와서 자기 목줄기를 콱 물까 봐 그는 무서워 다리가 발발 떨렸다. 천욱이 시위에 활을 재어 거리를 가늠해보며 답했다.

"그렇습니다. 다른 짐승은 아무렇지도 않은데 범의 눈깔만 봐도 그 누린내가 물씬 풍기며 어린아이처럼 기가 죽고 맙니다."

"그렇군, 그래. 자네… 돼지라면 어떤가? 돼지라면 쏠 수 있겠는가?"

"돼지를 못 쏠 까닭이 어디 있겠습니까. 불초한 조카가 그만큼 망가지지는 않았습니다."

부드러운 가운데 속이 상한 듯 뾰족한 데가 느껴지는 목소리였다. 박평수는 머쓱해서 얼른 모르쇠 하며 범을 찾아야 하는데 하고 제가 나서서 오두방정을 떨었다.

운이 따랐던지 아니면 정해진 운명이란 게 참말 거기 있었음인지, 박평수는 계곡 저편에 보란 듯 나타난 범을 발견했다.

빠른 물살이 어마어마한 소리를 내며 이편에서 저편으로 흘러 사라지는 가운데 범은 유유하였다. 튼실한 몸뚱이에 꼭 알맞게 붙은 머리가 포효하는 대신 침묵하며 어리석은 인간들을 가만히 바라보고 있었다.

'너는 돼지다.'

박평수는 눈을 감았다. 주문을 외우고 발발 떨었다. 여차하면 천욱 뒤로 숨을 요량으로 발을 물리며 그의 옷깃을 잡아당겼는데, 천욱이 나직이 중얼거렸다.

"…돼지로구나."

박평수가 눈을 떠서 제가 이루어 낸 일을 보는 것보다 천욱의 화살이 더 빨랐다. 거센 계곡풍에도 길을 빗나가는 일 없이 날아간 화살 한 대가 정확히 돼지의, 아니, 실은 범이었던 점잖은 짐승의 숨을 끊었다.

몰이꾼과 천욱이 시체를 거두러 건너편으로 건너가 확인하니 그것은 어느새 범의 모습으로 돌아와 있었다.

"마음을 다해 감사드립니다. 아저씨."

천욱은 범의 사체를 메고 와서 박평수 앞에 넙죽 절을 올렸다. 박평수는 이 굉장한 광경을 세상 사람이 다 보고 자신을 칭송해야 하는데 황량한 산중에서 거렁뱅이 같은 몰이꾼이나 몇 둘러놓고 있으니 속이 상했다. 그가 까칠하게 고개를 젓자 천욱은 재차 감격 어린 말을 쏟아놓았다.

"불초한 조카가 느낀 바 있습니다. 무예를 단련함에 있어 중한 것은 오로지 마음이요, 그 밖에 눈과 귀와 혀는 얼마든지 사람을 현혹할 수 있다는 그 명제를 진실로 깨달았습니다. 범이라 여길 때는 사지를 움직이기 어렵더니 돼지라 여길 때는 망설이지 않고 활을 들었으니 저라는 자의 미욱함이 부끄러울 따름입니다. 자만하지 않고 흔들리지 않는 무인이 되겠나이다. 절 받으소서."

본시 성실하고 씩씩했던 이 젊은 장수는 깨달음을 얻어 더욱 그럴듯한 모습으로 떠났다. 박평수는 산을 오르기 전과 조금도 달라지지 않은 꼴로 느릿느릿 돌아와 또 뜨끈한 구들장에 드러누웠다.

'다들 이 몸의 술법이 얼마나 굉장한지, 그걸 쓰는 이 몸이 얼마나 대단한지 알아야 하는데.'

그런데 정말이지 하늘이 무심하게도, 아니, 박평수에게는 당연하게도, 그 비슷한 날이 오고야 말았다.

정직한 박천욱이 공을 치하받는 자리에 나아가 자기 상관에게 '은거한 기인'이라며 박평수를 추천하였던 것이다. 일이 되려고 하면 돌멩이 하나 집어 던져도 기러기 두 마리가 맞아 떨어지는 법이고 헐값 주고 산 자갈밭에서 금덩이가 나오는 법이라 했다. 널리 특이한 사람을 뽑아 쓰려던 어느 높은 분의 귀에 소문이 날아든 덕분에, 박평수는 얼마 지나지 않아 작은 벼슬자리를 얻기에 이르렀다.

고을 사또가 되어 당현(塘懸)이라는 고장으로 내려간 것이다.

백성들은 그저 못골이라고 부르는 그 고을은 그럭저럭 작고 그럭저럭 먹고살 만하고 그럭저럭 세금을 충당하며 그럭저럭 토박이들이 횡포를 부리는 그런 촌이었다. 고을의 절반은 산이고 절반의 나머지 절반은 옹색한 밭이며 또 나머지의 절반가량이 못으로 이루어졌는데 그 알량한 못의 동서남북에서 각자 못 이름을 붙여 부르는 그런 곳이기도 했다.

새 수령이 납셨다고 인사를 하고 나니 이방이 와서 박평수에게 일렀다.

"이 고을에선 그저 도진사 어르신과 알고 지내시면 족합니다."

도원개(陶元介)라는 어른이 한 분 계신데 그가 바로 못골의 유지로 사실상 고을을 지배하고 있으니 수령은 와서 절이나 하고

떡이나 먹으라는 이야기였다. 갑자기 공으로 벼슬을 하려니 낯설고 황감하던 차에 잘 됐다 싶어 박평수는 냉큼 그 말을 따랐다. 고향집에서 집어온 서화를 몇 점 가져다주고 인사를 하니 도진사는 아주 식견 있는 사또가 오셨다며 금세 친근하게 대해주었다.

고을은 평안했다.

사건이라곤 아주 이따금 벌어졌다. 사람은 죽은 만큼 태어났고 장례가 있는가 하면 잔치도 있어, 도토리나무가 싹이 나고 자라 또 도토리를 떨어뜨리듯 못골의 생활은 거기에서 거기였다. 백성들은 배 곯을 것이 세상에서 제일 중한 고민이었는데 사실 못골의 조그마한 전답에서 곡식이 덜 여물든 더 여물든 부유한 양반님네들에겐 아무래도 좋은 일이었다.

'이야, 박평수 팔자가 아주 노났구나.'

원님이라고 꼬박꼬박 절을 하는 백성들과 입속의 혀처럼 구는 아전들, 사나흘에 한 번은 돌아가며 유람을 하고 술상을 벌이는 고을 양반들 사이에서 그는 세월을 타령 한 곡조처럼 쉽게 지나 보냈다.

한편 못골에는 산이 많은 만큼 산기슭을 일구어 먹고 살거나 사냥을 해서 먹고 사는 이들도 많았는데, 그중 부사리라는 영감이 하나 있었다. 아내 없이 홀로 저루소라고 불리는 어린 딸과 조촐하게 살았는데, 아비는 덫을 놓고 딸은 열매를 따거나 침모일을 하며 살았다.

저루소는 아리잠직한 계집아이였다. 그 탓에 누구 잔칫집엔

가 들렀다가 그만 도원개의 눈에 띄었다. 그는 부리는 사람을 보내 부사리에게 저루소를 자기 첩으로 달라고 청했는데, 부사리가 길길이 날뛰며 쫓아내자 마음이 상하고 말았다. 입맛이나 다시며 양반답게 넘어갔으면 모두 좋았으련만, 도원개는 어느 날 술을 진탕 퍼마시고는 들이닥쳐 저루소를 보쌈해 가버렸다.

부사리는 덫을 놓으러 나갔다가 뒤늦게 사실을 깨닫고는 관아로 달려왔다. 문을 굳게 닫고 모르쇠로 일관할 게 뻔한 도원개에게 가느니 사또에게 매달려 말이라도 넣는 편이 낫다는 판단이 섰던 것이다.

"도진사 나리는 참 점잖은 분인데."

이런저런 사정이 겹쳐, 박평수는 부사리를 쫓아내지 못하고 마주한 참이었다. 아예 몰랐으면 속이 편했으련만. 들었으니 뭐라도 하는 척을 해야 마땅했다. 박평수는 아전을 시켜 도원개에게 가서 말을 건네보라고 했는데, 도원개는 그조차 자기 체면이 깎인다 싶었던지 오히려 성을 내기 시작했다.

저루소를 내놓아라.

아니, 내놓긴 뭘 내놓으라는 거냐?

그런 식의 실랑이가 오가는 사이 해가 지고 달이 떴다. 날이 밝도록 부사리는 관아 앞에 앉아 꼼짝도 하지 않았다.

"부사리. 이 답답한 사람아, 글쎄 도진사 나리께선 자네 딸년을 데려간 일이 없다지 않아? 이럴 시간에 사냥이나 더 하면서 집 나간 딸이 돌아오길 기다리는 게 어떤가?"

이방이 그렇게 말했다가 부사리의 주먹에 주둥이가 터지고 말았다.

'귀찮구먼.'

박평수는 부사리 때문에 도원개와 어울려 놀지도 못하고 오가는 아전들이 이러쿵저러쿵 떠드는 게 성가셔 견딜 수 없었다. 그래서 그는 불쑥 나아가 부사리에게 이렇게 말했다.

"그건 돼지다."

웅성거리던 주위가 일시에 가라앉았다.

"그건 돼지야, 부사리. 도진사는 저루소라고 이름을 붙인 돼지를 데리고 사시는 걸세. 내가 사람을 보내서 그 댁에 말을 전하겠네. 자네에게 다른 돼지를 한 마리 사주라고 말이네."

부사리가 고함을 지르기 시작했다. 박평수는 이걸로 됐다고 생각하며 가벼운 걸음으로 관아 문턱을 넘었다. 박평수의 말을 전해 들은 도원개는 가타부타 따지지 않고 돼지를 두 마리 사서 멱을 따라고 이르더니 그 사체를 부사리의 초라한 집 마당에 던져놓았다.

"이왕 잡은 돼지니 푹 삶아 동네잔치나 합세."

도원개가 그렇게 말하더라는 소문이 고을을 뒤덮기까지 채 반나절도 걸리지 않았다. 숙덕거림은 사립문을 넘지 못했고 부사리는 죽은 돼지 두 마리를 앞에 둔 채 관아 앞에서 그랬듯 묵묵히 앉아 있었다.

박평수는 '다 해결됐다'고 발을 쭉 뻗고 잠을 잤다.

그의 꿈에 무시무시한 얼굴을 한 송옥이 나타났다. 비설산 은선대에서 그에게 술법이 적힌 두루마리를 던져주었던 그 모습

그대로 구름을 밟으며 내려와 박평수의 머리채를 덥석 움켜쥐었다.

“졸렬하고 비열한 것아! 이 악한 것아! 네놈이 죄를 저지르니 나까지 업을 짊어지게 되었구나.”

박평수는 영문을 몰라 어물거리며 버둥거렸다. 송옥은 그를 놓아주기는커녕 큰 칼을 든 사령들을 가리켰다.

“우리 스승이 격노하시어 내게 벌을 받으라 명하셨으니, 나는 보잘것없는 자만심 하나의 업을 짊어지고 떠나려 한다. 그러나 두고 보아라. 네놈의 눈에서도 피가 마르지 않게 되리라.”

눈이 번쩍 뜨이자 이불 속에서 얼마나 발버둥을 쳤던지 머리맡에 두었던 자리끼가 발끝까지 날아가 있었다. 박평수는 식은땀이 송골송골 맺힌 이마를 손등으로 슥 문지르고 벌렁거리는 심장을 다스렸다.

‘꿈자리가 사납구만.’

입맛이 떨어져서 그는 며칠 빈둥거렸다. 꾀를 내어 사람을 시켜 인근 절이며 당집이며 쌀과 돈푼을 좀 가져다 바치고 아직 보릿고개가 온 것도 아닌데 구휼을 한답시고 이집 저집에 묵은 보리를 풀었다. 그러고 나니 자기의 별거 아닌 죄 따위는 싹 씻겨 내려간 듯 기분이 가뿐했다.

듣자 하니 부사리는 몰래 도원개의 집에 먹을 것을 들여보내는 듯했다. 아마도 여전히 딸이 그 집에 갇혔다고 여기는 것이리라. 동정심 가진 종들이 부사리를 돕는지 어떤지는 알지 못해도 더 이상 저루소 이야기를 하는 사람은 어디에도 없어, 못골은 청명한 가을 하늘보다도 평온했다.

박평수는 향반들과 어울려 이웃한 고장의 큰 강을 구경하러 가기도 하고 계곡의 어느 정자를 찾아 노닐기도 하면서 잘 살았다. 아무도 부사리와 저루소에 대해 말하지 않았다. 박평수는 으스대며 행차할 적에 길 이편과 저편에서 인사하는 사람들 사이에 부사리가 끼어 있지나 않나 두려워하였으나 그는 다시 얼굴을 보이지 않았다.

달이 바뀌기 전에 도원개가 장가를 들게 됐다.

소문으로 온 고을이 들썩거리자 박평수는 부사리가 어쩌고 있나 하고 이방을 불러 떠보았다. 이방이 살살대는 목소리로 늘어놓았다.

"하하! 거, 이제 걱정 탁 내려놓으십시오, 사또. 부사리는 외려 좋아하고 있더랍니다."

"좋아해? 그이가 도진사 댁 경사에 기쁠 일이 뭐가 있다고?"

"뭐가 있긴요. 글쎄, 진사 나리가 장가를 드시면 그… 그, 거두어 갔던 돼지 새끼를 돌려주지 않겠습니까? 돌아만 와주면 좋다고, 영감이 매일같이 담장을 돌며 염불하던 걸 무지렁이들도 다 아는 걸요. 요즘 그 텁석부리가 싱글벙글 웃고 다닌답니다."

"아, 아아… 그렇지. 돼지! 그 촌민이 아주 크게 이득을 보겠구만. 일전에 도진사가 돼지를 두 마리나 주었는데 이제는 전에 데려간 돼지까지 돌려주실 테니 말이야."

부사리는 수모를 견디며 도원개가 저루소를 돌려주길 기다렸다. 밥 안의 작은 돌처럼 버석거리던 것이 어떻게 해결되었구나,

하여 박평수는 기분이 좋았다.

그러나 도원개가 사주단자를 주고받았다는 둥 길일을 받았다는 둥 소식이 연이어도 그 댁에서 어린 돼지 혹은 계집애가 나왔다는 소식은 들리지 않았다. 그러기를 며칠, 관아가 들썩거릴 만큼 소동이 일었다.

"사또! …그, 죽었답니다."

이방의 얼굴이 어두웠다.

"죽다니, 누가."

"거… 돼지가. 도진사 댁의 돼지 말입니다요, 사또. 죽었답니다."

도원개가 흠씬 때려죽였다는 소문이 어느새 퍼졌다고 했다. 정황이 드러나기 전에 소문부터 짜아하니 환장할 노릇이었고 참 곤란한 일이었다. 부사리는 딸을 데려가려고 지게를 진 채 매일같이 도원개의 담장을 맴돌았으니 이 소문에 가만있을 까닭이 없었다. 당장 주먹을 말아 쥐고는 도원개의 집으로 닥쳐들어 실랑이가 한창이었다.

아직 그 댁에서 시체가 나오기도 전이었다.

소식이 닿자마자 박평수는 나는 듯이 달려갔다.

"여보오, 진사 나리! 그저 돼지가 아닙니까!"

부사리가 쉬어 터진 목소리로 고함을 질렀다.

"돼지 사체라도 보겠다는데 붙잡으려오?"

어디서 그런 힘이 솟았는지 삐쩍 마른 부사리 하나를 도원개 댁 장정들이 당해 내질 못했다. 박평수는 헐레벌떡 그들 모두를 밀치고 안으로 들어가 초조하게 버티고 선 도원개와 눈을 마주하였다.

"좀 봅시다."

떨떠름한 얼굴로 도원개가 몸을 약간 비켜주었다. 부사리가 벽력처럼 박평수의 뒤를 따랐다. 어어 하는 사이 문짝이 박살 났다. 박평수는 아주 약간, 정말이지 조금 빨리 방 안으로 들어설 수 있었다.

방 안은 후텁지근했고 퀴퀴한 냄새로 가득했다. 둘둘 말린 이불 아래로 고깃덩어리 같은 것이 삐쭉 튀어나와 있었다. 박살이 난 병풍과 흩어진 회초리, 피리. 나란히 놓였다가 쓰러졌음 직한 술병. 이리 널리고 저리 널린 색색의 저고리와 치맛자락이 보였다. 박평수는 눈을 보았다.

커다란 눈.

그리고 눈을 감았다.

꼭 한순간이었다.

'저것은 돼지다.'

저건, 그저 돼지다.

바로 다음 순간 부사리가 그야말로 범처럼 포효하며 박평수의 어깨를 떠다밀었다. 벌렁 나자빠진 박평수는 술법을 제대로 썼는지 확인하기 위해 고개를 번쩍 들었다. 등을 보이고 떡 버티고 선 부사리가 보였다. 그의 마른, 그러나 범 같은, 태산처럼 치솟았던 어깨가 한 번 휘청 흔들리더니 와그르르 무너지듯 주저앉았다.

"그래요… 돼지군요."

조금 전까지의 야단법석이 다 거짓말이었던 듯 아무도 입을 열지 않았다. 부사리는 산 딸을 데려가려던 지게에 거적에 둘둘 만 돼지를 싣고 도진사 댁을 떠났다.

'저건 돼지다.'

거적 틈새로 어째 사람의 머리카락인지 손목 발목인지가 보이는 것만 같아 박평수는 눈을 쓱쓱 비볐다.

"돼지야."

고쳐 다시 보니 영락없이 돼지였다.

아무렴, 돼지였다.

그건 그저 죽은 돼지 한 마리였다.

얼마 후 부사리가 두루 죄송한 노릇이라며 삶은 돼지고기를 대접하려 했지만, 아무도 그것을 먹으려 들지 않았다. 부사리는 고기를 관아로도 가지고 왔다. 박평수는 이 핑계 저 핑계 대며 피하려다 또 어찌어찌 그를 마주하고 말았다.

"이건 혹시… 일전의 그 돼지인가?"

박평수가 묻자 부사리가 놀라울 만큼 친근하게 웃었다.

"암만요! 그건 하마 팔았습죠. 며칠이 지났는데 그게 있겠습니까요. 이건 산 너머 새매가 잡은 멧돼지를 나누어 받은 겁니다요. 살이 아주 씹을만하다고 그이가 어찌나 자랑이던지."

"끄응."

내키지가 않아서 돼지고기를 앞에 두고 박평수는 텁짓했다.

"그럼 어디 자셔보게."

"촌놈이 어찌 하늘 같은 사또 앞에서…."

"먹어보라지 않나!"

"네, 네, 분부대로 합죠."

부사리는 씩 웃으며 고기를 집어 텁석부리 사이로 밀어 넣었다. 그리고 씩씩하게 씹었다. 그의 툭 튀어나온 목젖이 울렸다. 고기 냄새가 온 관아 안을 가득 채웠다.

"아이고! 맛 좋다!"

박평수는 떨떠름하게 주위를 둘러보았다. 아전들은 이제 경계가 풀렸는지 저마다 침을 꼴깍꼴깍 삼켰지만, 그는 도저히 고기를 씹을 수가 없었다.

'튀어나온 발에 발굽이 없었다.'

저도 모르게 부사리의 지게와, 그 위 얹힌 채 훠이훠이 흔들리며 멀어져 가던 거적이 떠올랐다.

'사람 발이었어.'

박평수는 눈을 꽉 감았다.

'…아니다. 그것은 돼지다.'

그 날부터 박평수가 고기를 입에 대는 일은 없었다. 아무리 양념을 해서 맛을 감춰보아도 고기를 씹는 순간 그 질겅거리는 감각이 소름 끼쳐서 대번에 뱉게 됐다. 그러거나 말거나 못골은 평온하고 부사리는 허허실실 웃으며 여전히 초라한 집에 틀어박혀 지내고 도원개는 대처에서 각시를 얻었다.

여전히 박평수가 행차하면 못골 사람들은 조용히 고개를 조아리거나 걸음을 물렸다.

겉으로만 보자면 그의 못골 생활에 달라진 점이라곤 하나도 없었다.

세월은 흘렀다.

박평수는 놀고먹으며 일거리를 팽개쳤다. 전과 다를 바가 없었다. 그가, 도저히 고기를 먹을 수 없다는 것만 빼고는. 고기 굽고 삶는 냄새만 풍겨도 구역질을 한다는 것쯤 아주 사소했다. 세상엔 고기 말고도 먹을 것이 많았고 박평수는 시무룩할지언정 어떻게든 사치스럽게 살 만큼 여유가 넘쳤으므로.

그는 몇 번이나 고기를 먹으려고 노력하다 이제는 다 포기한 참이었다.

먹다 뱉은 고기와 그를 위해 새로 잡았던 무수한 짐승을 내다 묻으며 박평수는 자기 팔자가 기구하다고 한탄을 했다.

해 질 녘이 되어 인주빛 노을을 이고 촌민 몇이 찾아왔다.

"사또. 우리 못골의 어버이이신 사또께서 여름을 타서 입맛을 잃었다 하니 촌민들이 이것저것 엮어 삿자리를 만들어 이리 보내왔습니다. 시원하게 지내시노라면 금세 또 입맛이 도시겠지요."

일제히 어설픈 절을 올리는 그이들의 얼굴은 몹시 천진했다. 웃고 울고 찡그리며 정직하게 살아온 형태가 고스란히 남은 주름을 일그러뜨리며, 그들은 진정 박평수를 염려해주었다. 박평수는 그 불그스름한 삿자리를 받아 깔고 앉아 보았다.

"오호. 참말 시원하구나."

기분이 한결 나아지는 것도 같았다.

자리에 앉아 엉터리 시를 읊다가 그대로 낮잠이 들었을 만큼 편안하기까지 했다.

"이놈아. 이 어리석고 악한 것아."

쥐새끼처럼 생긴 옹색한 주둥이를 비쭉거리며 웬 노인이 하나 걸어왔다. 박평수는 자신이 꿈을 꾸는 줄도 모르고 낯선 노인네를 멀거니 쳐다보았다. 못골에선 그가 가장 높은 양반일 터이건만 저 못생기고 추레한 노인은 왜 예를 갖추지 않는가? 하고 미리 분을 내면서.

그는 무얼 하고 싶지 않았지만 언제나 칭송받기를 바랐다.

움직여 사소한 일을 이루고 그만큼의 실패를 쌓아 낡아 가기보다 손짓 발짓 눈빛 하나로 하늘과 땅을 진동케 하기를 원하였다.

우러르며 인사를 받을 자리에 있는데 지나치는 꼴을 용납할 수 없었다.

당연히 박평수는 보료에 기대앉은 채 그 버르장머리 없는 노인을 향해 호통쳤다.

"왜 예를 갖추지 않는고? 고얀 노인이로다."

"꿈에서 예를 갖추어 무엇을 하누? 자네나 나나 내 가여운 제자나 모두 한심한 돼지털 한 가닥에 진배없거늘. 이 돼지털이 저 돼지털에게 고개를 숙인단 소리를 들어나 보았는가?"

"어허! 돼지털이라니! 이 몸은 현령이시다!"

"이 몸은 돼지털이시다!"

"어허! 어허!"

박평수는 분기탱천하여 일어났다. 그러나 생각과 달리, 둔중

한 몸뚱이는 영 그의 뜻대로 움직여 주지를 않았다. 통통하게 살이 오른 손으로 삿대질하자 노인이 어디 그걸로 눈알이라도 파보라는 양 면상을 갖다 대더니, 반도 남지 않은 이를 드러내며 웃었다.

"아하, 찾았네그려. 내 제자의 껍질이 여기 있군."

히히히. 손구멍을 낸 것처럼 깊숙하게 파인 눈꺼풀이 푸르스름한 빛을 띠더니 바르르 떨렸다. 노인이 웃는 소리에 맞추듯이. 박평수는 노인이 바라보는 방향으로 고개를 돌렸다. 그의 궁둥이에 딱 달라붙은 삿자리가 시뻘겋게 변해 있었다.

"꺼, 껍질이라니!"

박평수가 말을 더듬었다. 삿자리는 숫제 기이한 형태로 비틀리며 툭, 툭, 엮은 자리가 터지기 시작했다.

"아니다. 이건 껍질이 아니다."

무슨 껍질인 줄도 모르면서 박평수는 냅다 반대부터 하고 나섰다. 노인이 히히히, 히히히, 어깨를 흔들면서 유쾌하게 웃었다.

"나는 돼지털이고 그건 내 제자의 껍질이다. 돼지피를 먹고 자란 갈대로 만들었으니 껍질이고 말고. 피를 담는 그릇이지."

주름진 손가락으로 노인이 삿자리를 쓰다듬었다. 작은 틈새마다 피가 송골송골 맺혔다가 질질 흘러내렸다.

쏟아져 내렸다.

"어억! 우아아아아아!"

박평수는 자다가 일어나 밖으로 뛰쳐나왔다. 홑겹 옷이 땀으로 흠뻑 젖어 있었다. 그는 맨발로 관아 대문을 넘었다.

"삿자리를 엮은 갈대를 어디서 베어 왔느냐!"

그는 아무나 붙들고 물었다. 이 사람 저 사람의 시선이 의심과 두려움으로 변해가는 것을 알지 못한 채 박평수는 결국 강가에 당도하였다. 강물은 노을빛을 받아 당연히 붉었고 그는 제 머리를 싸 안고 벌벌 떨며 중얼거렸다.

"피야. 돼지 피인 게야."

물이 전부 돼지피로 뒤바뀌기 전에 박평수는 명을 내려야만 했다. 무수한 갈대들이 바람을 맞아 바삭바삭 소리를 냈다. 히히히, 히히히, 노인의 웃음소리가 들렸다. 저건, 저것은… 하고 그는 생각을 다잡으려 했지만 아무것도 떠오르지 않았다.

'돼지를 떠올려선 안 돼.'

강변을 뒤덮은 갈대가, 돌이, 이끼가, 모두 돼지로 변하게 할 순 없었다. 박평수는 비틀거리며 되돌아왔다. 피 냄새가, 돼지털을 태우는 냄새가, 언제까지나 그의 뒤를 쫓아오는 것만 같았다.

그는 못골의 돼지란 돼지는 모두 모아 파묻게 했다.

부사리는 그가 생계를 잇던 산이 여기저기 파헤쳐지고 돼지가 산 채로 묻히는 것을 반대하기는커녕 묵묵히 도왔다. 그리고 조그만 돼지 위로 흙이 덮이는 것을 뚫어지라 쳐다보는 것이다. 고을 사람들은 돼지가 가엾어 눈물을 글썽거리다가도 부사리의 그 오묘한 표정과 시선에 관해 저희끼리 떠들었다.

땅이 점점 붉게 변했다.

하지를 지나자 저녁이 이르게 닥쳤고 해가 가라앉기 시작한 하늘은 시뻘겋게 차오를 수밖에 없었다. 그 빛을 그대로 되 비추듯 땅도 나날이 붉어졌다.

'사람이었을까.'

박평수는 생각했다.

'거적 사이로 튀어나왔던 것은.'

사람의 손, 사람의 발, 사람의 머리카락이었을까?

박평수는 고개를 흔들었다. 그는 그때 고기를 먹지 않았다. 부사리가 가져온 고기를 못골 사람들이 우르르 달려들어 나누어 먹었으니, 원한은 절대 박평수에게 올 리 없었다. 그러나 그날의 광경이 생생하게 떠오르면 머리가 산산이 부스러질 것처럼 아팠다.

'그것은 돼지다.'

스스로를 달래며 그는 엎어져 잠들었다.

"저걸 보시구려."

그 노인이 썩어 문드러져가는 대가리를 척 매달고 달랑달랑 나타났다. 꿈은 깊고 냉엄했다. 노인의 입 위쪽이 시시각각 녹아내리며 고약한 냄새를 풍겼다.

"저걸 보라고, 이 악한 작자야. 저 조그만 것이 안 보이느냐?"

노인과 박평수는 꿈속에서 도원개의 집 마당에 서 있었다. 감나무 아래 젖어미 품에 안겨 목을 가누는 어린애였다.

"금침에 폭 감겼구나. 잘 됐다, 잘 됐어."

손뼉을 치면서 기뻐하더니 노인이 완전히 뼈가 드러난 입을 열었다.

"저것은."

"도진사가 낳은 딸이로구나."

"저것은 돼지다."

덜컥, 두려운 기분에 박평수가 눈을 휘둥그렇게 떴다. 옆을 홱 돌아보자 노인의 남은 육신도 썩어 문드러져 아래로 아래로 흘러내리는 중이었다.

히히히히.

겨울바람이 새어 나가 늙은 나뭇가지 사이를 휘돌 듯 노인의 뼈만 남은 입이 딱, 딱, 딱, 딱, 아래위로 부딪히면서 웃음을 남겼다. 을씨년스럽고 섬뜩한 목소리였다.

박평수가 노인으로부터 조심스럽게 물러나며 소리쳤다.

"세상에 그 재주를 부리는 건 나뿐인데!"

"그대가 무엇인데?"

히, 히, 히, 히.

"나는, 나는, 나는…!"

"답해보라. 네가 대관절 무엇인데?"

"나는!"

신선의 제자가 내어주었던 두루마리의 글귀를 떠올리면서, 박평수는 노인의 해골을 양손으로 꽉 잡았다.

"너는 돼지다!"

"너는?"

"너는 돼지다! 너는 돼지다! 이것은 돼지란 말이다!"

"너는?"

노인의 텅 빈 눈동자가 차오르며 그 맑고 검은 표면에 박평수의 얼굴이 비쳤다.

"나는!"

박평수는 어서 이 꿈에서 깨고 싶었다. 해골을 벽 반대편에 패대기치고는 허둥지둥 바깥으로 뛰쳐나갔다. 못골은 거짓말처럼 평화롭고 밥 짓는 연기가 여기저기에서 다투어 올랐다. 박평수의 걸음이 도원개의 번듯한 기와집으로 향했다. 문짝이 비틀린 채 걸린, 언제 망해버렸는지 모를 그 흉흉한 폐허로.

"아니… 그럴 리가."

도원개의 아내가 어린 돼지를 이불로 동동 싸매고 서둘러 집을 빠져나오는 광경이 보였다. 비명횡사한 도원개는 버려진 집 안에 홀로 남아 썩어버릴 것이다.

"그럴 리가."

고개를 흔들자 사방에서 노인의 목소리가 들렸다.

"깨어나고 싶으냐?"

그렇다, 고 박평수는 외쳤다. 벌린 입에서 침이 튀었다.

"깨어나면 과연 네가 인간이겠느냐?"

노인이 속삭였다. 너는 누구냐고 되물었다. 박평수의 단전에서 분노가, 고통이, 혼란이 치밀어 올랐다. 눈을 번쩍 떴다.

아!

그는 비설산 은선대를 오르고 있었다. 걷는 게 너무 고통스러워 도사 복장을 입은 길잡이의 등짝을 보며 이제 그만 내려가자 읍소하였다. 양반 체면 불고하고 흙을 움켜쥐며 설설 기기도 했다.

"그렇게 약해 빠져서 무슨 해탈을 하신다고."

사기꾼이 커다란 복숭아를 하나 내밀었다.

"휘유."

박평수는 손을 뻗어 복숭아를 집어 들었다. 그리고 발그스름하게 물든 둥그스름한 표면을 도포 자락에 쓱쓱 문질러, 크게 한 입 베어 물었다.

입 안으로 고기 비린내가 확 퍼지며 온몸으로 고통이 번졌다.

"악!"

그는 눈을 번쩍! 떴다

자리에서 벌떡 일어났다.

숨을 헐떡이며 시선을 떨어뜨리자 한 입 베어 문 흔적이 남은 자기 손등이 보였다. 씨근벌떡거리는 잇새로 피가 흘렀다. 그는 입 안에 담뿍 물린 미끄덩거리는 고기를 뱉지도 씹지도 삼키지도 못한 채 흐느꼈다.

'너는 누구냐.'

모든 것이 녹아내렸다.

흘러 쏟아졌다.

'그것은 돼지였다.'

그의 눈알도 녹여버릴 기세로 눈물이 흘렀다. 폭 젖어 흐린 시야로 문이 벌컥 열리며 누군가가 더러운 몸으로 들이닥쳤다.

"거기 뭐가 있나? 부사리!"

부사리.

아는 이름에 박평수가 얼른 눈을 꿈적거려 눈물을 떨구었다. 쿰쿰한 땀 냄새나는 손이 박평수의 목을 움켜쥐더니 과연 그 메마르고 늙은 얼굴이 시야를 가득 메웠다. 부사리가 웃었다. 히쭉 웃지도 벙싯 웃지도 파안하며 웃지도 않는 모호한 미소가 부사리의 주름 하나하나를 움직였다.

"부사리, 어이!"

부사리는 그 물음에 기꺼이 답해주었다.

"아, 우리 집 돼지야. 별거 아닐세. 이건 그저 돼지니까."

박평수는 컥, 하고 입 안에 든 것을 뱉어냈다.

사방이 일렁거렸다.

그가 묻으라 명했던 모든 것이 그를 향해 솟아오르고 있었다.

김인정

《화조풍월》로 제3회 황금드래곤 문학상 장편 부문 본심상 수상. 환상문학 웹진 거울에서 독자 우수 단편에 선정된 후 필진으로 합류하여 '미로냥'이라는 필명으로 작품 활동을 이어 왔다. 동양적, 서정적 세계관을 바탕으로 한 환상소설과 로맨스를 사랑한다. 단편집《홀연》과 또다른 필명으로 낸 여러 권의 전자책, 《엔딩 보게 해주세요》 등 다양한 앤솔로지와 게임 서사 작업에 참가했으며 풀과 입금과 산책을 즐긴다.

항상 원고 의뢰를 기다리면서 남의 창작물을 읽고 있다.

소년 a의 신발장

홍지운

1

신발장 문을 여니 안에 사람의 잘린 머리가 있었다. 소년a는 머리와 눈이 맞았으니 인사라도 해야 하는 것이 아닐까 고민했다. 하지만 신발장 안에 든 머리는 고통으로 일그러진 표정을 한 채로 미동도 하지 않았다. 토막 시체였다.

그날은 밸런타인데이였다. 소년a는 신발장 안에 든 머리가 사랑 고백을 위한 선물이 아닐까 의심했다. 혹시나 모를 기대와 함께 신발장 안에 든 머리의 입가에 머금은 붉은 액체를 찍어 맛을 보았다. 액체는 솜씨가 끔찍한 요리사가 만든 크랜베리 소스거나 진짜 피거나 둘 중 하나임을 알 수 있었다.

소년a는 두 가지 가능성을 고민했고 두 가지 가능성 모두에 만족하지 못했다. 하나, 만약 이 머리가 잘 구워진 과자의 일종일 경우. 아무리 자신을 좋아해준다고 하더라도 이런 요리 솜씨를 가지고 있는 사람과는 사귀고 싶지 않았다. 둘, 만약 이 머리가 잘 잘린 시체의 일부일 경우. 사랑 고백을 토막 시체로 하는 사람과 사귀는 것은 이제 질렸다.

발신인 모를 이 선물에는 어떤 의미가 있을까? 그리고 이것이 일종의 사랑 고백일 경우, 어떻게 거절을 해야 좋을까? 소년a는 폴라로이드 사진기를 꺼내 신발장을 찍었다. 그러고는 잘린 머리를 꺼내 살로메처럼 입을 맞춰보았다. 쓰지는 않았다.

도도리아 너 인마! 학교에 도대체 뭘 갖고 온 거냐!

소년a 제가 갖고 온 거 아닌데요.

도도리아 (소년a의 뺨을 갈기며) 이게 어디서 말대꾸야?

소년a는 도도리아를 바라보았다. 도도리아는 성산고등학교의 체육교사로 상시 츄리닝 차림에 단소로 아이들을 쥐어패는 악질이다. 드래곤볼의 등장인물 도도리아를 닮아 붙은 별명이고 본명은 누구도 모른다. 도도리아는 소년a로부터 잘린 머리를 낚아채 소년a의 얼굴 앞에 흔들면서 호통을 쳤다.

도도리아 학교에 사람 머리 같은 거 들고 오면 돼, 안 돼?

소년a 제가 갖고 온 게 아닌데요.

도도리아 (소년a의 뺨을 갈기며) 이게 어디서 말대꾸야?

소년a는 이야기가 길어질 것을 직감했다. 도도리아의 얼굴은 방금 뺨을 맞은 소년a보다도 더 붉게 상기되어 있었다.

2

"잘린 머리라. 클래식하네."

"그래?"

"응. 시오리와 시미코도 그렇게 시작했잖아. 신발장 안에 든 잘린 머리는 왕도라고 할 수 있지."

"별로 왕도까지 걷고 싶지는 않은데."

"인생을 살아가는 데 있어 중요한 교훈을 배울 좋은 기회라고 생각해. 아, 잘린 머리 사육서라도 빌려줄까?"

동급생ㄱ은 깔깔 웃으며 소년a가 아침에 겪은 고난을 놀림감으로 삼았다. 소년a는 1교시가 시작된 직후에야 겨우 교실 안으로 들어올 수 있었다. 도도리아는 한 번 흥분하면 쉽게 가라앉지 않기 때문이었다.

"교훈이라고 배워봤자 뭐가 있겠어? 도도리아한테 뺨이나 맞았지. 신성한 교육의 장에 다른 사람의 잘린 머리가 웬 말이냐면서."

"다른 애들은 잘만 숨기는데 네가 맹해서 딱 걸린 거야. 고작 시체 하나 숨기지를 못해가지고선."

"나는 너처럼 직업 연쇄살인마도 아니고 시체를 숨기는 법도 굳이 알고 싶지 않거든."

"딱한 것. 삶의 지혜거늘."

"너의 그 지혜에 내가 얼마나 호되게 당했는지도 생각해줘. 부디."

소녀a는 질렸다는 듯이 동급생ㄱ을 바라보았다. 동급생ㄱ은 성산시에서 유명한 연쇄살인마다. 연령이나 지역 그리고 성별을 가리지 않고서도 가장 실적이 빼어났다.

소녀a는 대략적으로나마 얼마나 많은 살인귀 지망생들이 저 계집아이에게 질 수 없다며 도전장을 내밀었다가 도축이 되었는지를 알고 있었다. 소녀a 본인부터가 딱히 도전도 하지 않았지만 꽤 자주 동급생ㄱ이 진행하는 도축의 당사자가 되기도 했었고.

"도대체 누가 이렇게 신발장에 사람 머리를 집어넣은 걸까?"

"저번에 검도부 박 선배가 너한테 고백할 때 사람 손 잘라다 주지 않았었니? 그 오빠 같은 거 아닐까?"

"우리 며칠 사귀지도 않았어. 게다가 그 형 죽은 지가 언제인데."

"아니, 내 말은. 이번에도 너 그거 때문 아니냐는 거지."

"그거?"

"네 체질 그거."

"가학색정유도증?"

"응, 그거."

동급생ㄱ은 소녀a가 책상 위에 올려놓은 잘린 머리의 볼을 꼬집었다. 소녀a는 잘린 머리의 생김새가 동급생ㄱ의 취향이리라 짐작했다. 소녀a와 동급생ㄱ의 우정은 어디까지나 동급생ㄱ과 소녀a의 서로가 서로의 취향이 아닌 덕분이었다.

동급생ㄱ은 건전우량살인마였다. 소년a가 보기에 자신을 죽이려 들었던, 또 죽이는 데 성공했던 수많은 살인마들은 동급생ㄱ에 비교하면 대부분 아마추어나 다름없었다.

더욱이 동급생ㄱ이 저지르는 살인에는 왜곡된 성욕이나 어긋난 인정욕구 따위의 쓰잘데기 없는 감정이 들어 있지 않았다. 소년a는 동급생ㄱ의 그 담백함을 높이 샀다.

"어쨌든 살인마가 도대체 왜 살인을 저질렀는지 따위는 고민하지 마. 사람 죽이는 데 이유가 어딨어? 그냥 하는 거지."

"그거야 그렇지만."

"게다가 딱히 예술적으로 처리한 것도 아니고 그냥 잘린 머리를 신발장에 넣어놓은 정도잖아? 하도 이러는 놈들이 많아서 무슨 짐작도 안 가. 그냥 흔한 살인마 중 하나겠지 뭐. 네 곱상한 얼굴에 반한. 그러니까 남녀노소에 생사불문하고 꼬드기는 짓 좀 그만해."

"체질인걸."

소년a는 동급생ㄱ의 지적에 공감했다. 사람의 잘린 머리가 신발장에 들어 있다는 정도야 대단히 신경 쓰거나 그럴 일이 아닌 것이 맞다. 동급생ㄱ은 그저 한마디만을 덧붙였다.

"하지만 절단면은 훌륭해. 뭐로 어떻게 잘랐는지 아주 말끔하게 잘렸어. 만약 이 사건의 범인한테 죽게 되면 단칼에 시원하게 잘릴 테니까 그건 나쁘지 않겠다."

"그래?"

"응. 잘하지도 못하면서 오래 걸리는 애들 진짜 짜증 나지 않니?"

"그거야 그렇지."

동급생ㄱ과 소년a는 동시에 과거에 있었던 일들 몇 가지를 떠올리고서는 함께 혀를 찼다.

3

고기 굽는 냄새가 솔솔 올라온다. 소년a는 소각로의 굴뚝에서 뿜어져 나오는 연기를 바라보며 잠시나마 흡연자의 기분을 맛보았다. 소년a는 비흡연자이지만 담배를 태울 때 나오는 연기가 주는 그 황홀함은 항상 감탄스러웠다.

다만 지금 불타고 있는 것은 종이와 말린 잎이 아닌 사람의 잘린 머리였다. 소년a는 수업 시간이 끝나고 잘린 머리를 소각로에 태우기로 결정했다.

소년a는 잘린 머리를 어디에다 버려야 법적으로 문제가 없는지 SNS에 검색해봤지만 딱히 나오는 정보가 없었다. 혹여나 싶어 급식실 영양사들에게 대신 버려줄 수 있느냐고 물었지만 사람의 잘린 머리는 음식물 쓰레기로 분류되지 않는다고 거절당했다. 결국 소각로에 올 수밖에 없었다.

"왐! 뫙!"

"미안. 안에서 꺼내주기에는 지금 너무 뜨겁다."

소년a는 개 짖는 소리에 고개를 둘러 철조망 밖을 바라보았다. 단백질이 타들어 갈 때의 그 고소한 향기 때문에 주변의 들개떼가 몰려온 것이었다.

요즘 성산고등학교 주변에는 예전보다 들개떼가 늘어났다. 소년a는 도깨비 시장에서 매립한 시체들 때문이 아닐까 나름 짐작했지만 진상이야 알 길이 없었다. 그저 사냥당하지 않기만을 기도할 뿐.

“이거라도 받아갈래?”

소년a는 소각로 주변에 널브러져 있던 대퇴골을 하나 주워다 철조망 너머 들개 무리가 있는 쪽으로 살짝 던졌다. 어떤 생명체의 것인지는 알 수 없었지만 그 뼈에는 나름 살점도 적당히 붙어 있었다. 크기를 봐서는 아마 신장이 3미터는 되지 않을까 짐작되는 것이 아마 성산 박물관 부활 사건 때 나온 물건이겠지 싶었다.

들개들은 게걸스레 뼈에 붙은 살점을 뜯어먹었다. 먹이를 두고 다투는 모습을 보아 아직 무리에 질서가 다 잡히지 않은 신생 그룹임이 분명했다. 소년a는 개들이 뼈를 부숴 먹는 소리를 들으며 소각로의 굴뚝에서 나오는 연기에 취했다.

4

찰칵. 치익. 다음 날의 일이다. 소년a는 폴라로이드 사진기에서 뽑혀 나온 사진을 휘휘 저으며 말렸다. 오늘도 신발장 안에 누군가의 잘린 머리가 들어 있었다.

새로이 든 머리를 보며 소년a는 가설을 좀 더 정교하게 좁혔다. 하나, 밸런타인데이의 다음 날에도 잘린 머리가 들어 있으니 어제의 그 머리도 선물이 아닐 가능성이 크다. 둘, 다른 부위가 아닌 또 머리이니 또 한 번의 살인이 일어났다는 가능성이 크다. 가능성이 크다고 생각한 이유는 만약 이 시체가 두 개의 머리가 달린 샴쌍둥이의 것이라면 동시에 살인이 일어났다고 말해야 하기 때문이었다.

소년a 안녕하세요. 실례하겠습니다.

소년a는 공손히 새로운 잘린 머리를 신발장에서 꺼냈다. 그러고는 복화술까지는 아니지만 약간의 성대모사를 더해 잘린 머리의 입을 움직여가며 1인 2역 콩트를 진행했다.

소년a (평소 목소리로) 어제 들어오셨던 분과는 아는 사이신가요?

소년a (높은 목소리로) 아뇨! 그렇지 않아요!

소년a (평소 목소리로) 어제 들어오셨던 분이 어떤 분이신 줄 알고 모르는 사이라고 단언하죠?

소년a (높은 목소리로) 이런! 들켰다! 너는 누구길래 어떻게 내 정체를 이렇게나 빨리 간파했지?

소년a (평소 목소리로) 하, 하, 하. 세간에서 이르기를 명탐정 소년a. 범인은 언제나 진실이고 하나는 이 안에 있습니다!

소년a (높은 목소리로) D, T, D. 시즌 종료입니다!

도도리아 그래, 선생 말이 말 같지가 않지?

소년a는 뒤를 돌아보았다. 그곳에는 체육선생 도도리아가 단소로 탁탁 어깨를 두드리며 소년a를 노려보고 있었다.

도도리아 또 이런 장난감을 들고 학교에 와? 내가 우습지? 나 엿 먹이려고 작정한 새끼지?

소년a (높은 목소리로) 이런! 들켰다! 너는 누구길래 어떻게 내 정체를 이렇게나 빨리 간파했지?

소년a는 뺨이 찢어지도록 맞았다.

5

이발사 아하하. 결국 어떻게 되었어요?

소년a 어떻게 되기는요. 도도리아는 계속해서 저 때리다가 막 얼굴이 빨개지더니 신음을 흘리고는 가버렸어요.

이발사 정말이지 공교육에 문제 많아요. 그렇죠?

이발사의 섬세한 손가락이 소년a의 머리카락 사이를 파고들었다. 비누거품이 피어나 두피를 간질였다. 소년a는 눈을 감고 있었지만 이발사의 달콤한 체취가 맡아지자 그녀가 한껏 몸을 붙여왔음을 알 수 있었다.

소년a의 일정에는 성산시 도깨비 시장 구석의 도철 이발관을 들르는 것이 꼭 포함되어 있었다. 이발사를 만나는 일은 언제나 즐거운 일이었다.

이발사 아휴, 이 고소한 냄새. 저 빼고 고깃집이라도 간 줄 알았어요.

소년a 탄내가 또 남았나요?

이발사 그럼요. 사람이 탄 냄새가 아주 주변 잡귀들 다 끌어모으게 풀풀 나요.

이발사는 이제 샤워기로 물줄기를 뿌리며 소년a의 머리카락을 헹구었다. 소년a는 따스한 온기에 포근하게 감싸였다. 소년a는 긴장이라고는 하나 없이 노곤하기만 한 순간을 무척 좋아했다.

이발사 ㄱ학생이 그래도 잘 말해주었네요. 왕도에는 언제나 사람의 잘린 머리가 있기 마련이지요. 어떤 체제든 항상 적으로 지명된 이들의 목을 잘라다가 그 잘린 머리를 전시하고는 했으니까요. 어쨌든 이렇게 잘린 머리를 공개적으로 내보이는 것에는 선전포고의 의미가 강하지요. 만약 너희가 우리의 체제에 저항을 한다면 이렇게 될 것이다. 효수해서 저잣거리에 전시한다는 표현부터가 익숙하지 않나요? a학생은 저잣거리가 어디를 뜻하는지 아세요?

소년a 아니요.

이발사 바로 시장가를 뜻하는 단어지요. 도깨비 시장도 그때는 도깨비 저잣거리라고 불리었어요. 그립네요. 그때는 하루가 멀다고 싱싱한 잘린 머리를 구할 수 있어서 스타일링 연습하기 좋았는데. 어쨌든 학교라는 공간도 저잣거리, 그러니까 시장과 비슷한 역할을 해요. 학교를 단순히 공부하는 곳으로 여겨서는 안 되지요. 계급과 세대 그리고 지역마저 아우르는 중개지가 되어주고는 하거든요. 전혀 다른 사람들이 한곳에 모여서 각자의 흐름을 만들고 부딪히며 새로운 조류를 만들고는 해요. 물론 요즘에는 학교의 이런 기능이 점점 약해지고 있기는 하지만 그렇다고 아예 없는 물건으로 취급하기도 뭣하니까요. 그런 점에서 체육 선생님이 말씀하신 것과 달리 학교만큼이나 사람의 잘린 머리를 놓기 좋은 곳이 또 어디 있나 싶기는 하네요.

그리고 소년a가 이발관에 와서 가장 즐거울 때는 바로 지금처럼 이발사가 아무런 관심도 가지 않는 이야기를 조곤조곤 끊임없이 쏟아낼 때였다. 무슨 의미인지 전혀 이해가 가지 않았지만 그 나지막한 울림이 좋았다.

이발사는 이제 소년a의 머리를 말리기 시작했다. 헤어드라이어는 쓰지 않았다. 오로지 수건으로 톡톡톡 소년a의 머리를 두들기면서 물기를 털어내기만 했다. 소년a는 두개골이 부드럽게 진동하는 것을 느꼈다.

이발사 하지만 신발장은 학교라는 공적인 장소의 학생 한 명만을 위한 사적인 공간이기도 하지요. 그렇다면 그 잘린 머리는 a학생에게만 전달하려는 개인적인 메시지일지도 몰라요. 그리고 앞서 말씀드렸던 것과 같이 일종의 선전포고일 가능성이 크고요. 제 귀에 들리는 이야기가 없으니 아마 시장 쪽 일은 아닌가 봐요. 우선은 신발장을 계속 감시해보면 어떨까요? 운이 좋다면 누군가가 신발장에 잘린 머리를 넣는 현장을 잡을 수도 있을 거예요. 경고가 실행으로 이어지기 전에 선제공격하는 거죠.

머리를 다 말린 뒤 소년a는 사물함에 들어 있던 머리를 찍은 사진을 이발사에게 건넸다. 이발사는 사진을 이발관의 벽 한쪽에 붙였다.

어느새 벽에 붙은 사건 현장 사진들이 어지간한 포스터 크기만큼은 모였다. 아직 붙이지 못한 로얄밀크티도난사건과 연쇄견과류알러지발발사건 그리고 식인햄스터난동사건의 사진들마저 합치면 그 숫자가 결코 적지 않다.

이발사는 만족스러운 듯 소년a의 사진 컬렉션을 바라본 뒤 사진의 답례로 냉장고에서 요구르트를 하나 꺼내서 소년a에게 건넸다. 소년a는 요구르트를 홀짝였다. 입 안에 새콤한 향이 끈적하게 감돌았다.

6

소년a 보여?

소년a′ (오페라글라스를 쓰며) 안 보여.

다음 날 하교 시간, 소년a는 소년a′와 교문 근처에서 잠복수사를 시작했다. 이발사의 말대로 범인이 시장 쪽 누군가가 아니라면 학교 쪽 사람일 가능성이 크다. 소년a′는 그렇다면 범인이 신발장에 잘린 머리를 넣으러 올 때까지 잠복하자고 소년a에게 제안했다. 소년a′는 소년a의 뇌에서 더 똑똑한 부분을 가져간 것이 분명했다.

소년a와 소년a′는 신발장에 아무것도 없음을 확인한 뒤 덤불 속에 숨었다. 그러고는 신발장 근처에 오고 가는 사람들을 바라보았다. 모두가 평화롭게 집으로 돌아갈 준비를 할 뿐 별다른 사건은 없었다.

소년a′ 누가 범인인지 짐작 가는 사람은 있어?

소년a 언제나 그렇지만 너무 많지.

소년a′ 나는 도도리아 같아.

소년a 걔가 왜?

소년a′ 너를 죽일 용기는 나지 않아서 너를 때릴 구실을 자꾸 만들고 있는 것 같아.

소녀a　하지만 도도리아는 학생을 때릴 때 구실이 필요한 사람이 아니잖아.

소녀a′는 오페라글래스를 소녀a에게 건넸다. 자신의 추리에 대해 고민해보라는 제스처였다. 소녀a는 자신의 분신이 자신에게 건넨 충고는 객관적인 충고인가 주관적인 충고인가를 고민했다.

두 소녀이 아무런 성과도 올리지 못한 채 시간만 죽이던 중, 담장 너머에서 오토바이 소리가 들렸다. 소녀a와 소녀a′는 반색하며 담장 위로 올라갔다.

배달부　C세트, 짜장면에 짬뽕에 군만두!

소녀a　여기요.

소녀a′　오랜만이네요.

배달부　어, 잘 지내냐?

배달부는 소녀a와 소녀a′의 선배였다. 정확히는 소녀a가 분열하기 전이었으니 소녀a′와는 졸업 이후에 알게 된 사이라고 할 수는 있겠지만 배달부는 소녀a′도 후배라며 살뜰히 챙겼다.

소녀a와 소녀a′는 중국요리가 먹고 싶을 때면 꼭 배달부가 일하고 있는 향서반점에 주문을 했다. 향서반점은 도깨비 시장에 있어서 배달이 빠르기도 하거니와 배달부가 후배들한테는 꼭 군만두를 곱빼기로 가져다주었기 때문이다.

배달부 왜 교실에서 안 먹고 여기서 받아가냐.

소년a′ 지금 잠복근무하고 있거든요.

배달부 또 노인복지회관에서 학교 점거하러 온다냐?

소년a 아니요.

소년a는 간단히 요즘 겪고 있는 곤란에 대해 배달부에게 설명했다. 배달부는 소년a와 소년a′가 차려놓은 군만두를 주워 먹으며 소년a의 이야기를 경청했다. 소년a′는 그제야 배달부가 세트 군만두를 곱빼기로 갖고 오는 진짜 이유를 깨달았다.

배달부 하여튼 이상한 놈들 많아. 야, 범인 잘 잡고 그릇은 맨날 내놓는 곳에 내놓고 밥 맛있게 먹고 그래라.

소년a′ 네, 누나.

배달부 아, 그리고 도철 이발관 가면 요즘 왜 향서반점에 고기 납품 안 하시냐 내가 궁금해하더라고 전해라. 좋은 고기가 안 들어오니까 음식 질이 떨어졌어, 아주.

배달부는 마지막 군만두를 털어다 입에 넣고는 우물거리며 인사를 건넸다. 소년a와 소년a′는 배달부를 배웅한 뒤 짜장면과 짬뽕을 나누어 먹었다. 그리고 그릇을 말끔히 비운 무렵, 두 소년은 소년a의 신발장 앞에 수상한 기색을 한 사람이 얼쩡거리는 것을 발견했다.

7

"저기요. 제 신발장에 무슨 볼일 있으세요?"

"드, 들켰다!"

소녀a와 소녀a′는 덤불에서 빠져나와 소녀a의 신발장에 무언가를 넣고 있는 남자를 붙잡았다. 교복을 보니 성산고등학교 3학년이었다.

3학년 남자는 과장되게 팔을 휘젓다 넘어지면서 엉덩방아를 찧었다. 말투 역시 사람보다는 모니터나 폰 화면과 더 자주 대화를 나눈 사람이 아닐까도 의심이 드는 말투였다.

"선배가 제 신발장에 잘린 머리를 넣은 사람이죠? 그렇죠?"

"뭐? 머리? 무슨 말인지 모르겠소만?"

소녀a는 3학년 남자에게 좀 더 강하게 따져야 할까 고민했다. 하지만 3학년 남자는 그 수상한 생김새에도 불구하고 발뺌하거나 거짓을 말하는 기색이 아니었다. 오히려 소녀a를 추궁하는 투였다.

3학년 남자는 위압적인 태도로 소녀a를 내려다보았다. 그러고는 자신이 무슨 일을 했는지 상세히 밝히기 시작했다.

"우선 내가 넣은 것은 잘린 머리가 아니라 폭탄이라네. 그리고 여기서 따지고 싶은 사람은 나야!"

"우선 그 말투부터 그만둬주시면 안 될까요?"

"나는 자네가 ㄱ과 같이 있는 것을 견딜 수가 없어! 도대체 그녀는 어째서 자네 같은 하품의 사내와 함께 있지? 나야말로 그녀의 작품이 되기에 어울리는 사내네!"

그거야 출석번호가 앞뒤니까, 라고 대답을 해도 좋을지 소년a는 잠시 고민했다. 하지만 이런 말투를 쓰는 고등학교 3학년 남성과는 어떠한 대화도 하지 않는 편이 좋다는 것이 소년a가 고등학교 2학년이 되도록 배운 삶의 지혜였다.

동급생ㄱ은 연쇄살인마로서 그 화려한 이력에 걸맞을 만큼이나 수많은 추종자를 갖고 있었다. 소년a는 삼거리신호등예언사건 때처럼 이번에도 추종자 무리 중 하나의 오해를 샀구나 싶어 한숨을 쉬었다.

"예약은 했어요? 대기자 명단에서 선배 지원서는 보지 못한 것 같은데요."

"그건 시간이 너무 오래 걸리지 않나! 지금 신청해도 내후년이 되어야 죽을 수 있을까 말까인데 그때는 내 육체의 절정이 지나고도 한참 뒤라고!"

소년a′가 소년a와 3학년 남자 사이를 비집고 들어와 가로막았다. 이상한 사람과의 대화가 익숙하지 않은 소년a와 달리 소년a′는 동급생ㄱ의 비서로 근무하면서 또래의 친구들에 비해 이런 진상 고객들을 제법 접한 편이었다.

소년a′는 거칠게 3학년 남자의 손을 잡아채고는 언성을 높였다. 3학년 남자는 다른 사람과 손을 잡은 것이 태어나 처음이었는지 얼굴을 붉혔다.

"손톱에 이렇게 때가 낀 것 좀 봐요. 화장실에서 손 씻기는 해요? 손톱을 깎은 건 언젠데요? 아래에서 보니까 코털도 보이네. 코털 정리는 하셨어요? 아니, 코털 정리를 할 수 있다는 발상부터가 안 되죠? 제가 뭐 대단한 거 따지는 게 아니잖아요. 일단 기본적으로 현대 시민사회를 살아가는 입장에서 최소한의 청결 유지조차 하지 않느냐는 거잖아요. 지금 그러면서 육체의 절정이니 뭐니 하면서 그러잖아도 가뜩 밀린 대기자 명단을 무시하고 ㄱ을 만나겠다는 건 본인이 생각해도 좀 염치없는 것 같지 않아요?"

3학년 남자는 소년a'가 쏘아대는 한 마디 한 마디에 너무나도 큰 충격을 받은 표정이었다. 소년a는 고통으로 일그러진 3학년 남자를 바라보며 신발장 안에 들어 있던 잘린 머리들과 닮았다는 인상을 받았다. 소년a'는 아랑곳하지 않고 3학년 남자가 동급생ㄱ에게 죽을 만한 자격이 있는 사람인지를 캐물었다.

"으아아아아!"

3학년 남자는 소년a'에게 받은 평가를 견디지 못하고서는 소년a의 신발장 문을 열었다. 과연 3학년 남자의 말이 거짓이 아니었는지 신발장 안에 장치된 폭탄이 터져 3학년 남자의 얼굴을 날려버렸다. 소년a'는 남의 신발장에 잘린 머리를 넣는 범인을 찾으려다 머리가 없는 시체를 만들고만 상황이 아이러니하다고 느꼈다.

"너희들, 이게 무슨 소란이냐!"

그 순간, 도도리아가 신발장 앞에 나타났다. 3학년 남자가 신발장에 설치한 부비트랩에 화약이 너무 많이 들어갔던 나머지 폭발음이 교무실까지 닿았던 것이었다.

"어제랑 그제는 잘린 머리에 오늘은 머리 잘린 몸뚱이냐? 아주 학교를 놀러 오나? 게다가 폭죽은 운동장에 매립된 불발탄을 터뜨릴 수 있으니까 갖고 오지 말라고 저번 달 조회 때 교장 선생님이 말씀하셨는데 그새를 못 참고!"

"그게 아니라…."

소년a는 도도리아에게 상황을 설명하려 했다. 하지만 폭발 때문에 벽에 달라붙은 시체 파편들을 바라보며 말문을 잃고 말았다. 그곳에는 눈알로 보이는 파편이 세 개가 있었다. 두 개가 3학년 남자의 것이라면 다른 한 개는 누구의 것일까?

소년a′는 세 번째 눈알을 찾은 즉시 상황을 파악했다. 소년a의 신발장 안에 또다시 누군가의 잘린 머리가 들어 있었다고. 소년a와 소년a′의 감시망을 피해서 그 잘린 머리가 들어갔음이 분명하다고.

8

"찾을 수 있겠어요?"

"네. 아까 청록빛 스쿠터를 찾아서 왼쪽으로 두 번 돌았어요."

"제가 아까 그다음에 어디로 가면 된다고 했죠?"

"땅에 떨어진 붉은 사탕을 보고… 오른쪽?"

"아니, 직진."

소년a는 폰 너머에서 들려오는 이발사의 안내를 받아가며 도깨비 시장 골목을 헤매었다. 골목은 온갖 쓰레기들로 가득한 데다 낡은 벽돌과 쇠파이프가 뒤엉켜 호러 게임에 나올 법한 미로를 방불케 했다.

신발장에서의 폭탄테러 덕분에 소년a는 그날 온종일 도도리아의 감시하에 화장실을 청소해야 했다. 이발사는 늦은 밤에야 도철 이발관에 도착한 소년a에게 사정을 듣고서 노발대발했다. 그러고는 다음 날 소년a에게 사건을 해결해주겠다며 커다란 상자 하나를 건네주고는 어르신을 찾아가길 종용했다.

"a학생은 왜 이렇게 길을 못 찾아요?"

"하지만 샘을 찾는 표식은 올 때마다 다른 곳에 있잖아요."

"도깨비 시장은 원래 그래요. 멈춰 있는 표식이 아니라 움직이는 표식으로 찾아야 해요."

이발사는 소년a가 신발장을 감시하고 있었는데도 어느새 그 안에 잘린 머리가 나타났다는 이야기를 듣고 자신의 잘못을 인정했다. 이렇게까지 불가해한 사건이라면 학교 측이 아닌 시장 측이 나서야 할 일이었다. 그리고 이발사는 이 상황을 해결하기 위해서는 어르신의 도움이 필요하다고 결론을 내렸다.

"이제 우그러진 음료수 캔이 보여요?"

"네."

"닥터페퍼? 맥콜? 오란씨?"

"맛있는 쪽이요."

"그러면 잘 도착한 게 맞아요. 이제 식수대까지 가세요. 실례니까 저는 이만 끊을게요."

과연 이발사가 알려준 대로 골목을 따라 걷자 그 너머에는 넓은 공터가, 그리고 그 중심에는 괴이한 생명체의 모양새를 따온 식수대가 하나 놓여 있었다. 그 식수대는 수도꼭지가 고장이 났는지 미약한 물줄기가 끊임없이 흐르고 있었다.

공터 곳곳에는 고양이들이 볕을 쬐고 있었다. 그들 대부분은 갑자기 샘에 나타난 이방인인 소년a를 고양이 특유의 깔보는 눈빛으로 바라보았다.

소년a는 조심스레 이발사에게 받은 상자를 열었다. 다음으로는 그 안에서 오징어를 무척 닮았지만 결코 오징어만은 아닌 무엇의 건조된 다리를 꺼내 식수대 앞에 내려놓고 머리를 조아렸다.

"어르신. 어리석은 인간이 어르신의 도움을 청하기 위해 찾아뵈었습니다."

"얘앵."

식수대 근처에 드러누워 있던 나비는 소년a 앞으로 다가갔다. 나비는 억센 주홍빛 털을 가진 고양이로 도깨비 시장을 거점으로 삼은 고양이들의 우두머리다. 이발사나 소년a는 자신들의 힘으로 감당하기 어려운 사건이나 고급스러운 건어물이 생길 때마다 나비를 찾았다.

나비는 네까짓 것이 바친 볼품 없는 물건이기는 하나 성의를 봐서 맛 정도는 봐주겠다는 표정으로 소년a가 가져온 정체 모를 두족류의 다리를 한입 베어 물었다. 그러고는 훌쩍 소년a의 품으로 뛰어들었다.

"량."

"감사합니다, 어르신. 감히 모시겠습니다."

9

소년a는 나비와 함께 성산고등학교에 도착했다. 하교 시간이 지났으니 다시 신발장에 잘린 머리가 들어 있지 않은가 확인했지만 아직 머리가 새로 담길 시간이 되지 않은 듯했다. 나비는 소년a의 어깨 위에 늘어진 채로 졸기 시작했다.

이발사는 나비 어르신과 함께 신발장으로 가면 모든 것이 해결된다고 말했다. 하지만 소년a는 나비가 어떻게 매일 신발장에 잘린 머리가 들어 있는 상황을 해결할 수 있다는 것인지 아직도 이해하지 못했다. 소년a는 눈을 감고 이발사가 해줬던 설명을 반추했다.

이발사 a학생. 슈뢰딩거의 고양이라고 알아요?

소년a 아니요.

이발사 양자의 움직임이 관측되기 전까지 중첩된 상태라는 가설이 맞다면 관측불가능한 상자 안에 양자의 움직임에 따라 작동하는 함정과 고양이를 집어넣을 경우 그 고양이 역시 양자와 마찬가지로 삶과 죽음이 중첩하게 된다는 사고실험이지요.

소년a 네?

이발사 하지만 슈뢰딩거는 잘못 알고 있었어요. 고양이는 관측의 대상이 아니에요. 고양이를 관측불가능한 상자 안에 넣을 경우 삶과 죽음이 중첩되는 것은 상자 안의 고양이가 아니라 상자 밖의 온 세상이지요.

소년a 네?

이발사 왜냐하면 고양이야말로 존재의 본질을 규정하고 물리법칙을 정립하는 주체이기 때문이에요. 고양이는 결코 대상이 되지 못하죠.

소년a 네?

이발사 우주가 고양이를 중심으로 움직인다는 이야기예요.

소년a 아.

이발사 a학생 신발장에서 일어난 사건들은 차원과 관련된 문제이지 않을까 싶어요. 그렇다면 어르신이, 고양이가 그 곁에 있는 것만으로도 주변의 공간이 안정되어서 다 해결될 거예요.

소년a는 이발사의 설명을 전혀 이해하지 못했다. 하지만 나비를 데리고서 신발장 근처에 있으라는 명령 정도는 이해했고 그 명령을 충실히 이행할 수 있었다.

명령을 마치고 나니 이제 나비와 소년a가 할 일은 없었다. 소년a는 신발장 근처에 주저앉아 나비가 지루해하지 않도록 나비와 끈을 갖고 장난을 쳤다. 그리고 곧 그 꼴을 곱게 봐 넘길 리 없는 사람이 나타났다.

도도리아　a! 선생 말은 듣지도 않고 잘린 머리를 들고 오더니 이번에는 고양이냐? 나는 말이야, 세상에서 고양이가 제일 싫은 사람이야!

도도리아는 어느새 소년a 곁으로 다가오고는 고함을 질렀다. 소년a는 조심스레 나비를 안아 들고서는 뒤로 물러났다.

소년a　(나비를 꼭 껴안으며) 잡아드시면 안 돼요. 피부만 보셔도 아시겠지만 위생적으로 불결하고 기생충도 많아요.

도도리아　(단소로 소년a를 겨냥하고는) 내가 아무리 밉기로서니 고양이를 잡아먹을 사람처럼 보여?

소년a　선생님한테 드린 말씀이 아닌데요.

도도리아　그럼 누구한테 한 소리인데?

도도리아는 소년a의 멱살을 붙잡았다. 나비는 하악 소리를 내며 털을 세웠다. 소년a는 나비가 도도리아를 잡아먹을까 봐 걱정이었다. 나비가 자신을 핥아줄 때 도도리아의 살 냄새가 난다면 무척 기분이 나쁠 것이 분명했기 때문이었다.

이내 주변이 소란스러워졌다. 신발장 주변에 누군가가 스피커를 잘못 설치한 것처럼 웅웅하고 무언가 울리기 시작했던 것이다. 도도리아는 큰 소리로 소년a에게 욕설을 퍼붓느라 알아차리지 못한 것 같았다. 그리고 그의 고성이 극에 달한 그 순간, 소년a의 신발장에서 공간이 요동치더니 푸른 섬광이 폭발하듯 타올랐다.

시체병1 (이해할 수 없는 언어로) **($*%*@#$ㅐ#(#)$#(@#$(@#($@(!

시체병2 (이해할 수 없는 언어로) @#)$(!#(_)$#($!

시체병3 (이해할 수 없는 언어로) %_%(! $%@#@#$$##$@&*&*!

섬광이 잦아들자 소년a와 도도리아는 그들의 앞에 칼과 창으로 무장한 시체들의 군단을 발견했다. 이제까지 신발장이었던 곳은 새파란 빛으로 된 터널로 바뀌어 있었다. 그 터널의 너머에는 더욱 많은 시체들이 엄격히 열을 맞추고 있었다.

시체들의 군단은 고통으로 일그러진 얼굴을 한 채 터널을 빠져나와 성산고등학교 바깥으로 쏟아져 나갔다. 소년a는 그 숫자를 세어보려고 했다. 하지만 시체들의 군단은 백에서 천으로, 천에서 만으로 늘어나며 감히 가늠하기도 어려운 숫자로 늘어났다.

그날 시체들의 군단은 성산시 시내로 빠져나가 수많은 사람을 죽이고 건물을 불태웠다. 도시는 피로 물들었으며 하늘은 검은 연기로 가득 차 별도 달도 보이지 않았다. 다음 날 많은 수의 학생과 선생들이 학교에 오지 못했다. 결근한 선생 중에는 도도리아도 있었다.

10

이발사 의외의 전개네요.

소년a 그렇죠?

사태가 진정되지는 않았지만 소년a는 우선 도철 이발관으로 가 면도를 했다. 나비에게 답례품을 바치기 전에 몸을 깨끗이 할 필요가 있기도 했고 이발사가 보고 싶기도 했기 때문이다.

이발사는 언제나처럼 친절히 소년a를 이발소 의자에 앉히고 성심성의껏 면도를 해주면서 잡담을 나누었다. 도철 이발관 바깥에는 아직까지 지구산인지 이세계산인지 모를 시체들이 쌓이고 있었지만 평소와 비교해봐도 대단한 소란은 아니었다.

이발사 아마도 이세계의 시체병단은 예전부터 지구를 침략하려고 했던 것이 아닐까 싶어요. 그런데 하필이면 차원문이 연결된 곳이 성산고등학교의 신발장이었던 것이겠지요. 그리고 차원이동을 할 때 신발장과 시체병사의 몸이 겹치는 바람에 a학생의 신발장에는 계속해서 잘린 머리가 들어 있었을 테고요. 그러니 ㄱ학생이 말한 것처럼 보통 수단으로는 불가능에 가까울 정도로 깔끔한 절단면이 나왔겠죠. 시체의 다른 부위 역시 다른 학생들은 a학생이랑 달리 잘 감췄을 거예요. 그러다 나비 어르신께서 성산고등학교를 찾아가시면서 차원문의 안정도가 올라가고 신발장과 겹치는 현상이 해소된 나머지 안정적으로 지구를 침략할 수 있게 되었던 게 아닐까. 저는 그렇게 생각해요.

소년a 의외의 전개네요.

이발사 그렇죠?

이발사는 면도를 마치고 스킨을 발라주면서도 설명을 이어나갔다. 도도리아가 성산고등학교 주변에서 고양이를 쫓아낸 결과, 들개들이 들끓고 공간이 불안정하게 된 것이 아니겠느냐는 추측이었다.

하지만 소년a는 이발사가 하는 설명 대부분을 이해하지 못했다. 다만 이발사의 어둡고 낮은 목소리를 듣는 것이 즐거울 뿐이었다. 이제 사물함에 차원문의 잘못된 연결 탓으로 잘린 머리가 들어 있을 일은 없게 되었지만 도도리아가 사라진 지금 별 의미는 없는 일이었다.

이발사 (면도칼을 닦으며) 자, 다 됐다. 어때요. 시원하죠?

소년a 네, 시원해요. 감사합니다.

이발사 별말씀을. 아, 냉장고에 요구르트 들어 있으니까 하나 꺼내 드세요.

소년a는 도철 이발관 한켠에 있는 냉장고를 열었다. 그 안에는 요구르트와 고통으로 일그러진 도도리아의 잘린 머리가 들어 있었다. 소년a는 요구르트를 하나 꺼내고는 이발사에게 물었다.

소년a 이 머리는 뭔가요?

이발사 아, 그거요. '누군가가 소년a의 뺨이 찢어질 때까지 때린 사람을 용서하지 않았다'랑 '도철 냉장고에 차원문이 불안정하게 연결되었다' 중에 어느 쪽이 좋으세요?

소년a 어느 쪽이든 별생각 없는데요.

소녀a는 냉장고의 문을 닫은 뒤 요구르트를 홀짝였다. 입 안에 새콤한 향이 끈적하게 감돌았다.

홍지운

본명 홍석인. 오랫동안 필명 dcdc로 활동해 왔다. 《무안만용 가르바니온》으로 제2회 SF어워드 장편부문 대상을 수상했다. 현재 청강문화산업대학교 웹소설 창작전공 교수로 재직 중이다.

누나 노릇

이나경

다른 남매들은 어떤지 모르겠지만, 동생에 대한 나의 감정은 꽤 복잡한 편입니다. 오랫동안 나는 동생을 미워했어요. 동시에 애틋하게 여겼고요. 지긋지긋해 하면서도 한편으로는 동생을 그리워했던 것 같습니다.

물론 애틋하면서도 미워했고 그리워하는 동시에 지긋지긋해 했다는 식으로 순서를 바꿔도 무방하겠습니다만, 요는 내가 동생의 전화를 달가워하지 않았다는 얘기를 하고 싶은 겁니다. 질색하면서도 속수무책으로 통화 수신 버튼을 눌렀고, 또 번번이 후회했어요. 그날도 동생에게서 전화가 왔습니다. 용건이야 들을 것도 없었지요.

"조금만 더 빌려줘. 나중에 한 방에 갚을게."

나는 이제부터는 거절하기로 마음을 정했었습니다. 어차피 더 이상 줄 돈도 없었으니까요. 동생도 알고 있었습니다. 알면서도 찔러보는 것이었죠.

"저번에 줄 때 적금까지 깬 거라고 말했잖아."

"정말 없어? 형편 되는 만큼만 줘도 되는데."

"없다니까."

"어디서 빌릴 데라도 없을까? 내가 진짜 급해서 그래."

"내 형편도 지금 말이 아니야."

수화기 너머로 혀를 차는 소리가 들렸습니다. 왠지 동생 옆에 누가 있는 것 같아 신경이 쓰였지만 내색하진 않았습니다.

"저기 누나…."

동생이 머뭇거렸습니다.

"뭔데?"

"그러면 우리 만나자."

"소용없어. 줄 돈이 진짜로 하나도 없어."

"돈은 됐어. 내가 할 말이 있어서 그래. 만나서 다 설명할게."

뜻밖의 제안이었습니다.

그동안 대체 무슨 돈을 어디에 쓰는지, 돈다발로 밑 빠진 독을 막기라도 하는지 물어도 동생은 대강 얼버무릴 뿐이었습니다. 말하기 곤란한 사정이 있나 보다, 어디서 사고라도 쳤나 보다, 짐작하고 넘어갔지만 다달이 돈이 필요한 사고가 무엇인지는 아무리 생각해도 모르겠더군요.

그런데 그 찜찜함을 해소할 기회를 준다 하니 내가 어떻게 거절했겠습니까?

*

나는 고등학교를 졸업하자마자 집을 나왔습니다. 그 집에서는 숨이 막혀 견딜 수가 없었습니다.

아버지와 어머니는 언제나 아들만 챙겼습니다.

나는 원래 쌍둥이였다고 합니다. 예정대로였다면 남매가 태어났겠지요. 그런데 출산 직전에 아이 하나가 그만 죽어버린 거예요. 세상에 나온 건 나뿐이었습니다.

아버지는 입버릇처럼 말했습니다.

"둘 중에 하나가 죽어야 했다면, 그건 계집아이였어야 했다!"

어머니도 옆에서 거들었습니다.

"네가 우리 아들을 죽였다!"

나라는 인간은 날 때부터 환영받지 못하고 있었던 겁니다. 받은 게 있다면 아마도 저주겠지요. 내가 정말로 어머니 배 속에서 내 혈육을 죽였을까요? 모르겠습니다. 차라리 사실이면 덜 억울하겠네요.

동생이 태어나고부터는 아버지도 어머니도 더 이상 나를 미워하지 않게 됐어요. 그보다는 아예 관심을 거두어버렸습니다. 어느새 나는 없는 자식이 되었더군요. 아들, 아들, 오로지 아들. 그들에겐 아들밖에 없었습니다.

어렸을 적에 동생은 퍽 귀여웠습니다. 그만하면 얼굴도 귀여웠고 하는 짓도 귀여웠습니다. 모두가 그 애의 비위를 맞춰주었습니다. 반면에 그 애는 누구의 비위도 맞출 필요가 없었지요.

나는 동생을 볼 때마다 밀고 할퀴고 때리고 물어뜯고 싶다는 충동을 느꼈습니다. 동생만 없으면 식구들의 관심이 내게 집중될 거라고 생각한 건 아닙니다. 그 정도로 어리석진 않아요. 나는 그저 나보다 약한 존재에게 분풀이를 하고 싶었던 거예요.

물론 동생에겐 아무 잘못도 없지요. 나도 그것을 압니다. 그래서 아무 짓도 안 했어요.

동생도 내게 잘못이 없다는 걸 알았습니다. 하지만 그 애가 뭘 어쩌겠어요? 그저 응석받이일 뿐인데요.

아무튼, 나는 계획했던 대로 고등학교 졸업식 날에 집을 나왔습니다. 공교롭게도 그날은 동생의 중학교 졸업식 날이기도 해서 식구들은 모두 동생 졸업식에 가 있었습니다. 나는 일찌감치 집에 돌아와 식탁에 메모를 한 장 남기고 얼른 나왔어요.

앞으로 내가 알아서 살 테니 찾지 말라는 내용이었는데, 사실 그런 게 없어도 식구들은 나를 찾지 않았을 거예요. 메모는 나 자신을 위한 것이었습니다. 그들이 나를 버렸듯이 나도 그들을 버리겠다는 선언문이었죠.

이후로 한동안 친구네 자취방에서 얹혀살았습니다. 친구는 대학교에 다녔고 나는 편의점에 다녔어요.

다음 해에는 회사에 취직했습니다. 화장품 회사에 납품할 플라스틱 용기를 만들어 파는 회사였는데, 나는 만드는 업무도 파는 업무도 아닌 허드렛일을 맡았습니다. 편의점 시절에 비해 수입이 크게 나아지진 않았으나 덜 불안했습니다.

그다음 해에는 조금 큰 회사로 옮겼습니다. 주머니 사정도 한결 나아졌어요. 그때부터 나는 혼자 지낼 집을 구했습니다. 친구는 더 있어도 된다고 했지만 나는 혼자가 좋았습니다. 아무에게도 의지하고 싶지 않았거든요.

그다음 해에는 동생이 대학에 붙었습니다. 기숙사에서 지내게 됐다더군요. 나는 가끔 동생을 불러 밥도 먹이고 용돈도 줬습니다. 동생이야 과외 아르바이트도 하고 집에서 생활비도 받으니 더할 나위 없이 풍족했겠지만, 요컨대 내 도움은 필요 없었겠지만, 나도 딴에는 누나 노릇이라는 걸 좀 해보고 싶었나 봐요.

회사를 옮길 때마다 내 생활은 조금씩 나아졌습니다. 적금도 들고 보험도 들었어요. 가볍게 연애를 할 정도로 여유도 생겼고요. 한때는 고양이를 주워 기른 적도 있습니다. 다시 금방 집을 나가버렸지만요.

그러는 사이 동생은 군대에 갔다 왔습니다. 휴가 중에 두어 번쯤 만났는데 어쩜 그렇게 자기 얘기만 하던지…. 어쨌든 까맣고 탄탄하고 꽤 듬직해졌습니다. 적어도 겉보기로는 그랬어요.

제대한 뒤로 동생은 복학하는 대신에 시험을 준비하겠다고 그러더군요. 무슨 고시라고 하던데 정확히는 모르겠습니다. 아무튼 동생은 학교에 돌아가지 않았습니다.

생각해보면 나는 동생을 한 번도 못 만났습니다. 그러니까 전역한 다음부터요. 우리는 늘 전화 통화만 했어요. 예전처럼 밥을 사주겠다고, 용돈을 주겠다고 꾀어도 나오지 않았습니다. 저로서는 동생이 단단히 각오했다고 여겼지요. 달리 의심이나 했겠어요?

뭔가 이상하다고 느낀 건 그로부터 2년이 지났을 때였습니다. 동생은 내게 전화해 대뜸 돈을 요구했어요. 취했는지 다쳤는지 발음이 부정확해 말을 알아듣기 힘들었습니다. 동생은 아무것도 묻지 말라더군요. 나는 아무것도 묻지 않고 돈을 보냈습니다.

그 일이 있고 한두 달에 한 번꼴로 동생에게서 연락이 왔습니다. 나는 차츰 동생의 전화를 받고 싶지 않게 되었습니다. 하지만 번번이 통화 버튼을 눌렀지요. 번번이 후회했고요.

어느덧 나는 30대가 되었습니다. 괜찮은 사람을 만나면 가정을 꾸릴 셈으로 돈도 적잖이 모았었죠. 하지만 이제는 없습니다. 동생에게 줘버렸어요. 아무것도 묻지 않고 전부 줬어요.

*

우리는 호프집에서 만났습니다. 월요일의 주점은 한산했습니다. 시끌시끌한 대학생들이 한 테이블을 차지하고 있었고 구석엔 직장인 둘이 자못 진지한 표정으로 무언가 논쟁하고 있었어요. 대학생 무리에서는 누가 최근에 실연을 당했는지 이따금 여자 이름을 외치며 울먹이는 소리가 들렸는데 대화에 방해될 정도는 아니었어요.

사실은 주변을 신경 쓸 상황이 아니었습니다.

"오랜만이야, 누나."

"너 괜찮아…?"

나는 동생의 모습을 보자마자 충격을 받았습니다. 까맣고 탄

탄하고 듬직하던 모습은 어디에도 남아 있지 않았습니다. 그렇다고 군대 가기 전의 희멀건 샌님으로 돌아왔는가 하면 그렇지도 않았어요.

세상에…. 동생은 나보다도 늙어 보였습니다. 피부는 생기를 잃어 거무죽죽했고, 몹쓸 병이라도 앓는 듯 눈자위와 볼살이 움푹 꺼져 있었어요. 이도 몇 개 빠졌는지 발음이 쉭쉭 새더군요.

고시 생활이 길어질수록 폐인이 된다지만 이건 그런 수준을 아득히 뛰어넘는 것이었습니다. 단순히 책상 맡에 오래 앉아 있다고 그렇게 될 리 없었어요.

“아직은 괜찮아. 아직은….”

동생은 조금 겸연쩍어하더군요. 오는 길에 벌레에라도 물렸는지 벅벅 긁어대는 통에 팔뚝에선 피가 날 지경이었습니다.

“오늘 보자고 한 건, 저기, 다름이 아니라, 누나, 저기 말이야.”

“괜찮으니까 말해봐.”

“부탁이 있는데, 절대로 어려운 부탁은 아니니까 부담 없이 들어줘.”

“아무리 사정해도 안 되는 건 안 되는 거야. 당장에 이번 달 월세도 밀리게 생겼다.”

동생이 손사래를 쳤습니다.

“돈 부탁은 안 한다고 했잖아.”

“그럼 무슨 부탁인데?”

“좀 이상하게 들리긴 할 텐데, 흠흠, 누나가 나한테 피를 좀 나눠줄 수 있을까?”

이럴 수가! 동생의 말은 전혀 이상하게 들리지 않았어요. 왜 이상하게 들릴 거라고 했을까? 그 말이 더 이상했습니다.

"피? 알았어. 그런 거라면 얼마든지 줄게. 그런데 많이 안 좋아?"

"좀 급하긴 해."

"그런데 입원 안 하고 이렇게 돌아다녀도 되는 거야? 수술 날짜는 잡았어?"

"뭐?"

"병명이 뭔데? 이참에 속 시원히 얘기해봐."

"아…."

동생의 얼굴이 흉하게 일그러졌습니다. 나는 그것이 웃음을 참는 표정이라는 걸 나중에 깨달았어요.

"헌혈해달라는 줄 알았어? 그런 게 아니야. 피는 내가 직접 뽑을 거야."

"직접? 직접 뽑겠다고? 왜?"

그제야 비로소 이상함을 느꼈고, 나는 뒤늦게 당황했습니다. 그러나 이어지는 동생의 대답은 나를 더욱 당황케 했습니다.

"내가 마셔야 해서 그래."

*

우리 부대에 나보다 반년 늦게 들어온 후임이 있었는데 고문관이었어. 고문관이라는 건 어리바리하다는 말이야. 근데 나랑 동갑이더라고. 꼭 그래서는 아니지만 내가 그 후임한테 좀 상냥하게 대했거든? 그래 봤자 덜 갈구고 PX에서 냉동만두 몇 번 사준 정도였지만, 걔는 그게 되게 고마웠나 봐. 말년휴가 때 나를 찾아온 걸 보면 말이야.

밖에서 만난 그 친구는 완전히 다른 사람이더라. 내가 오히려 어리바리했지. 알고 보니 걔는 소위 '좀 사는 집' 자식이었어. 자기가 사겠다면서 데려간 클럽은 척 보기에도 비싼 데였는데, 나는 이래도 되나 하고 눈치를 봤지만 정작 걔는 아무렇지도 않게 자리로 가서 앉더라고. 우리는 춤도 추고 술도 마셨어. 처음엔 좀 어색했지만 환경이 사람을 바꾸는지 나중엔 나도 괜히 어깨에 힘이 들어가더라. 사교계의 거물이라도 된 양 거들먹거렸어.

우리는 완전히 의기투합해서 거의 주말마다 만났어. 둘이서 강남 일대를 누비며 온갖 클럽을 섭렵했어. 돈은 매번 그 친구가 냈는데, 한번은 내가 사겠다고 했더니 버럭 성질을 내더라. 섭섭하게 왜 이러냐며 한사코 자기가 사겠다는 거야. 다행이었지. 나는 도저히 감당 못 할 금액이었거든.

그러다 하루는 자기가 뭘 구해왔대. 그러면서 빨간색 알약을 꺼내더라? 새로 나온 각성제라는데 완전 뿅 간다는 거야.

알아. 그때 자리를 박차고 나왔어야 했어. 하지만 누나도 알다시피 나는 거절을 잘 못 하는 성격이잖아?

"아니, 완전 뿅 가는 건 부차적인 거야. 이거 한 알이면 온몸에 활력이 넘쳐. 살아 있다는 느낌이 장난 아니라고!"

걔는 그렇게 말하면서 막무가내로 내 입에 각성제를 넣었어.

반강제로 그걸 삼켰으니 나는 당연히 겁이 났지. 약간 메스꺼운 느낌이 들어서 게워내야겠다고 생각한 순간에 갑자기 말도 안 되는 변화가 일었어. 아, 그 느낌을 어떻게 설명할까! 내 평생 그렇게 황홀한 기분은 처음이었어. 나를 압박하던 모든 것에서 해방되는 기분이었다고. 쇄도하는 감정의 해일에 완전히 휩쓸렸어. 그러면서도 나라는 존재가 그 어느 때보다도 더 선명하게 느껴지는 거야. 쿵쾅거리는 게 클럽에서 나오는 음악 소리인 줄 알았는데 내 맥박 소리였어. 지금이라면 뭐든지 할 수 있을 것만 같은 기분이 들었어.

이후로 만나기만 하면 우리는 약을 먹었어. 그보다는 약을 먹으려고 만났지. 한동안 아무 문제도 없었어.

그러다 하루는 친구한테서 전화가 왔는데 목소리가 심각했어. 자기 아버지에게 들켜서 재활원에 가게 됐대. 그런데 그 재활원이라는 곳이 외국에 있대. 얘길 들어보니 거의 쫓겨나는 거나 마찬가지더라. 걔도 참 불쌍한 애야. 아무튼 그런 이유로 1, 2년쯤 못 보게 됐으니 남은 약이라도 내게 다 주고 가겠대.

걔는 약 열두 알을 주면서 전화번호도 하나 적어줬어. 약이 부족하면 연락하라면서.

그렇게 떠나갔어.

내게 남은 건 열두 알뿐이었어. 그게 얼마나 갔겠어? 금세 동이 났지. 어쩔 수 없이 나는 전화를 걸었어. 허스키한 목소리가 전화를 받더라. 처음엔 잔뜩 경계하더니 내가 친구 이름을 댄 다음부터는 태도가 좀 누그러졌어. 그렇게 서른 알을 샀지. 그 다음에도 서른 알. 서른 알씩 꼬박꼬박.

돈도 꼬박꼬박 나갔어. 집에서 받는 돈으로는 모자라서 여기저기 돈을 빌렸어. 누나한테도 말이야.

물론 약을 끊으려고도 해봤지. 진짜야.

약을 먹으면 구름 위를 둥둥 떠다니는 기분인데, 약효가 떨어지면 진흙탕으로 곤두박질을 쳐. 그게 문제야. 약을 끊으려면 이 진흙탕에서 견뎌야 하는데 내가 나약해서 견딜 수 없는 걸 어쩌겠어….

그런데 있지, 한번은 대머리가 묘한 얘길 하더라?

아, 대머리는 판매자야. 아까 말했잖아. 허스키한 목소리로 전화 받던.

아무튼 무슨 얘기였느냐면, 이건 부자들이나 먹는 약이래. 나처럼 가난한 인간은 결국엔 피나 빨아먹게 돼 있다는 거야.

나도 지금 누나처럼 어리둥절했어. 무슨 소리야? 피를 빨아먹는다니?

약에 포함된 무슨 성분이 혈액에 들은 성분이랑 같대. 그래서 중독자들이 피를 마시면 얼추 약효 비슷한 게 난다는 거야. 그러면서 나더러 정 돈이 없으면 식구들 피라도 빨아먹으래.

그렇게 된 얘기야. 이제 알겠지? 돈이 없으면 누나 피라도 마시게 해줘.

*

나는 기가 막혔습니다.

"피는 안 줄 거야. 대신에 이렇게 하자. 너도 해외에 있는 재활원이라는 델 가. 그거라면 내가 빚을 내서라도 돈을 마련할게."

"아냐 누나…."

"당장은 어렵겠지만 그게 맞아. 몸이 나으면 어디든 취직해서 돈 갚아. 기다려줄게."

"그런 게 아니라니까."

동생의 얼굴이 흉하게 일그러졌습니다. 나는 그것이 괴로워하는 표정이라는 걸 나중에 깨달았어요.

"내가 거짓말했어. 사실 재활원 같은 건 없어."

"네 친구 간 데 있잖아. 비싸서 그래?"

"그 고문관 새끼가 나를 속인 것 같아. 내가 너무 늦게 깨달았어. 애초에 내 인생 조지려고 작정하고 찾아왔던 거지. 자기는 먹는 시늉만 하고 장단을 맞춰주다가 내가 폐인이 되니까 나를 버린 거라고."

"무슨 소리야? 둘이 친했다며?"

"안 친했어. 전역하고 친해졌지. 그나마도 가짜였지만."

"아까는 군대에서 네가…."

"아니야. 나도 남들이랑 똑같이 대했어. 가끔은 더 심하게 갈군 적도 있지. 걔 때문에 징계도 받고 휴가도 깎였으니까. 그래도 말년엔 많이 참았는데 그 새끼 마음에 앙금이 남아 있었나 봐. 말하자면 이건 복수야. 부자 새끼가 돈으로 나를 망쳐놨어."

나는 다시금 기가 막혔습니다.

"그건 그거고 재활원은 재활원이지. 내가 알아볼 테니까 제발 재활원에 들어가. 인생 망치지 말고."

"알겠으니까 오늘은 피나 좀 줘. 나 진짜 급해. 죽을 것 같아."

"도대체 피를 어떻게 달라는 거야? 손목이라도 그으라는 거야 뭐야?"

"아니야. 아니야."

동생이 말했습니다.

"누나가 다칠 필요는 없어. 주사기로 빼면 돼."

"그걸 누가 해? 네가 해? 해본 적 있어?"

"할 수 있어."

할 수 있어? 동생의 대답에는 석연찮은 구석이 있었습니다. 평범한 말이지만 어쩐지 기괴하게 들렸습니다.

순간 머릿속에 끔찍한 장면이 떠올랐습니다. 나는 집을 나온 뒤로 한 번도 묻지 않았던 것을 물었습니다. 기어이 묻고야 말았습니다.

"아버지랑 어머니는?"

"엄마 아빠가 뭐?"

동생이 팔뚝을 긁었습니다. 벅벅, 벅벅벅.

"어떻게 지내?"

"잘 지내지…."

"너 나만 찾아온 거 아니지? 아버지랑 어머니한테도 달라고 했을 거 아냐? 돈 받았어?"

동생은 대답하지 않았습니다.

"돈 못 받았지? 그래서 피라도 받았어? 그런 거야?"

여전히 대답하지 않았습니다. 하지만 대답할 필요도 없었어요.

그들은 아들이 해달라는 건 다 해줬습니다. 돈이 부족하면 피라도 기꺼이 내줬을 거예요. 그런데 동생은 왜 나한테까지 찾아와 피를 달라고 할까? 동생의 먹성으로는 2인분의 피가 모자랐을까? 그런 게 아니라면 그들이 더 이상은 못 주겠다고 했을까? 그럴 리는 없죠. 그보다는… 더 이상 줄 수 없게 됐겠지?

"솔직히 털어놔."

과연 숨기는 게 있는 모양으로, 동생은 맥주를 벌컥 들이켰습니다. 나는 동생이 대답할 때까지 빤히 쳐다보기만 했습니다.

결국, 동생은 실토할 수밖에 없었습니다. 동생은 나약하거든요.

"누, 누나. 이건 정말 아무한테도 말하면 안 돼."

"알았으니까 말해봐."

"사실은 내가 실수를 했어…."

"죽였어? 죽였지? 죽였구나!"

"조용히 해. 사고였어."

동생이 말했습니다.

"이게 다 그 대머리 때문이야. 그 새끼가 피를 빨아먹으라고 하는 바람에 다른 방법은 생각조차 못 했어. 주사기로 뽑아서 깔끔하게 마시면 될 걸 꼭 빨아먹어야 한다고 세뇌된 거야. 그래서 엄마 목덜미를 깨물었어. 분명히 말해두는데 허락받았어. 빨아먹어도 좋다고 허락을 받았다고. 그런데 재수 없게 아빠가 우릴 본 거야. 사실 모양새가 좀 거시기하잖아? 무슨 오해를 어떻게 했는지는 몰라도 아빠는 갑자기 눈이 뒤집혔어. 차분히 대화로 하면 좋았을 걸 부엌에서 식칼을 꺼내오지 뭐야. 그걸로 뭐 어쩌려고? 아들을 찌르려고? 나는 그럼 가만 두고 봐? 한참 옥신각신했지. 그러다가 정신을 차려보니 두 사람 다 칼에 찔려서 쓰러져 있더라."

"그래서?"

목이 콱 메더군요. 내가 그들을 동정했다고는 말하지 않겠습니다.

"그래서 어떻게 했어?"

"아쉬운 대로 페트병에 피를 받아서…."

"피 얘기는 집어치워! 아버지랑 어머니 어떻게 했냐고!"

"쉬, 쉿! 목소리가 크잖아. 누가 들으면 어쩌려고."

"대답해. 어떻게 했어?"

"마당에 묻었어."

이대로 두었다간 나도 그들과 같은 꼴이 될 것 같았습니다. 아니, 내 꼴을 보십시오. 이미 빨릴 대로 빨려서 볼품없이 앙상해진 내 삶을 좀 보십시오.

'둘 중에 하나가 죽어야 했다면 그건 계집아이였어야 했다!'

그렇게 말한 인간은 그가 끔찍이도 사랑하던 자식에게 살해됐습니다. 하지만 나는 누군가를 대신해 죽을 생각이 없습니다.

'네가 우리 아들을 죽였다!'

그렇게 말한 인간도 세상에 없습니다.

동생이 흐리멍덩한 시선으로 나를 보았습니다. 나도 동생을 보았어요. 나는 어렵게 입을 열어 동생에게 피를 주겠다고 약속했습니다. 동생은 손을 비비며 좋아하더군요.

우리는 주점을 나와 한참을 거닐었습니다. 동생은 내가 이끄는 대로 비틀거리며 따라왔어요.

새벽 무렵에 나는 적당한 골목을 찾았습니다. 아니, 적당한지는 모르겠지만 나는 그만 방황을 멈추고 싶었어요.

"여기서 해."

나는 동생을 후미진 곳으로 잡아끌었습니다.

"여기서 엄마한테 했던 것처럼 해줘. 야만스럽게 빨아봐."

"여기? 길가에서…?"

"뭐, 어때. 아무도 없잖아."

"알다가도 모르겠네, 정말."

구시렁대면서도 동생은 못 하겠다는 말은 안 하더군요.

미로 같은 골목의 한복판에서, 달빛도 들지 않는 담장 아래서, 마침내 나는 동생에게 목덜미를 내주었습니다. 그것이 내가 마지막으로 한 누나 노릇이었어요.

우리는 곧 헤어질 연인처럼 꼭 안았습니다. 동생의 더운 숨결이 내 살에 닿았습니다. 나는 움찔했지만 거부하진 않았어요. 이윽고 메마른 입술과 축축한 혀와 뾰족한 이가 거의 동시에 내게 닿았습니다. 살이 찢어지는 아픔에 나는 그만 몸을 떨었습니다. 비릿한 피 냄새를 맡으며, 정숙하지 못하게 춥춥 빨아대는 소리를 들으며, 나는 가벼운 현기증을 느꼈습니다.

오랫동안 나는 동생을 미워했습니다. 동시에 애틋하게 여겼고요. 지긋지긋해 하면서도 한편으로는 동생을 그리워했던 것 같습니다. 그러나 이제는 아무 감정도 남아 있지 않습니다.

나는 가만히 손을 뻗어 에코백에서 포크를 꺼냈습니다. 주점에서 가져온 물건이었어요. 나는 그것으로 동생의 목을 힘껏 찔렀습니다. 확실히 하고 싶어서 같은 짓을 몇 번이나 반복했어요.

푹, 푹, 푹, 푹, 푹.

내 목에 매달려 있던 동생은 가냘프고 하찮은 신음을 흘리더니 풀썩 쓰러졌습니다.

인적 없는 골목에서 나는 한동안 동생의 곁을 지켰습니다. 생명이 꺼지는 순간을 눈앞에서 지켜보았습니다. 그러다 문득, 꿀렁꿀렁 쏟아지는 동생의 피를 손가락으로 살짝 찍어 맛보았습니다. 그것은 그러나 아무 맛도 나지 않았습니다. 그저 불쾌할 뿐이었어요.

이나경

단편 〈다수파〉가 2016년 독자우수단편 최우수작으로 선정되며 거울 필진에 합류했다. 앤솔로지 《공공연한 고양이》, 《꼬리가 없는 하얀 요호 설화》 등에 참여했다.

산사로 9-4 번지에 어서오세요

지현상

박성아는 볼수록 꺼림칙한 여자였다. 길고 긴 검은 생머리가 바람에 휘날릴 때는 더더욱 그랬는데 그 사이로 희끗희끗한 눈매가 꼭 산 사람의 것이 아닌 것만 같았다. 확실히, 촬영하러 다니며 무수한 역술가를 만나봤지만 저런 눈매는 처음이었다.

'어쩌면 이 빌어먹을 장소 때문인지도 모르지.'

영준은 고개를 저으며 얼굴을 쓸어내렸다.

대낮에 본 2층짜리 단독주택은 조금 클 뿐 별다를 것 없는 오래된 폐건물이었다. 적당히 으슥한 곳에, 그렇다고 너무 깊지는 않은 산 중턱에 자리 잡은. 깨진 유리창과 썩어가는 바닥재, 어질러진 물건과 먼지 곰팡이가 어우러진 그저 그런 장소일 뿐이었다. 하지만 건물은 날이 어두워질수록 묘한 분위기를 풍기기 시작하더니, 이제는 그들을 바라보며 입맛을 다시는 것만 같았다.

'왜 그런 생각이 들지?'

답지 않은 일이었다. 찝찝한 공기가 폐에 들어차 속이 거북한 것 같았다.

영준은 주택 앞에 우거진 덩굴식물 옆에서 촬영감독과 담배를 피웠다. 영준과 달리 촬영감독은 여느 때와 다름없이 태연한 모습이었다. 그래 다 기분 탓인 거지. 연기가 핏줄을 타고 돌자 기분도 한결 나아졌고 속도 조금 진정되었다. 두뇌도 이성을 찾았는지 생각도 차분하게 가라앉았다. 냉정하게 생각해 보면 겁먹을 이유는 전혀 없었다. 세상에 귀신같은 건 없으니까. 그는 지난 몇 년간 수많은 폐가를 찾아다녔으나 제대로 된 심령 현상 한번 본 적이 없었다.

그리고 이렇게 불안했던 적도.

왜지? 다른 일행들은 아무런 동요도 없어 보였다. 정 작가는 여전히 동떨어진 곳에서 뭔가를 끄적이며 자기 일에 열중하고 있었고, 일반인 참여자로 동행한 미스터리 클럽의 두 여자는 웃음 섞인 목소리로 저희끼리 뭔가를 속닥이고 있었다. 건물은 아무 탈 없이 눈 앞에 서 있을 뿐이었다.

"신 PD님. 슬슬 들어갈 때 되지 않았나요?"

아름이 다가와 영준에게 물었다.

그녀는 조금 작은 키에 시청자들이 좋아할 만한 외모를 가진 프로그램의 단골 참여자였다. 무슨 이유에선지 한동안 연락이 안 된다 싶더니, 이번엔 고맙게도 미혜라는 예쁘장한 지인까지 데려온 참이었다.

눈빛을 보니 이 아가씨들은 건물 안에서 뭔가 대단한 일이 벌어지길 기대하는 것 같았다. 꼭 무서운 놀이기구 앞에서 기다리는, 이제 막 자신의 차례가 거의 다 다가온 듯한 표정이었다. 영준은 마지못해 되물었다.

"그렇죠? 이제 12시쯤 되었나요?"

초여름 밤. 보랏빛이 진해지다 못해 검게 내린 밤하늘은 촬영하기에도 적당해 보이긴 했다.

"그래요. 준비들 되셨으면 슬슬 들어가볼까요?"

영준이 담뱃불을 짓밟아 끄며 모두에게 들리도록 약간 크게 말했다.

촬영이 시작됐다. 긴 머리의 역술가와 미스터리 클럽의 두 여자가 카메라 앞에 서고 영준과 정 작가는 두세 걸음 떨어져 뒤를 따랐다. 세 여자가 폐가를 향해 천천히 걸어갔다. 깨진 창문들이 그들을 응시하는 가운데 길쭉하게 벌어진 현관문이 그녀들을 차례로 집어삼켰다.

하나. 하나. 하나.

남자들도 천천히 건물 안으로 들어갔다. 부서진 가구와 더러운 유리조각, 먼지, 싱크대. 그리고 사람들. 모든 게 어둠 속에 뒤섞였다.

촬영감독이 역술가와 참여자들의 얼굴을 클로즈업했다가 다시 주변을 찍기 위해 이곳저곳을 돌아다녔다. 깨진 창문으로 서늘해진 밤바람이 스며들고 여기저기 흩어진 물건들이 카메라의 약한 조명을 받아 일렁이는 그림자를 만들었다. 그들을 지켜보는 것만 같은 꼭 얼굴 같은 그림자였다.

"영 찝찝하구만."

영준은 자기도 모르게 말이 튀어나왔다.

역술가가 못마땅한 표정으로 그를 흘겨봤다. 그녀는 영준에게 뭔가를 말하려다 이내 한숨을 쉬고는 촬영감독과 사방을 돌아다니며 손을 휘저었다. 어지러운 물건들도, 벽지와 내장재가 떨어져 나간 흉측한 벽과 천장들도 모두 그대로였지만 건물은 대낮보다 훨씬 커 보였다. 천장의 모서리는 끝을 모르게 검어서 정말 뭐가 튀어나올 것만 같았다.

하기야, 뭐가 튀어나오려면 이만한 곳도 없었다. 신빙성 없는 뜬소문일 뿐이지만 이웃 주민들 모두가 한 가족은 이곳에서 단체로 목을 매달았고, 또 한 가족은 가장이 부인과 두 자녀를 도끼로 찍어 죽이곤 스스로의 입에 칼을 쑤셔 박았다고 말했다. 적어도 주민들은 모두 그렇게 믿고 있었다. 공식적으로 그런 기록은 전혀 찾을 수가 없었음에도. 모두가 이곳을 귀신들린 집이라고 대답했다.

영준은 말도 안 된다고 생각했다. 귀신같은 건 몇 년 전 프로그램을 막 시작하던 애송이 적에나 믿고 찾아 헤매던 것이었다.

"여기에서 사람들이 많이 죽었나요?"

영준이 의례적으로 물었다.

"예, 한 스무 명 정도?"

역술가가 대답했다.

"아니, 서른 명은 되겠네요. 어쩌면 더 많을 수도 있어요."

"그렇게 많습니까?"

"장소에 얽매인 영들은 언제나 외롭습니다."

역술가가 여전히 주변을 훑어보며 대수롭지 않게 말했다.

"그래서 항상 친구들을 불러 모으죠. 하나. 하나. 하나. 그렇게 길을 잃은 사람이나 생전의 지인들을 꼬여내서 죽이는 겁니다. 우리도 PD님 덕에 굳이 여기까지 찾아오게 되었으니, 어쩌면 여기에 PD님의 지인분이 있을지도 모르겠네요."

썩 유쾌한 얘기는 아니었다. 영준은 지인 이야기에서 살짝 인상을 찌푸렸지만 차분하게 질문을 이었다.

"그렇다면 시신은 다 어디 있을까요? 최소 서른이라면 정부에서 방관하고 있을 숫자는 아닌데요."

"글쎄요."

역술가가 초점 없는 눈으로 영준을 바라보며 약간 올라간 입꼬리로 대답했다.

"이 집이 잡아먹는다고 표현하면 어떨까요? 흔적도 남기지 않고 깔끔하게요."

영준은 순간 그녀의 눈이 굉장히 인공적이라는 느낌이 들었다. 성형 따위의 것이 아니라 정말 사람의 눈이 아닌 것 같은 모양새였다. 광신도나 미치광이의 눈과도 조금 달랐는데, 백화점 명품관의 마네킹이 꼭 저런 눈이었다.

역술가는 묘한 미소를 지으며 앞으로 걸어갔다. 그녀는 한참 주변을 살폈고 일행은 그 뒤를 조심스럽게 따라갔다. 별다른 문제는 없었다. 그저… 점심에 봤던 난장판이 어둠 속에 반쯤 가려져 더 불길하고, 더 꺼림칙하게 보였을 뿐이었다. 하지만 부엌에 다다르자, 역술가가 갑자기 발을 멈추고 손을 뻗어 일행을 제지했다.

"이쪽으론 가면 안 되겠군요."

역술가가 싱크대 쪽을 응시하며 말했다.

"아이가 있네요. 남자아이인데 우릴 보고 있어요. 나이는 많아 봐야 초등학교 2학년 정도."

모두의 시선이 싱크대에 꽂혔다. 낮에 본 것과 똑같은 별 볼 일 없는 구식 싱크대였다. 굳이 다른 점을 찾으라면, 그 안쪽에서 희미하게 물 떨어지는 소리가 들려온다는 것 정도였다. 하지만 물이라니? 영준이 의아함에 귀를 기울였다. 낮에는 물은커녕 먼지 한 톨도 내뿜지 못하던 싱크대였다.

미스터리 클럽의 두 여자도 비슷한 생각을 하는지 호흡을 줄이고 서로를 바라봤다. 둘 다 몸이 경직된 게 눈에 보일 정도였다. 그러던 중 아름이 소스라치게 놀라며 싱크대를 가리켜 물었다.

"저거 칼 아니에요?"

싱크대 안쪽에 확실히 카메라의 조명을 반사하는 금속물체가 있었다.

"그렇네요."

영준이 정신을 차리고는 낮게 대답했다.

"낮에도 저게 있었어요?"

아름이 다시 물었다.

그가 뭔가 대답을 하려는 찰나 역술가가 고개를 저으며 자신의 입으로 손가락을 가져다 대었다. 조용히 하라는 뜻이었다. 그녀는 싱크대를 가만히 응시하더니 일행 쪽으로 한 걸음을 물러나 작게 말했다.

"이만 다른 곳을 둘러보죠."

"왜죠? 뭔가 있는 건가요?"

영준이 물었다.

그러자 역술가는 눈을 흘기며 무뚝뚝하게 "나중에 말하죠." 하고 대답할 뿐이었다. 영준은 묻고 싶은 것이 잔뜩 있었지만 불친절한 역술가의 표정과 태도에 말문이 턱 막혔다. 솔직히 그는 너무 어이가 없어서 한마디 내뱉으려 허 하고 숨을 삼켰다. 그러고는 입을 열려는 찰나,

쨍강!

하고 오른쪽에서 뭔가 둔탁하게 깨지는 소리가 들려왔다.

그는 말하려던 것도 잊고 깜짝 놀라 주위를 살폈다. 오른쪽의 까만 공간 너머에 살짝 열려 있는 방문이 보였다. 소리는 그쪽에서 들린 것 같았다. 자박거리는 작은 소리도, 누군가 깨진 조각을 밟고 다가오는 소리도 들리는 것 같았다. 소리가 소름을 돋아내며 영준의 등을 쓸어 올렸다.

하지만 문제는 그게 아니었다. 소리 난 쪽을 바라보는 사람이 아무도 없다는 것이었다. 어라? 영준은 눈치를 살피며 이마를 매만졌다. 일행들은 아무 일도 없다는 듯 촬영을 계속 진행하고 있었다. 자박거리는 소리도 언제 그랬냐는 듯 사라졌다. 뭐지?

영준의 이마에 식은땀이 맺혔다. 뭘 잘못 들은 건가? 그걸? 아니야. 소리는 선명했었다.

일행은 역술가의 안내를 따라 거실을 가로지르고 있었다. 영준은 머뭇거리며 그 뒤를 따랐다.

'정말 아무도 못 들었다고?'

이상했다. 영준은 이 공간과 상황 자체에 미묘한 이질감을 느끼기 시작하며 바쁘게 눈동자를 굴렸다. 부엌, 거실, 화장실, 그리고 작은 세 개의 방. 먼지 끼고 곰팡이가 핀 금이 간 콘크리트들. 정확하게 표현할 수는 없지만 모든 게 낮과는 사뭇 다른 느낌으로 꿈틀거리고 있었다.

예민하고 비뚤어진 시각으로 사방을 살피자니 주위를 떠도는 공기도 어딘지 조금 기괴해진 기분이었다. 먼지와 곰팡내 사이로 이상한 냄새들도 조금씩 스며드는 것 같았다. 그건 마치, 비릿한 물비린내와 풀냄새 사이에 살짝 숨은 피 냄새 같은 것이었다. 신입 시절 멋모르고 촬영하러 다닐 때의 긴장감 같은 것. 몇 년 동안 내로라하는 폐건물들을 돌아다녔지만 이런 기분이 드는 퍽 건 오랜만이었다. 귀가 예민해지자 사각거리는 정 작가의 볼펜 소리마저 선명하게 들려왔다.

"민호 씨, 이렇게 어두운데 뭐가 보입니까?"

영준이 괜스레 정 작가에게 물었다.

"그럭저럭요. 엉망이더라도 나중에 알아볼 수는 있겠지요."

정 작가가 감흥 없이 대답했다.

영준은 그가 노트와 펜을 구분하는 것도 신기할 지경이었지만 떨떠름하게 고개를 끄덕였다. 정 작가는 놀라울 정도로 흔들림 없이 글을 쓰고 있었다. 솔직히 말하자면 너무 평온하게 글자들을 적어내는 나머지, 그 모습마저 소름 끼치도록 수상할 정도였다.

'아니야, 작가가 글을 쓰고 있는 게 뭐가 수상한 일이야?'

영준이 얼굴을 쓸어내리며 스스로를 다독였다.

한번 이상한 생각이 들자 끝이 없었다. 일행 모두가 멀쩡히 자기 할 일을 하고 있는데 왜 혼자만 묘한 기분에 휩싸이는지 알 수가 없었다. 영준은 슬슬 이곳에서 벗어나고 싶어졌다. 이 공간에 가득한 묘한 불안감이, 몇 년 동안 사라졌던 두려움을 마음 깊숙한 곳에서 끌어내려 꿈틀대는 것 같았다.

역술가는 어느덧 1층의 모든 장소를 살펴보곤 계단을 오르고 있었다. 그녀가 말했다.

"최대한 빨리 둘러보고 나가도록 하죠."

영준은 무심결에 고개를 끄덕였다. 여태 그녀에게 들어본 말 중 제일 맘에 드는 말이었다. 촬영 분량을 생각하면 귀신을 부르는 의식이라든지, 기계를 들고 이상한 주파수를 찾아낸다든지 해야 할 일이 산더미였지만 그런 건 이미 영준에게 중요하지 않았다.

당장에라도 부서질 듯 삐걱거리는 나무 계단을 뚫고 도착한 2층은, 낮에 보았듯 작은 거실 하나와 방 두 개가 전부인 비교적 좁은 공간이었다. 바닥이 다 썩은 스펀지처럼 푹푹 꺼지는 느낌이어서 그들은 조심스럽게 발을 옮겼다. 싸한 바람 소리에 창문이 덜컹거리는 게 꼭 웃음소리 같았다. 영준의 불안함을 아는지 모르는지 역술가는 거리낌 없이 좌측 방으로 다가갔다. 그러고는 천천히 문을 열었다.

이번엔 그녀도 살짝 당황한 듯 움직임이 버벅거렸다. 방 안엔 갖가지 벌레들이 우글거리고 있었는데, 쥐와 비슷한 작은 동물들의 사체도 잔뜩 널려 있었다. 개미와 벌레들이 잔뜩 꼬여 있는 바람에 실제로 그게 쥐였는지는 알아보기가 어려웠다. 카메라의 조명이 비췄는데도 벌레들은 신경조차 쓰지도 않고 제 할 일을 할 뿐이었다. 미스터리 클럽의 두 여자는 비명이 튀어나오는 입을 양손으로 틀어막은 채 튀어나올 것처럼 번들거리는 눈으로 벌레들을 바라봤다. 아마 영준의 눈도 비슷했을 터였다. 낮에는 이곳에, 동물의 사체 따위는 하나도 없었다.

영준은 애써 평정을 유지하고 촬영을 이끌었다. 하지만 역술가가 두 번째 방문을 열었을 때는 그도 어쩔 수 없었다.

목 매달린 여자.

그것이 두 번째 방 한가운데에서 시계추처럼 바람살에 흔들리고 있었다.

영준은 소리를 지르며 바닥에 주저앉았다. 칼에 찢긴 건지 여자의 배가 길게 갈라져 피와 내장을 쏟아내고 있었다. 온몸은 물론 바닥도 피로 흥건히 젖었고, 가슴에 닿을 정도로 길게 뽑힌 그녀의 혀에서도 붉은 핏방울이 뚝뚝 떨어졌다. 좌우로 흔들거리던 그녀의 몸이 점점 더 세게 흔들렸다. 그러다가 그 목에 걸린 밧줄이 툭 하고 끊어져 여자의 시신이 바닥에 떨어졌다.

여자가 고개를 들고, 눈을 마주 보고, 그를 향해 빠른 속도로 기어오기 시작했다.

"으아아악!"

"왜 그래요! PD님! PD님!"

아름이 영준의 어깨를 흔들며 소리쳤다.

그가 번뜩 정신을 차리고 주위를 둘러보았다. 목 매달린 여자는 없었다. 두 번째 방의 천장 한가운데에, 원래대로라면 조명이 있어야 할 자리에 전선이 길게 늘어져 있을 뿐이었다. 방 한 구석에 낮에 없던 밧줄 더미가 놓여 있긴 했지만….

"이만 내려가죠."

영준이 떨리는 목소리로 말했다.

"그만 나가서 카메라에 뭐 특별히 찍힌 거라도 있나 확인해 봅시다."

모두가 영준을 이상한 눈으로 보고 있었다. 겁에 질린 눈. 당황스러운 눈. 역술가만이 비교적 태연한 눈으로 그를 바라보며 고개를 끄덕였다. 두 번째 방에 발을 들이는 사람은 아무도 없었고, 다들 그가 뭘 본 건지조차 알고 싶어 하지 않는 눈치로 서둘러 계단을 내려갔다.

계단이 전보다 더 삐걱대는 탓에 꼭 그들을 잡아먹을 것 같았다. 와르르 무너져서 심연 깊숙한 곳까지. 덜컥. 아니나 다를까 영준이 조심스럽게 발을 디디는 사이, 앞서가던 아름의 발밑에서 계단 하나가 부서졌다. 나무가 특유의 비명을 지르며 아름을 집어삼켰다. 아름은 너무 놀라 헉 소리만 냈을 뿐 비명조차 지르지 못했다. 그녀의 다리 한쪽이 아예 계단 밑으로 파묻혔는데, 반바지를 입은 탓에 부러진 나뭇조각에 파이고 찢겨 새빨갛게 변해 있었다.

미혜가 놀라 울먹이며 아름을 부축했다. 상황이 상황인 만큼 영준도 카메라 앞으로 내려가 아름을 끌어올렸다. 계단이 부서질 듯이 흔들리는 바람에 작업은 쉽지 않았다. 신경을 곤두세운 몇 분여의 사투 끝에 아름은 가까스로 계단을 빠져나올 수 있지만, 상태는 매우 좋지 않았다. 그녀가 신음 소리를 냈다.

"지혈도 지혈이지만 가시가 많이 박힌 것 같은데 얼른 나가서 치료부터 하죠. 저희 차에 구급용품이 있습니다."

영준이 말했다.

"죄송해요."

아름은 다리를 절뚝이며 정신없는 와중에도 그렇게 말했다.

"응급처치로 될 만한 문제가 아닌 것 같은데요. 나가면 병원으로 바로 가죠."

촬영감독조차 아름의 다리를 살펴보며 심각한 표정으로 말했다.

모두가 최대한 조심하며 계단을 벗어나느라 진이 빠진 모습이었다. 이제는 촬영감독도 미스터리 클럽의 두 여자도 빨리 이 집을 벗어나고 싶은 눈치였다. 몇 걸음 앞에 현관문이 있었다.

그런데 그때, 싱크대 쪽에서 갑작스레 물소리가 들려왔다. 그것도 괴성을 지르며 싱크대를 때리는 격렬한 물소리였다.

모두가 걸음을 멈추고 부엌을 바라봤다. 수도꼭지에서 폭포

수처럼 물이 쏟아지고 있었다. 숨소리조차 들리지 않는 정적 속에서 물소리가 홀로 저택을 채웠다. 누군가의 입에서 뜻 모를 신음이 새어 나왔다.

"빨리 나가죠."

누군가가 말했다. 어쩌면 모두가 그렇게 말하고 있었는지도 몰랐다. 확인할 겨를이 없었다. 발아래에서도 우지직 하고 묵직한 소리가 들려왔기 때문이었다. 젠장 맞게 불길한 소리에 모두가 말을 잇지 못한 채 서로의 눈치를 살폈다.

눈에 긴장이 떠오르고, 아차 하는 순간,

비명 지를 새도 없이 바닥이 무너져 내렸다.

사람들이 뒤엉켜 돌무더기와 함께 추락했다. 순간적으로 사고가 정지되어 모든 게 현실 같지가 않았다. 영준은 지면에 패대기쳐져 엄청난 고통이 찾아온 뒤에야, 그 고통이 조금 물러가 준 뒤에야 가까스로 상황을 인식할 수 있었다. 그가 신음을 흘리자 누군가 힘겹게 물었다.

"다들 괜찮아요?"

촬영감독이었다.

"대답들 좀 해봐요."

어둠 속에서 미혜와 정 작가의 희미한 대답이 들려왔다.

"저도… 괜찮아요."

영준이 대답했다.

그는 땅을 짚고 몸을 일으키려 애쓰면서 스스로의 몸을 확인했다. 등의 통증 때문에 숨쉬기가 곤란할 정도였지만 뼈가 부러지진 않은 것 같았다. 머리를 다치지 않은 것만도 다행이었다. 그가 이마를 지그시 누르며 다시 말했다.

"아름 씨랑 다른 분들은요?"

대답은 없었다.

"아름 씨? 박성아 씨!"

영준이 간신히 몸을 일으켜 재차 이름을 불렀다.

"젠장…, 감독님 조명 좀 켜주실 수 있나요?"

"카메라는 그럭저럭 돌아가는데 조명은 나갔어요. 떨어질 때 깨진 것 같습니다."

촬영감독이 대답했다.

영준은 재빨리 휴대전화를 꺼냈다. 액정은 아작났으나 플래시 기능을 사용하기에는 문제가 없었다. 불을 비추자 주변의 공간이 윤곽을 드러냈는데, 그들은 위로 기어 올라가기엔 너무 깊은, 지하 땅굴처럼 보이는 좁은 통로에 떨어져 있었다. 길고 좁고 컴컴한 공간. 사람들. 코를 찌르는 썩은 내. 그렇게 한참을 상황을 살피는데 뒤쪽에서 역술가의 목소리가 들렸다.

"저… 여기 있어요."

"괜찮아요?"

"그럭저럭요."

그녀가 잔뜩 갈라지는 목소리로 대답했다. 어디를 다친 건지 음색이 약간 정상이 아니었다.

영준은 섬뜩한 느낌에 불빛을 비춰 역술가의 상태를 확인했다. 그녀는 생각보다 가까운 곳에서 고개를 푹 숙인 채 실없는 웃음을 뱉고 있었다. 그녀의 기다란 머리카락이 축 늘어져 갈피를 못 잡고 흔들렸다.

“박성아 씨?”

뭔가 이상했다. 미혜도 촬영감독도 얼빠진 얼굴로 역술가를 바라봤다. 역술가는 이제 좌우로 기우뚱거리며 몸을 흔들었다. 천천히. 그녀의 머리카락도 그녀를 따라 움직였다.

“박성아 씨 괜찮아요?”

영준이 다가가 그녀의 어깨를 흔들며 물었다. 손에 한가득 뜨겁고 질척한 느낌이 스며들었다. 피였다.

영준이 놀라 손을 떼는 찰나 그녀의 머리가 힘없이 툭 하고 꺾여 떨어졌다. 아니. 아예 떨어지진 않고 뒤집힌 머리가 목 아래에 매달려 대롱거렸다. 아예 머리가 떨어져버린 것보다 더 좋지 않았다. 핏기없는 새하얀 얼굴이 비릿하게 웃고 있었다. 그러고는 그 눈동자가 움직이더니, 정확하게 영준과 눈을 맞췄다.

“이런, 젠장!”

촬영감독이 거의 반사적으로 역술가를 향해 카메라를 집어던지며 소리쳤다.

미혜도 잔뜩 얼어붙어 비명을 내질렀다. 본인이 무엇을 하고 있는지 의식조차 못 하는 것 같았다. 영준과 촬영감독은 거의 본능적으로 미혜를 잡아채듯 일으켜 무작정 뒤로 달려갔다. 미혜도 그제야 그들을 따라 도망치기 시작했다. 반쯤 울면서 비명을 지르는 미혜의 목소리 사이로 자꾸만 역술가의 찢어진 웃음소리가 들려왔다.

어떤 용도로 사용하던 장소였는지 길은 끝도 없이 이어졌다. 옆으로 돌아가는 길도 없고 갈라지는 길도 없었다. 조금만 생각해보면 말도 안 되게 이상한 장소였지만, 모두가 주위를 돌아볼 여유 따위는 가지고 있질 못했다. 역술가의 웃음소리가 계속 가까이에서 들리는 것만 같아 뒤는커녕 좌우도 돌아볼 수도 없었다.

그들은 미혜가 지쳐 토하기 직전이 돼서야 달리기를 멈추고 벽을 짚었다. 촬영감독이 거칠게 숨을 몰아쉬며 깊은 신음을 토했다. 이제 보니 그는 다리를 다쳤는지 걸음이 불안정했는데, 오른쪽 바지가 허벅지부터 절여지다시피 피에 젖어 있었다. 미혜는 아예 바닥에 주저앉아 우는 소리를 냈다.

"그게 뭐였죠? 대체 그게 뭐냐고요!"

미혜가 소리쳤다.

"지금도 따라오고 있는 거 아니에요? 네? 우리 나갈 수 있는 거예요?"

"방금 우리가 뭐 잘못 본 건 아니었죠?"

촬영감독이 떨리는 목소리로 물었다. 잔뜩 찡그린 표정을 보아 무리해서 달린 다리의 고통이 대단한 것 같았다.

"확실히 봤어요!"

미혜가 울먹이며 말했다.

"확실히 봤다고요! 살려줘요, PD님. 제가 잘못했어요. 네? 그만해요. 여기서 내보내줘요. 여기서 내보내줘요!"

"진정해요, 미혜 씨. 미혜 씨!"

영준이 냉정함을 유지하려 애쓰며 미혜를 잡아 흔들었다. 하지만 그의 목소리도 무서워 떨리기는 마찬가지였다.

"우리…, 우리 다 같이 살 방법을 찾아봐요. 분명 방법이 있을 거예요. 방법이…."

"그런데… 정 작가님이랑 아름 씨는 어떻게 된 거죠?"

촬영감독이 물었다.

"그러고 보면 추락한 뒤로 아름 씨를 본 적이 없어요. 정 작가님은 처음에 괜찮다고 대답은 했던 것 같은데…."

"그만해요. 그만!"

미혜가 손으로 귀를 막고 작게 소리쳤다. 그녀는 몇 번이고 같은 말을 반복하더니 이내 울음을 터트렸다.

"미안해, 아름아…. 미안해…."

영준은 미혜가 무슨 생각을 하는지 알 것 같았다. 아름도 정 작가도 구하러 가기엔, 그 행방을 찾으러 가기엔 너무 늦어버렸다는 생각. 영준은 어쩌면 이곳에 있는 자신들도 이미 늦어버린 건 아닌가 싶었다.

실낱같은 희망으로 휴대전화를 확인해봤지만 신호가 잡히지 않았다. 사람 드문 시골 산중에서 지하에까지 갇혔으니 어찌 보면 당연한 일이었다. 전화기의 배터리도 얼마 남지 않았다. 미혜도 촬영감독도 휴대전화야 한 개씩 있겠지만, 이 알량한 불빛이 그들의 시야를 언제까지 지킬 수 있을지는 너무도 뻔한 일이었다. 어둠이 사방에서 조여 오는 기분이었다. 다리는 맥이 풀려 휘청거렸고 가슴은 벌렁거리다 못해 터질 것만 같았다.

"어쩌면 구조대가 올지도 몰라요…."

영준이 넋을 놓고 중얼거렸다.

"여기 온 사람이 여섯이나 돼요. 연락이 안 되면 누군가 경찰이든 어디든 연락을 할 거고… 결국은 우리를 찾아낼 겁니다. 며칠 정도만 버티면…."

"며칠이라고요?"

미혜가 말을 끊었다.

"며칠? 여기서요?"

"그러면 길이 어디까지 이어지는지 알아볼까요?"

촬영감독이 조심스레 물었다.

"이런 땅굴이 있다는 건 어쨌거나 출구나 목적지가 있다는 거 아니겠습니까."

"하지만 출구가 없으면요?"

미혜가 되물었다.

"나가는 길이 반대쪽에 있으면요? 그리고 구조대가 진짜 온다면 저쪽에서 멀어지면 멀어질수록…."

미혜는 거기까지만 말하고 흠칫 놀라며 말을 멈췄다. 웬 아이 하나가 녹슨 식칼을 들고 뒤쪽에 서 있었다. 멀지 않은 뒤쪽에. 그들이 지나온 길 가운데에서 아이가 묘한 표정으로 웃고 있었다. 아이의 어깨너머로 스며드는 어둠 속에는 희미하게 역술가의 얼굴도 떠 있었다.

영준이 깜짝 놀라 플래시를 들이밀자 아이는 온데간데없이 사라져버렸다. 그래, 아이는 없었다. 역술가도 없었다. 하지만 아무도 군이 말하지 않았지만, 셋 모두 같은 장면을 본 것 같았다.

"일단 움직여보죠."

영준이 급히 말했다.

모두가 말없이 서둘러 길을 재촉했다. 계속, 계속. 이따금 뒤에서 들려오는 웃음소리가 그들을 계속 몰아붙여 걸음을 멈출 수가 없었다. 차박거리는 발소리와 벽을 긁는 장난스러운 금속 소리도 들려왔다. 그들은 반쯤 얼어붙어 계속 걸어갔다. 하지만 출구가 나오지는 않을 것 같았다. 길은 갈수록 좁고 음침하게 변해갔고, 공기도 점점 탁해졌다. 출구와 점점 멀어지는 증거들이, 뭔가 잘못됐다는 증거들이 온몸을 통해 느껴졌다.

귀신에게 홀린다는 게 이런 건가 싶었다. 한참을 걸어도 길은 끝날 기미가 보이지 않았고, 가면 갈수록 머리는 신경 쇠약이라도 걸린 듯 지끈거렸다. 영준은 이마를 부여잡고 비틀거렸다. 괴리감과 이질감이 도처에 널려 있어 이 상황 자체를 이성적으로 받아들일 수가 없었다.

이 터널이 끝나기는 하는 것인지, 뒤에 따라오는 것들이 사람이기는 한 것인지, 아니, 실제로 뭔가가 따라오고 있기는 한 것인지. 여기서 살아서 나갈 수 있을 것인지….

수많은 의문과 질문들이 얽히고설켜 머릿속을 헤집었다. 그러다 문득, 영준은 생각지도 못했던 의문에 저도 모르게 걸음을 멈췄다.

'그러고 보니… 왜 우리뿐이지?'

싸하게, 날카로운 무언가가 등을 훑고 지나가는 느낌이었다.

영준은 얼어붙은 듯 제자리에 서서 빠르게 눈을 굴렸다. 미혜, 촬영감독, 그리고 사라진 아름과, 역술가, 정 작가. 고작 다섯이라니? 아차 싶었다. 그의 촬영팀은… 애초에 수가 많은 건 아닐지라도 이렇게까지 소규모는 아니었다. 영준은 그제야 시작부터 뭔가가 크게 잘못됐었다는 걸 깨달았다. 그는 오늘 내내, 작가들은 물론 조명 담당도 오디오 담당도, 수년을 함께해온 그 많은 스태프 중 촬영감독을 제외한 누구의 얼굴도 본 기억이 없었다. 젠장. 영준의 눈빛이 불안하게 흔들렸다. 심지어 같이 다니던 '정 작가'라는 남자는 그의 촬영팀도 아니었다. 대체 누구지? 뭣 때문에 우리랑 같이? 어떻게 이걸 이제야 눈치챌 수 있지? 그리고… '아름'이라고?

"아아…."

영준은 다리에 힘이 풀려 옅은 신음과 함께 자리에 주저앉았다.

털썩 하는 소리 탓인지, 아니면 다른 낌새 탓인지 미혜와 촬영감독이 동시에 뒤를 돌아봤다. 좀 전까지만 해도 우는 소리를 내던 미혜와 촬영감독이, 정말 기괴한 표정으로 웃고 있었다.

*

방송국이 영준과 촬영감독의 실종으로 난리가 난 것은 바로 다음 날이었다. 중요한 촬영이 잡혀 있는 날이었는데 출발 시간이 한참 지나도록 도무지 둘이 나타나질 않았던 것이다. 연락이 안 되는 것은 물론이고, 어딜 간다든지, 무슨 일이 있다든지 둘 중 한 명의 소식조차 아는 사람이 없었다. 이상한 일이었다. 영준이나 촬영감독 모두 업무를 팽개치거나 말도 없이 시간을 어기는 사람이 아니었다. 둘은 몇 시간이 지나도록 연락 한 통이 없었고, 사방으로 수소문해보았지만 가족들조차 둘의 행방을 알지 못했다.

어디서 시작됐는지 사람들 사이에선 이상한 소문이 돌기 시작했다. 일종의 괴담이었는데, 그날이 '아름'이라는 출연자가 촬영 도중 돌연 실종된 지 꼭 한 달이 되는 날이기 때문이었다. 영준과 아름 사이에 모종의 관계가 있었다느니, 아름이 사라진 이유가 사실은 영준 때문이라느니, 촬영감독도 같이 연루되었다느니, 알 수 없는 뜬소문들이 방송국을 떠다녔다.

가족들의 불안감에 실종 신고가 접수된 것은 그날 저녁이었다. 하루. 이틀. 경찰은 한참의 수사 끝에야 외딴 시골의 산 중턱에서 그들의 흔적을 발견했다. 인적이 드물다 못해 오로지 나무와, 흙, 수많은 덩굴 식물만이 가득한 곳에 그들의 촬영차량이 덩그러니 버려져 있었다. 운전석과 탑승칸의 문은 활짝 열려 있고 차 키는 그대로 꽂혀 있는 상태였다. 경찰들은 왜 차가 이곳에 버려져 있는지, 영준과 촬영감독은 왜 이곳까지 와서 어디로 사라졌는지 도저히 감을 잡을 수 없었다. 금품 갈취를 위한 납치부터 인신매매, 원한관계에 의한 보복성 범죄까지 여러 가능성을 염두에 두었지만 무엇 하나 이렇다 할 증거나 정황조차 나타나지 않았다. 그게 전부였다. 경찰들은 인력을 동원해 차량 발견 지점을 중심으로 주변을 샅샅이 수색했지만 더 이상 손톱만 한 증거조차 발견하지 못했다.

수사가 미궁에 빠져갈 무렵 멀리 떨어진 지역에서 다급한 신고 하나가 접수되었다. 강변에 올라온 퉁퉁 불어버린 시체 한 구, 바로 영준의 소식이었다.

*

그로부터 약 한 달 후. 인터넷은 이례적일 정도로 귀신이야기에 들썩이고 있었다. 정말 많은 사람이 괴담을 주고받고 떠들었다. 그들의 입에 가장 많이 오르내리는 괴담은, 단연코 촬영나간 PD는 변사체로 발견되고 카메라맨은 실종됐다는 산사로 9-4번지에 관한 것이었다.

사람들을 사로잡은 건 인터넷에 유출된 두 개의 파일이었다. 소설과 동영상. 출처를 도무지 알 수 없어서, 사람들은 이 파일들의 제작자와 유출경로에 관해서도 의견이 분분했다. 네티즌 사이에서는 사망자의 의도적인 제작과 경찰이나 유가족의 유출설이 가장 유력하게 떠올랐지만 사실 전부 말도 안 되는 소리 같았다. 그건 경찰이나 유가족은 고사하고 제정신 박힌 사람이라면 유포할 만한 내용이 아니었다. 게다가 사망자가 직접 제작했다니, 귀신에라도 쓰이지 않고서야 그렇게 정신 나간 짓이 가능했을까? 물론 진실을 아는 사람이 없으니 정답은 어디에도 없었다. 실제로 경찰은 파일의 추가 확산을 막기 위해 애를 먹는 상황이었고, 유출자를 찾아내고자 이를 갈고 있기도 했다. 어쨌든 가장 큰 문제는 파일들이 필요 이상으로 사람들의 흥미를 유발시킨다는 거였다.

*

박성아는 볼수록 꺼림칙한 여자였다. 길고 긴 검은 생머리가 바람에 휘날릴 때는 더더욱 그랬는데….

소설은 이렇게 시작했다. 내용은 딱 그저 그런 공포 소설 정도라는 것 잘 알고 있다. 문제는 소설과 전혀 어울리지 않는 동영상이었다.

그건 치직거리며 푸른 산속을 비추는 화면 한가운데에, 영준이 몇 시간이고 멍청하게 서 있는 영상이었다. 벌건 대낮에, 영준은 뜨거운 햇볕을 받으며 그냥 그대로 서 있었다. 아주 가끔 최면이라도 걸린 듯 중얼거리며 좌우로 흔들리거나 멍청한 표정의 초점 없는 눈을 들어 하늘을 보는 게 영준이 하는 행동의 전부였다.

화면은 그 알 수 없는 모습 속에서 몇 시간이나 지속됐다. 그러다가, 화면 속의 그가 갑자기 커다란 돌덩이를 집어 들고 카메라를 향해 다가왔다. 퍽 하는 소리와 함께 카메라가 바닥에 떨어졌다. 퍽…. 퍽…. 퍽…. 소리는 딱 세 번 더 울렸다. 피에 젖은 돌덩이를 들고서도 영준은 끝끝내 멍청한 표정이었다. 그가 머리가 함몰된 카메라맨의 시신을 끌고 산속으로 사라지는 장면이 나오고, 곧이어 다시 다가와 카메라를 집어 드는 장면이 나왔다. 영상은 거기서 끝이 났다.

영준과 카메라맨의 행동은 소름 돋을 정도로 정상이 아니었다.

사람들은 이 자극적인 영상에 개미떼처럼 달려들었다. 경찰이 별의별 수를 써보았지만 동영상의 파급력은 대단했고, 대다수의 사람들은 어떻게든 동영상을 구해보고는 저희끼리 쑥떡이며 뜬소문을 내뱉었다. 온갖 억측 사이에는 조작이네 거짓말이네 하는 얘기들도 많이 있었다. 글쎄, 사실 우리는, 사람들이 뭐라고 얘기하던 상관없다.

사람들은 언제나 호기심을 참지 못하고, 늘 새롭고 자극적인 것을 추구한다. 그래, 좋지. 자극적인 것. 신선한 것. 우리도 그런 친구들을 원하니 이해할 수 있었다. 결론은 그저 우리가 원하는 대로, 어딘지도 모르는 산사로 9-4번지를 찾기 위해 밤길을 헤매는 사람이 많아졌다는 거다. 부디 당신도 우리의 영상을 찾아보길 권한다.

지현상

1991년에 태어나 청주에서 자랐다. 책을 좋아해 서점에서 꽤 오래 근무했고, 뒤늦게 서울예대 극작과에서 공부했다. 2014년 제1회 황금가지 타임리프 공모전에서 〈그날의 꿈〉으로 우수상을 받으며 활동을 시작했다. 주로 공포와 SF 위주의 글을 쓰며, 현재는 소설, 희곡, 대본, 시나리오, 웹소설 등 글로 이야기를 쓰는 분야는 모조리 건드려 보고 있다. 'Pheno Story'라는 영상 제작 사업체를 운영 중이다.

늦봄 어느 날

구한나리

그건 어느 날 갑자기 거기에 있었다. 그런 말로밖에 설명할 수가 없다. 저녁을 먹고 설거지도 끝내고 과일을 들고 온 K가 편안하게 TV 앞에 앉았을 때, 거실 앞을 길게 다 채우는 장식장 한쪽 끝, 다육식물의 조그만 화분이 놓여 있는 그곳에 뭔가 위화감이 들었다. 뭘까. 회색의 도자기 화분, 정말은 플라스틱으로 된 모형일지도 모른다 싶을 만큼 몇 달째 아무 변화도 없는 다육식물. 실수로 떨어뜨려 이가 나간 부분을 안 보이도록 숨겨둔 화분 받침.

왜 이런 느낌이 드는가 싶어 가까이 가보니, 거기에는 먼지처럼, 노랗게 뭉쳐진 것이 다육식물 이파리 사이에 있었다. 벚꽃이 지고 황사가 올 즈음이면 늘 날리는 송홧가루였다.

K는 먼지떨이를 들고 와서 그걸 떨어버리려고 했지만 노란

그것은 먼지떨이에 달라붙어서 떨어질 생각을 하지 않다가, 힘껏 휘두르자 바람과는 반대 방향으로 날아가서는 원래 있던 그 자리로 돌아가버렸다. 벌레 같은 게 아닐까 한참 들여다보아도 미동도 하지 않는다. K는 결벽증처럼 집 안 곳곳을 정리해야 하는 사람이 아니었으므로 그냥 공기청정기를 틀었다.

저기가 송홧가루가 모이는 자리라면 더 모인 뒤에 버리지 뭐. 알레르기가 심한 Y가 보면 기겁할 일이지만 K는 먼지떨이를 제자리에 돌려놓고는 그냥 자리로 돌아왔다. 제철이 언제인지 알 수 없는 오렌지를 깎아 입 안에 집어넣다 보니 어느새 TV 속 사람들의 웅변이 재미있어 보이기 시작했다.

Y는 그다음 날 집에 왔다. 학회를 다녀온다고 했지만, 음식이 안 맞았는지 뭔가에 알레르기라도 온 건지 얼굴이 해쓱했다. 일주일 동안 청소를 하긴 한 거냐, 집에 들어오자마자 기침을 해대던 Y는 오자마자 일주일 치 세탁물을 돌려놓고는 집 구석구석을 청소하느라 분주했다.

Y가 K와 부딪히는 건 늘 청소 때문이었다. Y의 부모님은 K가 Y와 함께 살겠다고 했을 때 매우 걱정스러운 표정을 지으셨는데, K의 부모님이 털털한 K가 Y와 함께 살면 좀 깔끔함을 배울 거라고 반색하신 것과는 정반대였다. Y 때문에 K는 집 먼지 알레르기라는 게 있다는 걸 알았다. Y 때문에 K는 음식 중에 양파가 들어가는 게 그렇게 많다는 걸 알았다. Y는 한 달 방세도 넘는 돈으로 독일제 청소기를 사서 매일 집을 청소했다.

저녁에 찜닭 먹자. Y가 말했다. 어디서 시킬까? 대갓집. 거기 양파 안 쓰니까. 그럼 내가 밥 안칠게. 배달이 도착하고 밥솥이 잘 저어달라는 소리를 내보낼 즈음에 빨래도 끝났다. K는 Y가 빨래를 너는 동안 밥을 차렸다. 베란다에서 들어오는 Y의 얼굴이 밝았다. 오늘은 공기가 좋아. 빨래 잘 마르겠다.

매운 찜닭을 Y는 정성껏 발라먹었다. Y는 닭다리를 싫어하고 가슴살을 좋아하며 K는 가슴살을 싫어하고 닭다리를 사랑했다. 부모님과 함께 살 때 못하던 것을 둘은 별 일없이 할 수 있었다. 양파만 없으면 Y는 K가 한 음식을 뭐든 잘 먹었다. K는 양파를 싫어하지 않았지만, 양파가 없으면 안 되는 음식은 밖에서 먹고 오면 되었다. K는 설거지하면서 Y가 소파 위를 찍찍이로 미는 소리를 듣고 있었다.

설거지가 끝나고 K가 소파로 가자 Y는 잠들어 있었다. TV에서는 40대 독신이 여행지 호텔의 침구를 찍찍이 테이프로 미는 모습이 나오고 있었다.

"아이구, 저건 세탁 다 한 건데 왜 저런대. 별난 사람도 다 있네."

"저는 안 그래요. 전 내 집만 깨끗하면 돼서, 밖에서 아무리 지저분한 데서 자더라도 집에 와서 깨끗하게 씻고 빨래하면 돼요."

Y가 보면 잔뜩 인상을 쓰고 채널을 돌렸을 것이다. K는 TV 볼륨을 조금 낮추고 Y 옆에 조심스럽게 앉았다. TV 속 사람은 음식 냄새가 싫어서 집에 가스레인지도 사용하지 않는다고 했다. 세상엔 참 별사람이 다 있구나. 재료를 손질하고 조리고 끓

이고 하는 것이 얼마나 즐겁고 재미있는 일인데.

요즘 같은 계절에는 맛있는 것이 얼마나 많은가. 둥글게 썬 오징어를 무와 같이 조려내면 쫄깃하면서 부드러운 식감이 무와 어우러져 별미다. 모서리를 깎아 썰어서 물에 담가 전분을 빼고 비슷하게 깎은 당근과 연근을 함께 조려내면 서로 다른 식감이 입 안에서 춤을 추는 재미가 있다. 버섯과 고기와 당근을 다져서 가지 사이에 넣고 튀기면, 초간장 살짝 찍어 입 안에서 땅의 힘이 하나가 된 걸 느낄 수 있어서 좋다.

음식을 만드는 건 즐거운 일이다. 어울리는 접시에 담아내는 것도, 다른 음식과의 조화를 생각하는 것도. Y가 일찍 찜닭 이야기를 해줬다면 Y가 좋아하는 당면과 깻잎을 충분히 넣어서 맵싸한 찜닭을 만들어주었을 텐데. 하지만 오늘은 밥이 아주 잘 되었고, 그래서 Y는 더 맛있게 찜닭을 먹었을 것이다. 그런 생각으로 K는 조금 기분이 좋아졌다.

다음 날은 편집자와 만나기로 한 날이었다. 여행도 즐기지 않고 책을 읽고 음악을 듣는 것이 취미인 K는 좀처럼 바깥으로 나올 일이 없었다. 출판사와의 일도 대부분 메일로 진행했지만, 이 출판사는 전자계약을 쓰지 않는다. 도장을 찍고 우편물이 왔다 갔다 하는 것보다는 만난 자리에서 해결하는 것이 나았다.

계약서 내용은 이미 확인했지만, 혹시라도 오늘 만난 자리에서 계약 내용을 바꾸려고 하지 않을까 신경을 곤두세웠다. 계약서에 작성한 내용도 변경을 요청하는 때도 있는 마당에 도장을 찍기 전의 계약서 내용이 바뀔 위험은 얼마든지 있었다. 흔한 일은 아니었지만 드문 일도 아니었다.

출판사들이 모여 있는 근교까지 버스를 타고 가, 출판사 근처 커피숍에 약속 시각보다 10분쯤 일찍 도착했을 때는 이미 편집자가 앉아 있는 것이 보였다.

"일찍 오셨네요."

"멀리서 오시는데 제가 먼저 와 있어야죠. 오느라 한참 걸리셨죠?"

편집자가 반갑게 일어나 맞았다.

새로 맡은 작품은 미국에서는 꽤 마니아를 확보한 청소년 소설이었다. 번역가가 직접 이 작품을 번역하고 싶다고 출판사에 제안했다고 했다. SF 팬층뿐 아니라 SF 영화에 관심이 많은 청소년들도 관심을 가질 만한 작품이라고 했다. 지금 영화 판권 계약도 끝난 상태라 책이 나올 때쯤 영화의 출연 배우라도 미리 공개된다면 구매층은 훨씬 넓어지지 않겠냐는 게 출판사의 말이었다. 그런 것은 K에게는 별 의미가 없는 일이었지만. 책에 실리는 건 원작자와 번역자뿐, 자신 같은 외주교열자의 이름은 책에 남지 않는다. 책이 잘 팔리면 작가에게 좋을 것이고 번역가도 자신의 포트폴리오가 하나 추가되겠지만 출판사나 번역가를 찾아서 책을 읽는 독자는 있을지 몰라도 교열자를 찾는 사람은 없다.

"잘 확인해보세요. 도장 찍으시기 전에."

편집자가 웃으며 계약서를 건넸다. 원고료를 정산하는 것은 마감일로부터 한 달 이내, 수정이 완료된 때로 한다. 만약 출판일 연기 등의 사유로 인하여 추가 수정이 이루어질 때 갑을은 상호 협의를 통하여 일정을 조정할 수 있으며 이 경우 추가 수정에 대한 고료는 기존 고료와 별도로 한다. 이 일을 하기로 마음먹은 이유 중의 하나가 이 문구 때문이었다.

가장 최근의 교열은 손에 꼽을 만큼 괴로웠다. 처음에 번역문을 받고 한 달의 기간 안에 단행본 세 권 분량의 교정 교열을 하기로 계약했지만, 출판이 연기되면서 지급이 차일피일 미루어졌다. 석 달이나 지나 출판 예고가 뜬다 싶더니 갑자기 책에 등장하는 고유명사 표기를 모두 수정해달라는 요청이 왔다. 그 사이에 편집자가 두 번 바뀌었다. 계약서에는 출판일에 지급이 이루어진다고 되어 있었다. 원래 원문의 독음으로 되어 있던 용어를 우리말식으로 모두 바꾸는 데 꽤 시간이 걸렸다.

결국에는 예정된 한 달이 아니라 6개월이 지난 후에 첫 고료를 받을 수 있었고 출판사 사정상 일시금 지급이 어렵다며 한 달 후에야 나머지 돈을 받아, K는 수입이 없는 상태로 급한 일을 몇 개나 추가해야 했다. 그즈음에 SNS에서 작품의 번역가가 출판사에서 교정한답시고 자기 문장을 죄다 망가뜨려놓았다고 투덜거리는 것을 보았다. 번역가의 고료는 이미 7개월 전에 완납되었다는 것도 거길 통해 알았다.

원고료는 벌써 한참 전에 다 받았으니 미련은 없지만 즐겁게 번역한 책이 출판사 탓에 잘 안 팔리게 되면 속상할 거라고 적어놓은 글을 보고 피식 웃음이 나왔다. 책이 얼마나 팔렸는지는 알 수 없었다. 재미있는 책이었고 출판사에서는 그 책의 다음

시리즈도 맡아주지 않겠느냐 연락이 왔지만, K는 일정상 어렵다고 거절했다. 거짓말은 아니었다. 고료가 늦어지는 바람에 급하게 받은 일들이 계속 연속적으로 들어왔고 큰일을 맡을 여유가 전혀 없었다.

"여기 고료 말인데요."

편집자의 말에 정신이 퍼뜩 들었다. 지난번 메일로 마감을 일주일 당겨주면 좋겠다고 했을 때는 그러자고 했지만, 미팅 당일에 고료를 조정하다니 너무하지 않은가. 교정 교열을 하면서 출판사와 선이 생기면 전공을 살려 번역으로 옮겨 갈 수 있을 거라는 처음의 기대는 이제 사라진 지 오래였다. 세상 모든 업종이 그렇듯이 출판 경기는 매년 더 나빠졌다. 꾸준히 일감이 들어오는 것만 해도 어디냐고 누군가는 말할 수도 있을 터였다. 하지만.

"기간이 많이 조정되었으니까 매당 고료를 조정하는 게 좋겠다는 이야기가 나왔어요. 원래 장당 고료에서 이렇게 조정해서, 그럼 번역문 기준 분량으로 계산하면 최종 고료가 이렇게 되네요."

편집자는 웃으며 계약서를 가리켰다. 한 달의 마감. 일주일이 당겨졌으니 약 25퍼센트는 기간이 짧아진 셈이지만, 그렇다고 20퍼센트 고료를 더 줄 거라고는 생각하지 않았다. K는 얼떨떨하게 수정된 고료를 보았다. 총액으로도 꽤 큰 변화가 생겼다.

"사실 지난 작품 때도 늘 마감을 촉박하게 해서 부탁드리는데 잘 지켜주셔서, 이제는 이 액수로 하는 게 맞는다는 이야기가 있었어요. 벌써 저희랑 네 번째 작품이잖아요."

출판사는 자기들과 첫 계약이라고 가격을 후려치고는 다음 작품이 되어도 고료를 올릴 생각을 하지 않았다. 애초에 첫 계약으로 끝나는 출판사도 너무 많았다. 처음에는 다음 작품을 줄 생각을 하지 않는 출판사를 보고 자신의 작업 결과가 마음에 들지 않아서 그런가 생각한 적도 있었다.

하지만 알음알음으로 들려오는 이야기로는 대부분의 일을 내부 교열로 돌리거나 아니면 처음 교열을 시작하는 사람으로 외주를 넘긴다고 했다. 대부분 업종이 그렇듯 늘 비용의 문제였다. 지난번에 이 출판사와 작업한 책이 꽤 잘 팔렸다는 이야기를 듣긴 했지만 그건 자신과는 아무 관계도 없는 일이었는데. 도장을 찍으면서도 얼떨떨한 기분은 사라지지 않았다.

*

편집자와 헤어지고 K는 시내로 가는 버스에 올라탔다. 오랜만에 바깥에 나왔으니 초미세먼지 수치가 높다곤 해도 뿌옇지 않은 하늘을 볼 겸 버스를 타고 조금 돌아다니는 것도 나쁘지 않았다. 마스크를 끼고 이어폰을 꽂은 채 K는 버스 뒷자리 창가에 앉아서 나지막한 출판단지의 건물들이 스쳐 지나가는 것을 보았다. 꽤 유명한 출판사 마크가 보이는 건물들도 있었지만, 이 지역에는 높은 건물이 거의 없었다.

버스가 조금 더 달려 IT 관련 회사들이 모인 지역으로 넘어가자 조금 전과는 전혀 다른 도시인 듯 높게 솟은 건물이 시선을 채웠다. 점심시간이 되었는지 건물에서 사람들이 한꺼번에 쏟아져 나와 주변의 건물로 흘러 들어가는 것이 보였다. TV에서 나오는 회사원처럼 양복과 와이셔츠 차림의 사람도 있긴 했지만, 사원증을 목에 걸고 있어도 티셔츠나 점퍼에 청바지 차림의 사람들이 훨씬 많았다. 대학생, 혹은 대학원생 정도로 보이는 젊은 청년들이 황급하게 식당 앞에 줄을 서고, 줄을 서지 않은 식당으로 옮겨갔다. Y가 들어가고 싶어 하는 회사도 이 근처였지만 버스가 그 앞을 지나지는 않았다.

언젠가는 전 세계가 모두 내가 만든 세계 속에서 모험하게 할 거야. 듣는 사람이 더 쑥스러워질 정도의 말을 Y에게서 들은 건 고등학교 때였다. 부모님의 반대로 전문계 고등학교로 가지 못했다고 말하는 Y는 정말 분한 표정이었다. K는 Y가 하는 말의 절반 정도는 알아듣지 못했다. 그런데도 Y는 유독 K에게 와서 그런 이야기를 했다. 넌 참 재미없게 사는구나. Y가 그렇게 말하자 K의 세계는 갑자기 매우 재미없어졌다.

아침에 일어나서 버스를 타고 학교에 와서 빼곡하게 노트 정리를 하고 급식에 뭐가 나오는지 매일 아침 별로 바뀌지도 않는 메뉴를 확인하고 들뜨고 역사 시간이 있어서 기뻐하고 미술 시간이 없어서 기뻐했던 K의 세계는 갑자기 지독하게 재미없는 것이 되었다. 2학년이 되어 K는 문과로 Y는 이과로 가면서 반이 바뀌었지만, Y는 종종 K의 교실에 왔다. 아니 매일 K의 교실에 왔다.

K는 Y의 어려운 이야기를 더 안 듣기 위해서 자기가 읽는 책을 빌려주었고 Y는 지금껏 누구와도 다르게 책 표지를 접지도

않고 띠지를 구기지도 않은 채로 책을 돌려주었다. 재미있더라. 너 그건 읽어봤어? 아직 안 읽어봤어? 왜? 야, 그 책을 좋아하는데 어떻게 그걸 아직 안 읽어. 뭐가 더 좋고 뭐가 덜 좋은 게 어디 있어 다른 책인데. 나한테 있는데 빌려줄까? 다음 날 Y는 새 책처럼 깨끗한 책을 K에게 주었고 K는 다음 날 다 읽은 책을 Y에게 돌려주었다. 둘은 책 취향이 비슷했고, 책을 다루는 방식이 비슷했다.

기숙사가 있으면 좋겠다. 어느 날 Y가 말했다. 집이 싫으냐고 묻자 집에서 밥을 먹는 게 싫다고 했다. 왜 집에서 먹는 게 싫은데. 엄마가 자꾸 양파를 먹으래, 난 양파가 싫은데. 왜 싫은데? 양파를 먹으면 목이 아프잖아. 양파를 먹는데 왜 목이 아파? 목이 아프잖아, 붓고. 너 그거 알레르기잖아. 양파 알레르기도 있어? 나도 잘 모르겠지만 있을 수 있지 않을까? 너 먼지 알레르기도 있다며. 양파 알레르기도 있는 거 아닐까.

그 주말에 Y는 병원에 가서 알레르기 면역 반응 검사를 받았고, 급식 영양사는 양파가 들어간 음식을 매번 Y에게 알려주게 되었다. 세상을 재미없게 살던 K는 처음 자기 책을 편하게 빌려줄 사람이 생겼고 Y는 매번 편식이라고 혼나던 것이 자기 탓이 아니라는 것을 알게 되었다.

Y는 성적이 좋았다. 수학도 잘했지만, 화학과 물리는 한 번도 만점을 놓친 적이 없었다. Y의 중학교 동기가 Y가 중학교 2학년 때까지는 과학고를 준비했었다는 걸 이야기해주었다. 영재학교 시험을 치러 갔는데 불합격했다고, 그 순간부터 뭐가 바뀐 건지

갑자기 공부에 손을 놓아버렸다고 했다. 그러더니 갑자기 소설이며 영화에 빠지더니 하지 않던 게임도 시작했다고 했다.

"울 엄마 같으면 난리가 났을걸. 근데 저 집 부모님도 대단해. 저 녀석 전교 1등에서 중위권까지 떨어져서 담임쌤이 불렀거든. 그런데 오셔서는 Y가 늦은 사춘기를 보내고 있는 것 같네요. 공부하고 싶은 마음이 생기면 하겠지요. 친구들과는 잘 지낸다니 안심했습니다. 내가 교무실 청소 당번이었잖냐. 딱 저랬다니까. 완전 멋지지 않냐?"

완전 멋진 부모님도 Y가 전문계 고등학교에 간다고 하는 것은 말렸다는 게 이상했다. 나중에 생각이 바뀔지도 모르니까 지금은 다양한 길을 생각해보면 좋지 않겠냐 그러시더라. Y는 덤덤하게 내게 그렇게 말했다. 부모님 말씀대로 Y는 중학교 3학년 때 원래 위치만큼은 아니어도 성적이 올랐다고 했다. 도무지 과학이 외계어처럼 느껴졌던 K는 Y에게 도저히 이해가 안 가는 과학 내용을 물어본 적이 있었다. 그리고 Y가 가르치는 일에는 지독하게 소질이 없다는 걸 깨달았다.

두 사람의 취향이 일치하지 않는 책은 항상 특정 경계에 있었다. 5백 페이지가 넘는 책을 꺼리는 두 사람은 아니었지만, Y가 재미있게 읽었다는《퀀텀 스토리》는 K에게 너무나 먼 세상의 이야기였고 K가 흥미롭게 읽은《총균쇠》를 Y는 따분해했다. 그래서 K도 Y도 계열을 정하는 데는 어려움이 없었다. 3학년 때 완전 멋진 부모님은 Y의 진학 문제로 한 번 더 학교를 찾았다.

이번에도 Y의 선택은 극단적이었지만 다행히 대학원서는 한 장만 쓸 수 있는 건 아니었다. Y는 자기가 가고 싶은 대학 하나와 다른 사람들이 권하는 대학 다섯 개를 골라 수시 원서를 넣었고 자기가 가고 싶은 대학 하나를 제외한 다섯 개 대학에 합격했다. 등록하지 않더라도 그해 정시 입시에 응시할 수는 없었지만, Y는 태연했다. 너도 내가 남들 다 가고 싶어 하는 대학 붙어서 좋겠다고 생각해? Y의 물음에 K는 고개를 저었다. 거기 안 돼서 속상한 건 아냐. 거기 어차피 정시로는 뽑지도 않아. 거기가 아니면 다 똑같으니까. 다른 데 졸업해도 못 할 일은 아니니까. 부모님은 뭐라셔? 우리가 원하는 대로 원서 넣은 거로 됐으니까 어디 갈지는 내가 알아서 정하래. 여전히 멋진 부모님이시다. 내 눈에는 네 부모님이 더 멋져.

K의 부모님은 학교에 오지 않았다. K가 네 군데의 대학을 골랐고 부모님은 사람들이 줄줄 외곤 하는 대학 순위조차 모르는 분들이어서 이 도시를 떠나지 않고 대학을 갈 수 있다는 말에 그저 안심했다. 경영학과에 가라는 흔한 말도 하지 않았다. K가 수학을 못 한다는 것을 아시기 때문이었다. K의 부모님은 K가 합격한 대학의 등록금이 다른 학교의 반도 안 된다는 것에 만족했고, 그 대학의 문과 계열 학생들 상당수가 그러는 것처럼 K가 공무원 시험을 준비할 거라 생각했다. 부모님은 묻지 않았고 따라서 K는 대답하지 않았다.

대학을 졸업할 때까지 K와 Y는 가끔 만났다. K는 다른 동기들이나 선배 후배들이 일찌감치 취업 준비를 할 때도 방향을 정하지 못하고 있었다. 전공을 좋아했다. 그 언어로 된 소설들을 남들보다 편하게 읽을 수 있어서 좋았다. 아직 번역되지 않은 소설 이야기를 Y에게 몇 번인가 했을 때 Y가 말했다. 너도 번역하지그래. 너 소설 좋아하잖아. 그런 건 관심 없어?

K는 자기가 읽은 좋은 소설을 번역할 수 있으면 정말 좋겠다고 생각하게 되었다. 하지만 번역을 하려고 하니 중요한 건 영어 실력이 아니라 국어 실력이었다. 자신이 아무리 즐겁게 읽었어도 우리말로 옮겨놓은 글은 그 맛이 나지 않았다. 2학년부터 국문학 복수전공을 시작했다. 교수들은 K가 경영학이나 경제학이나 행정학을 복수전공하지 않았기 때문에 공무원 준비를 할 거라고 생각했고 K는 아무도 그렇게 묻지 않았기 때문에 그렇지 않다고 대답하지 않았다.

학부를 졸업할 때까지 Y는 공모전에서 몇 번인가 작은 상을 받긴 했지만, 목표하는 성과는 얻지 못했으며 전공 교수들은 Y에게 취업 대신 진학을 권했다. K는 4학년이 되어서야 취업 생각을 했고 몇 군데 출판사에 원서를 넣었지만, 예상대로 불합격했다. Y는 대학원에 진학했다.

둘은 4월에 만났다. 뭐 하고 지내냐. 알바 시작했어. 번역하는 거야? 아니 교정. 그게 뭐야? 맞춤법이나 문장도 보고 문맥도 보고 해서 전체적으로 글 맥락을 맞추는 거. 출판사에서 하는 거 아니야? 출판사에서도 하지만 외주로도 해. 나는 외주받아서 하는 거. 어떻게 하게 된 건데? 아는 선배가 출판사에 있었어. 급하게 도와달라고 해서 시작했는데 어쩌다 보니. 둘은 서로 살아가는 이야기를 1시간 넘게 하다가 갑자기 지하철 막차가 끊어지기 전에 집에 돌아가야 한다는 걸 깨닫고 일어났다. 반대 방향 환승으로 길이 나뉘기 직전에 Y가 말했다. 우리 같이 살래?

*

시내로 들어서서 K는 버스를 갈아탔다. 환승 버스는 한참을 달려 교복을 입은 학생들이 타는 경로로 향했다. 체크무늬와 단색이 조화로운 교복 두 학교와 예전부터 본 것 같은 짙은 감색의 교복 두 학교가 탔다가 내렸다. 이 버스의 별명은 8학군이었다. 매년 서울대를 두 자리 숫자로 보낸다는 학교들이 이 노선에 몰려 있었기 때문이었다.

K와 Y가 다닌 학교 역시 이 노선 안에 있었지만 사람들이 말하는 학교는 아니었다. 저 교복의 학교들은 모두 두 사람이 다닌 학교와 묶이는 것을 싫어했다. 다른 학교들과 달리 K의 모교는 임대아파트와 주공아파트와 유명 건설사 아파트가 같은 거리에 있는 곳이었고, 엄밀히 말하면 다른 학교와 학군도 달랐다.

가만히 들여다보면 같은 교복도 같은 것이 아니라는 걸 K는 중학교에 입학하면서 벌써 알았다. 겉으로 보이는 천도 자세히 보면 달랐지만 가장 다른 건 안감이었다. 짙은 갈색에 금사가 간간이 섞인 안감의 교복은 다른 교복의 가격과는 앞자리 숫자가 달랐다. 다른 교복은 모 함유량이 얼마라고들 했지만, 그 교복은 캐시미어 함유량을 이야기했다. 그다음 교복도 그다음 교복도 다들 안감이 달랐다.

학생들이 가장 꺼리는 건 짙은 감색의 안감이었다. 입학식에서 있을 때는 잘 알 수 없었지만, 하복으로 갈아입을 때쯤에는 의자에 닿는 궁둥이 부분이나 등 부분에 광택이 생겨나기 시작했다. 하복은 더 많이 달랐다. 어깨와 겨드랑이 부분에 땀을 흡수해서 발산한다는 망사 안감이 붙어 있는 것부터 겉으로 보기엔 같아 보이는데 소재가 달라서 통기성이 좋다는 것까지.

학생들은 그것만으로도 계급을 나누는 데 부족함이 있다고 여겨서 또 가방이며 신발로 순위를 매겼다. 대놓고 같은 계급의 아이들끼리 어울리는 건 촌스러운 일이었다. 그들은 그 외에도 다양한 점수를 매길 줄 알았다. 성적, 운동, 외모, 집안. 그 모든 것이 상류에 속하는 사람도 그 모든 것이 하류에 속하는 사람도 없는 것이 그 학교의 다행스러운 일이었다.

"저 혹시…. K 아니에요?"

버스 손잡이를 잡고 힐끔힐끔 K를 쳐다보던 사람이 말을 걸었다. 누구였더라. 금방 같은 대학 국문과의 얼굴을 떠올렸다.

"아, 네, 저 맞아요. M 선배 맞죠?"

"오랜만이야, 잘 지내?"

"응, 진짜 오랜만이네요. 선밴 이 시간에 어쩐 일이세요?"

퇴근하기에는 조금 이른 시간이었다. 옷차림도 회사원으로 보기엔 애매한 면바지에 티셔츠 차림이다. M은 국문과 복수전공을 할 때 종종 같은 수업을 들은 복학생이었다. 희곡을 쓴다고 했었다. 몇 번인가 자기가 쓴 희곡을 보여준 적도 있었는데 지금 기억나는 건 없었다.

"이 근처에 학원에 있어. 다음 정류장에, 알지? A 논술학원.

거기서 애들 가르쳐. 넌?"

"난 집에서 일해서. 잠깐 사람 만났다가 들어가는 길이에요."

M이 핸드폰을 내밀었다. K는 거기 자기 번호를 눌렀다. M이 전화기를 도로 가지고 갔다가 이내 K의 전화가 울렸다.

"지금은 수업이라 이야기를 못 하겠고, 다음에 보자. 진짜 만나서 반갑다."

"네, 그래요. 선배. 또 봐요."

버스가 정류장에 멈춰 섰다. K는 버스에서 내려서 손을 흔드는 M에게 마주 손을 흔들었다. 수업 시간에 K가 갖고 있던 소설책을 빌려달라고 했던 M은 이틀 뒤에 책 표지를 꾹꾹 눌러 접힌 책으로 돌려주었다. 고등학교 때보다 감정을 감추는 법을 더 익힌 K는 아무 내색하지 않고 책을 받았다.

그 뒤로 한 번도 소설책을 들고 수업에 간 적이 없었지만, M은 복학생이어서 동기가 아무도 없어서 그랬는지 K에게 말을 자주 걸었다. 연극의 아름다움에 대해서 흥분하며 말하는 그가 졸업 후에 무슨 일을 하는지 알려주는 사람이 없어서 K는 자연스럽게 그를 잊었다. 대학로 연극무대에서 그를 만날지도 모른다는 생각을 한 적도 있었지만, 대학로에 새로운 연극은 너무 많았고 K는 대학로 무대 위의 배우들을 보는 것보다 소설 속의 사람들을 보는 것을 더 즐기는 사람이었다. K는 핸드폰에 들어온 M의 번호를 '국문과 M 선배'라고 입력했다.

집에 들어왔을 때 Y는 자기가 한 말 대로 잠들어 있었다. 시차 때문에 그럴지도 모른다. Y가 다녀온 나라는 우리나라와 8시간의 차이가 난다고 했다. 빠르다고 했던가 느리다고 했던가. Y가 깨지 않도록 조용히 청소를 시작했다. 다육식물 위의 노란 뭉치는 어제보다 커진 것인지 작아진 것인지 알 수 없는 크기로 그대로 거기 있었다. Y는 K가 나가고 나서 곧바로 청소했을 터였다.

Y의 강력한 독일제 청소기에도 꿋꿋하게 빨려 들어가지 않고 살아남은 노란 것을 어쩐지 건드려서는 안 될 것 같은 기분에 K는 꼭 짠 깨끗한 물걸레로 TV며 소파를 모두 닦으면서도 화분은 닦지 않았다. 분명히 아침에도 청소한 것 같은데 바닥에도 소파에도 먼지는 묻어났다. 어디서 이렇게 먼지가 들어올까. 공기청정기를 돌리면서 창문은 닫아 둔 상태인데도 먼지는 계속해서 쌓였다.

*

M 선배와 Y는 예전에 만난 적이 있었다. Y와 만나기로 했던 돼지갈비 전문식당에 M 선배가 불판 아르바이트를 하고 있었던 것이었다.

"아, K 친구구나! 얘가 참 괜찮은 애지. 서비스 많이 줄게! 맥주 한 병 갖다드릴게. 운전 안 하지?"

"저 술 안 마셔요."

"아, 그래? 할 수 없지 그럼 고기 많이 줄게. 이야기 많이 하고 가!"

3인분을 시켰는데 서비스가 3인분쯤 더 왔다. 반찬은 그릇이 비워진다 싶으면 곧바로 새 그릇이 왔다. Y는 거의 아무 말도 하지 않다가 고기가 다 비워지자 곧장 일어났다.

"또 와!"

손까지 흔들어 보이는 M에게 꾸벅 인사를 하고 나서 Y는 가게가 있는 길모퉁이를 돌 때까지 입을 꾹 다물고 있다가 나를 노려보았다. 저 사람이랑 친해? 어, 아. 친하다고까지 할 건 아닌데 내가 복수전공 하니까, 국문과 선배야. 그런데 왜 나한테까지 반말해? 미안해, 저 선배가 복학해서 친구가 별로 없어서, 너한테도 잘해주려고 그런 걸 거야. 잘해주려고 하면 반말해? 그리고 네가 왜 사과해. 저 사람이 잘못했는데.

그 뒤로 Y는 그 거리에 다시는 오지 않았다. M 선배는 두어 번 Y의 안부를 물었지만 이내 Y의 이름을 잊어버렸고 그러다 선배가 졸업하면서 연락이 끊어졌다. 아르바이트하던 가게는 닭갈빗집, 호프집으로 바뀌었다가 커피전문점이 되었다. 개업 기념 플래카드가 다 바래기도 전에 다른 가게가 되기도 했다. Y는 한 번도 M 선배의 이야기를 하지 않았다. 오늘 선배를 만난 것을 일부러 말할 필요는 없을 것이었다.

청소를 끝내고 K는 냉장고에서 감자를 꺼내 깎기 시작했다. Y가 좋아하는 감자조림을 만들 생각이었다. 함께 일본에 여행을 갔을 때 우연히 조식 뷔페에서 먹은 뒤로 Y는 이 감자조림을 잊을 만하면 찾았다. 감자와 당근과 얇게 썬 쇠고기와 곤약을 간장과 청주에 설탕을 조금 넣고 졸인 수수한 반찬이었는데, 일본에서는 가정의 맛이라고들 하는 모양이었다.

자극적인 음식을 싫어하는 것도 아니고 일본 음식을 더 좋아하지도 않는 Y가 유독 감자조림만은 종종 먹고 싶다고 해서 K는 인터넷을 뒤져서 감자조림을 만드는 법을 찾았다. 둥글게 깎은 감자와 당근과 쇠고기의 달짝지근한 맛이 K 입에도 잘 맞았다. 조림이 보글보글 끓어오르면서 달콤한 냄새가 퍼지기 시작하자 부스스 Y가 일어나는 소리가 들렸다. 맛있는 냄새가 난다. 너 좋아하는 감자조림. 곤약 많이 넣지. 응, 많이 넣었어. 햇감자가 나왔더라, 감자가 참 좋아. 밥 먹고 들어오는 줄 알았어. 점심때 약속인데 저녁까지 먹을 일이 뭐 있어. 일은 잘하고 왔어? 응, 생각보다 고료가 더 들어올 것 같아. 잘됐네. 응.

감자에 충분히 양념이 배어들게 뚜껑을 덮어두고 K는 Y를 돌아보았다. 선크림을 잘 바르고 다니라고 했는데도 턱에 알레르기가 올라왔던 자국이 남아 있었다. 여럿이 간 자리니까 틈틈이 선크림 챙기기가 쉽지 않았겠지. 심하게 발진이 올라오진 않은 게 그나마 다행이었다.

설거지는 Y가 했다. TV에서는 며칠 전 그 방송의 재방송이 나오고 있었다. K는 Y가 보기 전에 채널을 돌렸다. 산속에서 사는 사람들을 찾아가 사흘을 보내는 방송이 보였다. 참 별난 사람 많아. 설거지를 끝낸 Y가 K 옆에 앉아서 중얼거렸다. 그래도 저 사람은 김치도 담고 반찬도 잘 만드네. 이 사람도 아파서 산에 갔대? 글쎄 모르지, 나도 방금 보기 시작했는걸. 세상에 별난 사람 참 많지. 그러게 말이야. 넌 저런 데서 살 수 있겠어? 넌? 난 햇빛 때문에라도 안 될 것 같아. 그러네. 난 인터넷이 안 되면 일을 못 하니까 안 되겠다. 그럼 우리는 그냥 도시에서 살아야겠네. 그래. 두런두런 이야기를 나누는 사이에 졸음이 쏟아졌다. 피곤해 보이는데 잠깐 눈 붙여. 응 조금만 잘게.

*

K는 화들짝 놀라 눈을 떴다. 무언가 무서운 꿈을 꾼 것 같았는데 기억나지 않았다. 소파에서 잠깐 눈을 붙인 것 같았는데 아예 소파 팔걸이에 기대서 잠들어 있었다. 불 꺼진 거실에는 맞은편 아파트의 불빛이 비쳐 들어왔다. 웅웅 진동을 울려대는 핸드폰 소리에 급히 손을 뻗었다. 이 소리에 잠이 깬 모양이었다. 아까 등록한 M 선배의 전화였다.

"여보세요?"

M 선배가 아니라 익숙한, 얼른 기억나지 않는 목소리가 전화기 너머에서 들렸다.

"네, K입니다. 전화 거신 분은 누구신가요?"

"K…? 아, K! 나, 기억 안 나니? 국문과 S. 우리 같이 창작 수업 들었었는데."

"아…, 기억나. 어. 그런데 어쩐 일이야? 이거 M 선배 번호 아니야?"

거실에 불을 켤 생각도 하지 못하고 S의 얼굴을 머릿속에 떠올리며 K가 대답했다.

"M 선배가, 발견됐어. 내가 제일 먼저 찾아서. 이 번호로 마지막으로 통화한 사람한테 전화 건 거야."

"발견됐다고?"

"숨 거둔 지 사흘쯤 됐다나 봐. 지금 와줄 수 있어? 선배 부모님들도 지금 오고 계셔. 선배랑 연락 끊어진 지 오래돼서, 뭐든 실마리가 될 걸 찾고 있는데."

정신없는 목소리였다. 사흘 전에 숨을 거뒀다고. 그런 말도 안 되는 소리를 믿을 수 있을 리가 없다. 오늘 오후에 선배를 만났다. 선배는 논술학원에서 강사를 한다고 했다. 그런데 그 거리에서도 한참 떨어져 있는 신림동에서 선배가 왜.

전화기 너머에서는 S가 M 선배의 이야기를 쏟아내고 있었다. 희곡을 쓰던 선배는 영화 시나리오 작업을 하고 있었다. 조만간 자기 시나리오의 영화가 개봉할 거라고 아는 후배들에게 연락도 많이 했다고 했다. 그렇지만 만났던 사람들 이야기로는 그렇게 서글서글하게 웃던 M 선배는 볼 때마다 점점 야위어 갔다고. 만나는 후배들이며 선배들이 어떻게든 밥을 사 먹이고 싶어지는 그런 얼굴이었다고 했다.

K는 거실에 불을 켰다. 한가운데 전구 세 개 중 하나가 불이 들어오지 않았다. 며칠 전부터 그랬지만 좀처럼 밖으로 나갈 엄두가 나질 않아서 그대로 둔 채였다. 오늘 전구를 새로 사 올 걸 그랬다. 아니, 일단 옷을 입고 신림동으로 가야 할까. 무엇부터 해야 할지 정신이 없었다.

K는 갑자기 집 안이 숨이 막히는 것같이 느껴져서 베란다 쪽을 향했다. 거실 앞 긴 장식장 한쪽 끝, 회색 도자기 화분의 다육식물에 시선이 닿았다. 이파리 사이에 동그랗게 뭉쳐져 있던

노란 것이 더는 보이지 않았다. K는 그 자리에 서서 조용히 돌아가는 공기청정기 모터 소리를 듣고 있었다. 핸드폰에서 알림음이 들려 손에 쥔 핸드폰 화면을 확인했다. 출판사 번호였다.

'메일로 수정 사항 보냈습니다. 빠른 확인 부탁드립니다.'

핸드폰을 조금만 만지면 오늘이 며칠인지 알 수 있을 것이지만, 손이 움직이지 않았다. 침실 문을 열면 Y가 있을 것이다. 현관문에는 Y의 신발이 놓여 있을 것이다.

딱 12시간만 자면 좋겠다. 출시까지 일주일 남았으니까 끝나고 나랑 온종일 자버리자. 네 마감도 그쯤이지? 응 그러니까 아무한테도 방해받지 않고. 그래, 보고 싶다. 조금만 더 힘내. 전화기 너머로 Y의 목소리를 들었던 것도 같다. 그게 언제였지.

"잠든 줄 알았어요. 수면실에서 너무 좋은 표정으로 누워 있어서. 일주일을 거의 밤새웠으니까. 그렇게 잠이 모자랐는데 계속 위에서는 일정 독촉을 해 대니까 버틸 수가 없었을 거예요."

Y의 회사 직원이 말했다. 아니, Y는 회사에 다니지 않는다. Y는 대학원 한 학기를 남기고 있었다. 학위를 받든 받지 못하든 이번에는 꼭 원하는 종류의 회사에 취업할 거라고 그랬었다. 어디까지가 꿈이고 어디까지가 사실일까. K는 소파에 몸을 던졌다. 저 벽 너머에서 Y는 잠들어 있을 것이다. 다시 잠들었다가 일어나면 Y가 좋아하는 걸 만들 것이다. Y와 함께 하고 싶은 것을 이야기할 것이다. K는 눈을 감았다.

구한나리

2009년 일본 문부과학성 연수생 시절 〈神社の夜〉(신사의 밤)으로 유학생문학상에 입선했고, 2012년 장편 《아홉 개의 붓》으로 조선일보 판타지 문학상을 수상했다. 토피아 단편선1(유토피아 편) 《전쟁은 끝났어요》에 〈무한의 시작〉을, 《교실 맨 앞줄》에 〈100명의 공범과 함께〉를, 환상문학웹진 거울 2020 대표중단편선 2 《누나 노릇》에 〈늦봄 어느 날〉을 수록하였다.

2010년 가을부터 후기 빅토리아 시대를 살아가는 소녀의 이야기 《종이를 만든 성》을 집필중이다. SF어워드 2020 중·단편소설 부문 심사위원을 맡았으며 웹진 거울 73호(2009년)부터 3년간, 2018년부터 2021년 현재까지 독자우수단편 심사단을 맡으며 소설 필진으로 단편을 게재하고 있다.

냉동육

손지상

여닫을 때마다 비명 같은 낡은 철제 대문 경첩 소리가 귀를 찌른다. 방구석에 웅크리고 앉아 있던 나는 기분이 확 나빠진다. 아무도 초인종을 누르지 않고 남의 공간을 함부로 침입해 들어온다. 이 동네 배달부든 주민이든 누구나 저 빌어먹을 대문 자물쇠가 망가진 것을 뻔히 안다. 도둑? 도둑이 들까 봐 걱정할 일은 없다. 집주인조차 이사간 지 오래다. 한 달에 한 번 찾아와 점검하는 정도다. 이 허물어져 가는 단독주택 반지하 투룸 월세 방에 물건을 훔쳐갈 도둑은 아무도 없다.

요사이 저 대문 밖으로 통 나가지 않았다. 대문 안쪽 잠긴 현관문을 나가는 일은 일주일에 두 번 정도 시키는 배달음식을 가지러 갈 때 말고는 없다. 기분이 나빠져서다. 애플리케이션으로 시켜서 따로 얼굴 보고 돈을 낼 필요가 없다. 혹시라도 노크하면 "그냥 앞에 놓고 가세요." 하고 고함친다. 대문의 비명 소리가 사라지고 나서야 현관문을 살짝 열고 음식을 챙긴다.

문제는 오늘은 뭘 배달시킨 적이 없다는 점이다. 공포에 질린 나는 룸메이트 친구 얼굴을 떠올린다. 등줄기가 오싹해진다. 대문 안으로 들어오는 발자국 소리가 현관문 앞에서 멈춘다. 누구냐고 소리 지르고 싶지도 않다. 웅크려 차갑게 굳은 채로 정체 모를 발자국 소리가 다시 떠나기만을 빈다.

철커덕.

잠긴 현관문이 열리는 소리가 난다. 문이 열린다. 발자국이 안으로 들어온다. 사람이 움직이는 부산스러운 소리가 들린다. '안 돼.' 나는 속으로 중얼거린다. 발자국이 반지하방 안의 작은 계단을 내려와, 부엌을 겸한 좁은 거실 안을 걷는다. 오래된 노란 장판 위로 무언가가 걷는 소리가 들린다. 이어서 가장 안쪽 방문을 열려고 문손잡이를 돌리는 소리도 난다. 친구는 안쪽 큰 방을 쓴다.

철컥철컥.

작은 방에서 웅크린 나는 이대로 냉동창고 걸쇠에 걸린 고깃덩이처럼 얼어붙은 채 잡혀먹힐지도 모른다는 생각에 공포에 떤다.

'잠깐?' 공포 속에서 문득 의문이 든다. '애초에 내가 방문을 잠갔었던가?' 며칠째 제대로 먹지도 못하고 공포에 질려 있어서 그런지, 얼어붙은 머리가 영 굴러가지 않는다. 분명 잠갔다. 하지만 확신할 수는 없다. 대문 밖을 나섰을 때 분명 가스 밸브 잠근 것 같은데 살짝 다른 일에 집중하느라 확실하지 않은 그런 상태였다. 당황한 나는 방문을 잠갔나 확인하려고 일어서려 한다. 동시에, 그 자리에 그대로 멈춰 있어야 한다는 충동도 느낀다. 줄다리기하듯 팽팽하게 서로 길항하는 충동 사이에 껴서 어쩔 줄 모른 채 과열된 컴퓨터처럼 '프리즈' 상태가 되어버렸다.

철커덕 철커덕.

침입자가 문을 열려고 시도한다. 그러나 문은 잠겨 있다. 안도의 한숨을 속으로 내쉰 나는 아예 반응을 안 하기로 결심한다. 이대로 얼어붙어 있으면 방에 아무도 없다고 생각하고 떠나주지 않을까.

헛된 기대였다. 열쇠를 넣고 문이 열리는 소리가 난다. 침입자가 내 방문 열쇠를 가지고 있다. 깜짝 놀란 나는 엄청난 공포가 짓눌러와 소리 없이 무릎을 끌어안고 눈을 꾹 감는다. 검보라색 스크린 같은 눈꺼풀 안쪽에서 이상한 빛이 점점이 깜빡깜빡한다.

"뭐 하고 있어?"

*

익숙한 목소리에 놀라 나는 고개를 들었다.

"어휴, 냄새. 환기 좀 시켜라. 아이고, 창문이 높네. 이 방도 그렇구나?"

침입자는 룸메이트의 여자친구였다. 나는 대꾸하지 않았다. 나는 농담처럼 룸메이트 여자친구를 '제수씨씨'라고 불렀다. 나와 룸메이트와 룸메이트의 여자친구는 모두 같은 과 동기였다. 우리 셋 다 재수학원에서부터 아는 사이였는데, 나를 뺀 두 사람이 과CC여서 내가 농담 삼아 만든 별명이었다. 농담이라도 끼워 넣지 않으면 '제수씨씨'와 나 사이의 변한 거리감을 참기 힘들었다.

"밥 안 먹었지? 얼굴 보니까 뭐 안 먹은 티가 나네. 밥 먹자. 내가 만들어줄게."

'제수씨씨'는 부엌에서 음식을 준비하기 시작했다. 에코백 장바구니에 잔뜩 무언가를 들고 왔다. 대파가 장바구니 밖으로 삐져나와 있었다.

"뭐하러 왔어?"

제수씨씨는 룸메이트가 실종됐다는 사실을 알았을 테니 걱정이 되어 찾아온 것이리라. 그렇게 생각해 등에 대고 룸메이트 때문에 왔느냐고 물었다. 그런 것치고는 너무 늦게 온 것 같지만. 부산하게 부엌에서 움직이면서 제수씨씨는 남자친구인 룸메이트가 아니라 내가 걱정되어 왔다고 했다.

"수업도 빼먹고 학교에 안 오니까. 죽었나 살았나 궁금해서 온 거지."

룸메이트는 걱정이 안 되느냐고 묻자, 의외의 대답이 돌아왔다.

"연락 왔는데? 급하게 본가 내려간 거라고? 어머니하고도 통화했어."

그러면 룸메이트의 방은 왜 열려고 했느냐고 묻자 자연스러운 대답이 돌아왔다.

"걔가 물건 챙겨달라고 해서 겸사겸사 그거 가지러 왔지. 어디 아픈가 걱정돼서 왔더니만 고마워도 안 하고 뭘 자꾸 꼬치꼬치 캐물어? 됐고. 일단 뭐 좀 먹어. 얼굴이 아주 다 죽어간다. 죽은 나중에 먹어, 냉장고에 넣어놓을 테니까. 일단은 영양보충 좀 하자. 부르스타 어디 있어?"

휴대용 가스버너가 어디 있느냐 물으면서, 부엌 위쪽 찬장을 열었다.

"아, 여기 있네. 신문지도 교지 신문으로 챙겨왔어. 환기도 시킬 겸, 문 다 활짝 열고 고기나 구워 먹자. 영양보충 하면 삼겹살이지."

제수씨씨가 냉장고 냉동실을 열더니 랩으로 싼 얼린 고깃덩이를 꺼내 내보였다. 그 순간, 심장이 뛰었다.

얼린 고기.

어지러웠다.

입에서 비명이 터져 나왔다.

"왜 그래? 무슨 일이야?"

나는 정신이 아득해져 갔다. 제수씨씨가 급하게 내게 달려와 어깨에 손을 대려고 했다.

"내 몸에 손대지 마!"

제수씨씨가 누가 갑자기 얼음장 같은 손이라도 집어넣은 것처럼 화들짝 놀라 뒤로 물러섰다. 그냥 좀 요새 안 좋은 일이 있었다고 얼버무리고 돌아가달라고 하는데, 차가운 목소리가 돌아왔다.

"두 달 전 일 때문에 그래?"

깜짝 놀란 나는 고개를 번쩍 들었다. 눈 앞의 제수씨씨가 마치 다른 사람처럼 느껴졌다. 어떻게 아느냐고 물었다.

"통화했다고 했잖아."

나는 바로 그 말이 무슨 뜻인지 이해했다. 룸메이트와 연락하면서 들었다는 말이리라. 하지만 모를 일이다. 정말 룸메이트한테 들은 게 맞을까? 어쩌면 룸메이트의 위치를 확인하기 위해 나에게 모종의 수작을 걸고 있는지도 모른다. 최근 들어 두 사람은 싸움도 잦았으니까. 솔직히 싸움이 잦아서 희망을 품기도 했다. 하지만 지금은 그저 혼자 있고 싶었다.

제수씨씨는 내 앞에 와 털썩 주저앉았다. 그리고 나를 빤히 쳐다보았다. 고개를 들지 않아도, 정수리로 쏟아지는 뜨거운 시선이 느껴졌다.

"솔직하게 다 말해줄 때까지는 안 갈 거야. 무슨 일이 있었는지 말해줘."

"안 믿을 거야."

"믿고 안 믿고는 내가 결정할게. 말해줘."

"적어도 내가 느끼기에는, 그게 꿈이나 착각은 절대 아니야. 하지만 넌 그렇게 생각하겠지. 아마 못 믿을 거야."

"괜찮으니까, 해봐. 내가 다 믿어줄게."

제수씨씨가 상냥한 손짓으로 내 손등을 만졌다. 머릿속에서 종소리가 울렸다. 내 안에 나를 가로막던 모든 게 다 녹아내리는 기분이 들었다. 나는 고개를 들었다. 눈 앞에 제수씨씨의 얼굴이 보였다. 이렇게 가까운 거리에서, 이렇게 아름다운 얼굴을 바라본 게 얼마 만인가? 그런데도 나는 왜 이 얼굴이 이렇게 무섭게 보이는 거지? 알 수 없는 힘을 뿜어내는 시선에 저항하지 못한 채, 시키는 대로 모든 것을 말해야 한다는 충동에 휩싸인 나는 순순히 이야기를 시작하기 시작했다.

*

두 달 전 밤이었어.

룸메랑 나랑 밤늦게까지 술을 마셨어. 왜 마셨냐고? 그날 과 행사 있었잖아. 그거 끝나고, 그냥 들어가기 뭐해서 호프집 가서 맥주 좀 더 마셨어. 할 이야기도 있었고. 우리 둘이 이야기하고 있는데, 상준이가 끼어들더라고. 하필이면 밖에 있는 파라솔 자리에 앉아가지고.

상준이 모르나? 염상준. 민속학과 과대. 소설 쓴다는. 모르는구나. LT라고, 각 과에 학생회 멤버랑 과대들이 가는 MT 있는데 그때 알게 된 친구야. 무시하려고 했는데, 상준이가 워낙 눈치도 없고 시끄러워서 눌러앉는 거야. 다다음달에는 상준이랑 룸메 둘 다 군대 가기로 해서 그랬는지, 룸메가 앉으라고 권하더라고. 그래서 끼는 걸 뭐라 할 수가 없었어. 상준이가 앉으면서 물었어.

"군대 간다고 룸메 대타 찾는 이야기 하는 거야?"

난 아직 할 이야기가 더 남았는데, 상준이가 있으면 하기 좀 그렇잖아? 그래서 그냥 그렇다고 하고 입을 다물었어. (무슨 이야기인지는 지금 하는 이야기랑 관계없으니까, 일단 무슨 일이 일어났는지만 집중해서 이야기할게.) 그런 상황에서 상준이가 한 말에, 나는 좀 화가 났어. 그래서 뭐라고 했지. 그리고 우리 무슨 이야길 하는가 들었냐고. 자기는 아니라고 딱 잡아떼더라고.

"야, 일단 닭 한 마리 더 시키자."

상준이는 그렇게 말을 돌리더니, 바로 메뉴판이랑 오백 한 잔 달라고 종업원한테 주문했어.

"뭘 그렇게 인상 구기냐. 내가 먹은 건 내가 낼게. 아니다, 아예 이 자리는 내가 쏠게. 갑자기 끼어들었으니까 그 정도는 해야지."

"웬일이냐?"

룸메가 물어보니까, 상준이는 자기가 이번에 쓴 단편소설이 무슨 웹진에 팔려서 원고료를 조금 받았다나 봐. 그래 봤자 30만 원이지만, 자기 입장에서는 공돈이니까, 남들한테 한턱내는 거라고 그랬어. 무슨 내용을 가지고 썼냐고 물으니까, 괴담이래.

맞아, 괴담. 도시전설 같은 거 있잖아.

나는 화제를 돌리려고 무슨 괴담이었냐고 물었어. 그랬더니 자기가 직접 들은 괴담이라면서, 여기, 그러니까 우리 집 가려면 항상 지나치는 넓은 주차장에 얽힌 이야기라고 했어. 맞아. 거기 있는 주차장. 망한 데. 차량 들어가지 못하게 표지판 서 있는 데. 왜 못 들어가게 할까?

상준이는 그 주차장에 얽힌 괴담을 들었대. 고등학생들한테.

"가끔 밤에 늦게 돌아다니는 사람들이 거기서 시커먼 그림자가 서 있는 걸 본다는 거야. 그것도 하나나 둘이 아니라 여러 명이. 그런데 그게 궁금해서 안에 들어가서 그걸 만지면, 갑자기 그 그림자가 움직이면서 막 돌아다닌대. 그래서 그거 가지고 단편 썼어."

제목이 뭐냐고 물었더니 엉뚱한 소리를 했어.

"얼음 땡."

의외로 룸메가 관심을 보이더라고.

"그거 우리 동네는 얼음망치라 했는데."

나는 그냥 가만히 듣기만 했어.

응? 술래잡기 얼음땡 몰라? 일본에서는 안 해? 애들이 막 돌아다니면 한 명이 잡으러 다니는… 오니곳코? 그게 무슨 뜻이야? 도깨비 놀이? 술래를 도깨비라고 하나 보지? 오니가 도깨비야? 그러고 보니 상준이도 그러더라고, 그 영화 있잖아, 피에로가 나오는 공포영화. 〈그것〉이었나? 상준이 말로는 그게 영어 제목이 〈IT〉인데, 영어로 술래가 'it'라고 하더라고. 얼음 땡은 술래잡기랑 비슷한데, 잡히기 직전에 '얼음' 하고 소리 지르면 술래가 못 잡아. 대신 언 거니까 꼼짝 못 해. 누가 다른 사람이 와서 터치해서 '땡'을 해줘야 해. 우리 동네에서는 '얼음' 한 애가 가까이 있으면 '부싯돌'이라고 해서 둘이 부딪치면 '얼음' 풀리는 규칙도 있어. 룸메네 동네에서는 모두가 다 '얼음' 하면 한 명만 술래가 '땡' 시킬 수 있는 '망치'라는 것도 있었대.

여하튼 간에….

상준이는 그 그림자가 실은 귀신이 얼음 땡을 한다는 식으로 단편을 썼대. 뭐 뻔한 이야기지. 그 주차장이 실은 무덤터였고, 무덤터 위에 세운 연립주택이 있었는데, 거기에서 친하게 지내던 애기들이 건물 불타는 바람에 죽었고, 무덤터였다가 이제는 건물터가 되었다가 이제는 주차장이 된 그 자리에서 아이들 유령이 계속 얼음 땡 놀이를 하고 있다는 거지.

뻔하지만 그럴듯한 이야기였어. 실제로 그 주차장에서 그런 소문이 돈다는 말은 나도 언뜻 들은 적이 있기는 했으니까.

자리가 파하고, 상준이는 다른 술자리로 떠났어. 그렇게 여기저기 다니면서 사람들 이야기에 걸근대는 게 버릇이거든. 그러다가 뭐 하나 걸리면 소설로 쓰는 거지. 소설 쓴다는 사람들은 다 그런가?

결국, 나랑 룸메는 원래 하던 얘기를 마저 하기도 분위기가 그래서 일단 집으로 들어가기로 했어. 집으로 가는 동안 우리는 아무 말도 안 했고. 어색했거든.

골목길이라 어두컴컴했고, 오렌지색 가로등불도 평소보다 좀 기분 나쁘게 보였어. 시간이 그렇게 늦은 건 아니었는데, 12시 지났나 안 지났나 그쯤 되었을 거야. 사람도 적고 차도 잘 안 지나다니더라고.

룸메가 먼저 말을 꺼냈어.

“야, 저거 봐봐.”

그러면서 손가락질을 하는 거야. 나는 장난치지 말라고 무시하고 그냥 가려고 했는데, 룸메가 날 확 잡아당겼어.

"저거 보라니까!"

어찌나 세게 잡아당겼는지 어깨가 다 아프더라고. 나는 화가 나서 소리치려다가, 헉 하고 놀라고 말았어. 발을 못 떼겠더라고. 하필이면 아까 상준이가 이야기했던 바로 그 주차장 앞에 우리는 있었어. 나는 내 생각에 빠져서 땅만 보고 걷다가 그 사실을 몰랐던 거야.

주차장에는 검은 그림자가 몇 개 서 있었어. 서 있었다고. 맞아. 낡은 가로등이 하나 있기는 하지. 하지만 그 가로등 불빛을 우뚝 선 그림자 몇 개가 가로막고 서 있었다니까. 땅바닥 표면에 그려진 게 아니라, 땅 위로 솟아 있었어. 마치 검은 연기가 아래에서 피어오르는 것처럼.

그때까지도 나는 그게 룸메가 나한테 장난치는 거라는 의심을 버리지 못했어. 난 원래 그런 거 안 믿는 사람이니까. 하지만 등줄기가 너무 오싹해서 내 몸은 마음과 반대로 반응했어. 순간적으로 그 광경을 보니까, 그 자리에서 얼어붙더라고.

얼마나 긴 시간을 그렇게 굳었는지도 모르겠어. 시간이 멈춘 것 같았으니까. 그래도 한 몇 초밖에 안 되었겠지. 갑자기 룸메가 어깨를 부딪쳐 오더라고. 그제야 정신을 차렸어. 내가 얼른 등을 돌리고 도망치려고 하니까, 룸메가 내 팔을 꽉 붙들고는 귓가에 대고 속삭이더라고.

"움직이지 마. 조용히 도망가자. 들키지 않게. 쫓아올지도 몰라. 그러니까 등은 돌리지 마. 우리가 바라보면 저쪽도 함부로 덤비지 않을 거야."

나는 아주 살짝 턱을 움직여 동의했어. 검은 그림자들을 똑바로 바라보면서, 우리 둘은 아주 천천히 움직였어. 뒷걸음질 치면서.

그제야 우리는 발견하고 만 거야. 꼼짝도 않는 검은 그림자 사이로 뭔가 다른 게 보였어. 뭔지는 잘 보이지 않았어. 아니, 아예 보이지 않았다고 해야 맞겠지. 투명인간 같은 게 그림자 사이를 지나다니고 있었어.

어떻게 알았느냐고? 투명인간 같은 게 돌아다닐 때마다, 물병을 통해서 세상을 보는 것처럼 그림자가 이렇게 저렇게 뒤틀려서 왜곡돼서 보였거든. 솔직히 처음에는 혹시나 착각한 거 아닌가 싶기도 했어. 거리도 좀 떨어져 있고, 주변은 어둡고. 우린 술도 조금 마셨으니까. 애초에 검은 그림자가 우뚝 선 것도 맨정신으로 본 건가 의심스러울 정도잖아? 그런데 룸메가 귓속말로 물어보더라고.

"봤어?"

난 짧게 봤다고만 했어. 우리는 따로 말할 필요 없이 똑같이 투명한 무언가가 더 존재한다는 걸 알게 됐고, 아마도 동시에 똑같은 걱정을 하게 된 것 같아. 무서웠던 거지. 그 투명한 게 우릴 쫓아오면 어쩌지, 하고.

걱정이 결국 현실이 되었어. 갑자기 그 투명인간 같은 게 멈추더라고. 우린 이미 한 50미터 정도 떨어져 있었고. 그래서 멈춘 것도 명확히 보이지 않았어. 언제부터 멈추었나도 몰랐고. 어쩌면 멈춰 서서 우리를 보고 있었는지도 몰라.

갑자기 그 투명한 것 위로 무슨 스캔 하는 것처럼 위에서 아래로 파란 은색 빛이 훑고 지나갔어. 빛은 천천히 위아래로 계속 움직였어. 그전까지는 그림자를 지나칠 때 그림자가 왜곡되어 보이니까 무언가가 움직인다는 걸 어렴풋이 알았는데, 빛 때문에 어떤 존재가 있고 그게 어디에 있는지 확실하게 보였어. 그 빛을 내는 투명한 것이 갑자기 못 들어가게 막아놓은 표지판을 빙 둘러서 주차장 밖으로 나오려는 거야.

온다.

동시에 그렇게 느꼈나 봐. 우리 둘 다 그 순간 비명을 질렀어. 그리고 고개를 숙이고 막 뛰기 시작했어. 정신없이 뛰었어. 집까지 올라가는 오르막길 한가운데 어설프게 만든 시멘트 계단을 연달아 뛰어오르면서 쫓아오는 투명한 무언가에게서 도망치려고 했지. 그런데 평소에도 운동 많이 하는 룸메가 나보다 더 빨리 달리는 거야. 너무 그 등이 미워 보이더라고. 왜 그런 농담 있잖아. 곰이 뒤쫓아오는 와중에 친구 둘 중 한 명이 이렇게 말하는 거. 곰보다 빨리 뛸 필요는 없어, 너보다 빨리 뛰기만 하면 돼.

아무튼 그렇게 죽기 살기로 뛰다가 나도 모르게 뒤를 돌아보았는데, 순간적으로 몸이 굳어버렸어. 스캔하는 빛이 골목길을 스캔하며 천천히 다가오고 있었어. 마치 자기를 발견한 게 누구인지 확인이라도 하듯. 머릿속에서 종소리가 들리는 기분이 들었어. 작은 종소리 있잖아. 초등학교 선생님이 아이들 집중시키려고 치는 그런 종소리.

목 너머까지 넘어오려는 비명을 꾹 삼키고, 더 빨리 달리려고 다리에 힘을 쏟았어. 최소한 룸메보다는 빨리 달리자고 마음먹었어. 그때 룸메가 먼저 비명 같은 쇳소리를 내며 대문을 열고 들어갔어. 순간적으로 걱정이 들었어. 혹시라도 룸메가 잠기지도 않는 문을 닫아 나를 제물로 삼지는 않을까 말이야. 하지만 룸메는 그러지 않았어.

"빨리 들어와, 빨리!"

룸메는 문을 붙잡고 기다려줬어. 내가 들어오자마자, 옆에 있던 빗자루로 빗장을 괴더라고. 그래 봤자 저 빛이 못 들어올지는 확실하지 않아도, 스캔하는 빛에게 들키지 않을 순 있을 것 같더라고. 적어도 표지판을 돌아서 나온 걸 보면, 물리적인 물건을 통과하지는 못하는 것 같았으니까.

우리는 당장 현관문으로 뛰어갔어. 열쇠를 꺼내 여는 내내 손이 떨려서 허둥지둥 대느라 평소보다 오히려 시간이 더 걸렸어. 안에 들어가 문을 잠그자 마자, 나는 내 방으로 들어가 문을 잠갔어.

룸메가 문을 두들기며 같이 있자고 하더라고. 하지만 나는 혼자 있고 싶다고 했지. 아까처럼 여기 쭈그리고 앉아 눈을 감고 귀를 막았어. 나는 어떻게 해야 좋을지 몰라 계속 방금 본 게 착각이라고 믿으려고 했어. 룸메는 계속 문을 두들겼어.

"야, 같이 있자. 공포영화나 〈김전일〉 못 봤어? 이럴 때 혼자 있으면 죽어. 그게 뭔지 확실히 알아야 대처를 하든 말든 할 거 아냐."

그러는 게 살 확률이 더 큰 것 같기는 해서, 시키는 대로 문을 열었어. 룸메가 들어와서 문을 잠그더니 서성거리기 시작했어. 두서없이 이런저런 이야기를 했는데, 도대체 그 그림자와 투명하고 빛을 내는 것의 정체랑, 과연 밤에만 나타날까, 결국은 이 두 가지로 압축되었어. 물론 답은 나오지 않았지. 아는 게 없으니까. 괜히 상준이한테 그런 이야기를 들어서 헛것을 본 것이라는 생각도 했어.

결국 룸메는 무섭다고 자기 방으로 안 가고, 내 방에서 잠들어버렸지. 조금 전 나 들어오라고 문을 붙잡아주던 놈이 이놈 맞나 싶더라고. 나는 불도 안 끄고 아침이 올 때까지 속 편하게 자는 룸메를 노려봤어. 꼼짝도 안 하고.

다음 날 아침 1교시 수업이 있었는데 나는 나가기 싫었어. 그런데 룸메는 갔다 오겠다고 했어. 상준이를 만나 좀 더 물어보겠다고 하더라고. 나는 말리지 않았어. 저녁이 되고 아직 해가 떨어지기 전이 되어서야 룸메가 돌아왔어. 그사이 나는 온종일 방에서 나가지 않았지. 한쪽 구석에 쭈그리고 앉아서 계속 생각만 했어. 뭘 어떻게 하면 좋을지.

룸메는 조사한 내용을 내게 전해줬어. 상준이 말로는 가끔 이 주변에 1년에 한 명꼴로 실종되는 사람이 있대. 그게 중간에 학교를 자퇴하고 야반도주를 한 건지 아니면 어떤 범죄에 연루되는 건지는 모르지만 어찌 되었든 종적을 감추고 사라지는 사람은 이 동네에서 드물지 않대. 그럴 만도 하지. 재개발 지역으로 몇십 년째 묶여 있어서 낙후된 데다가 대학교 주변이라 뜨내기가 잔뜩 모여 사니까.

그리고 지금 여기 집도 그렇고 토박이 중에는 나랑 룸메가 본 그 이상한 현상을 목격한 사람이 의외로 많다고 했어. 옛날에는 위협적이지 않았기 때문에 토박이들이 별로 무서워하지 않았는데, 학생들에게 세주고 나서부터 달라지기 시작해서 점점 이사 가는 사람이 늘었다는 거야. 그러고 보니 이 집도 주인이 어쩌다 한 번 확인하러 오지 같이 살지 않은 지 오래니까. 그래서 이 언덕에 있는 집들이 죄다 싼 거라고 하더라고. 언덕 입구에 있는 그 주차장 때문에.

그림자의 정체는 토박이들도 모른대. 상준이 말로는 어쩌면 한참 오래전부터 있었던 현상일 수도 있고, 오래전부터 그런 현상이 있었다고 사람들끼리 최근 들어 이야기를 지어낸 것일 수도 있대. 민속학적으로 말하자면 입에서 입으로 전하는 이야기는 특정한 시간축을 바탕으로 과거, 현재, 미래를 구분하는 일이 없기 때문에 최근 십여 년 전 일도 갑자기 아주 오래전 이야기로 둔갑한다는 거야. 결론적으로 말해서, 그 정체에 대해 알 수 있는 것은 아무것도 없다는 말이지.

룸메는 어디서 들은 건지, 올 때 천일염을 잔뜩 사 왔어. 대문 앞이랑 현관 앞에 뿌렸대. 그리고 자기 몸에 이미 뿌렸고, 나더러도 소금을 뿌려주겠다는 거야. 나는 아무 말 없이 시키는 대로 바보처럼 소금을 맞았어.

"야, 근데 이거 괜히 우리가 우리 고기 염장해서 더 맛있어지는 거 아닌가 모르겠다?"

룸메가 농담을 하더라고. 아마 긴장해서 자기도 모르게 부담을 덜어내려고 한 것일지도 모르겠어, 지금 와서 생각하면. 하지만 그때 나는 그런 말을 받아들여서 웃을 여유가 없었어. 룸메한테 재수 없는 말 하지 말라고 소리를 빽 질렀지. 룸메는 미안하다고 하면서도 기분이 상했는지, 자기 방으로 가버렸어. 그래도 나가는 길에 내 방 문지방에 소금을 뿌려주더라고. 그런 모습이 솔직히 짜증 났어. 자기가 착한 짓을 하면 복을 받을 거라 믿는 것만 같았거든. 평소에도 그런 소리를 자주 해서 그렇게 느꼈는지도 모르겠지만.

나는 인터넷을 막 뒤졌어. 혹시라도 이런 문제에 대한 정보가 있지는 않을까 하고. 하지만 무슨 '혼자서 하는 숨바꼭질'이니 하는 날조된 주술만 나오지 내가 찾고 싶어 하던 정보는 없더라고. 이상한 사람들이 이상한 말을 하면서 자기 외로우니까 관심 가져달라고 징징댈 뿐이었어. 누구는 지금 목숨이 달렸는데.

그때 문득 이런 생각이 들었어. 룸메는 오늘 나갔다가 왔는데도 멀쩡했잖아. 하지만 과연 나도 그럴까? 성경이나 옛날 설화를 보면 그런 거 있잖아. 뒤돌아보지 말라는데 뒤돌아봤다가 소금기둥이 되었다는 둥 그런 거. 혹시 나도 그런 거면 어쩌지 하는 생각이 들었어. 나만 선택받은 거라면 어떻게 하지?

그걸 확인해보는 방법은 결국 내가 밖에 나가는 수밖에 없잖아.

하지만 난 나가고 싶지 않았어. 그렇게 한 달을 넘게 버텼어. 그사이 룸메는 학교도 왔다 갔다 했고, 무언가 이것저것 물건을 사들여서 대비책을 마련하려고도 했어. 절에 가서 염주를 얻어 오거나, 성당 성수를 어떻게든 구해보려고 하거나 뭐 그런 식이었지. 종교도 없는 놈이 그러는 게 솔직히 웃겼지만, 그러는 와중에 밤에 들어온 적도 있는데 괜찮다 보니까 점점 긴장도 풀린 모양이야. 한 달이 넘으니까 평소와 다름없어지더라고. 안심되었는지 그때 너랑 데이트도 가고 그랬었어. 진짜 배짱이 좋은 건지, 아니면 무감각한 건지 모르겠더라고. 나만 속이 찢어졌지, 뭐.

그야 룸메는 그 이상한 빛이 어두운 골목을 스캔하는 꼴을 못 봤으니까. 난 봤지만.

결국, 나는 아무런 근거도 없이 한 가지 결론에 도달했어. 룸메가 아니라 내가 표적이 된 거야. 그 이상한 빛을 뿜는 투명한 '술래'의 표적이. 안 그러고서야 왜 골목을 그렇게 스캔하면서 훑었겠어?

머릿속에서는 오르막길을 뛰어오르는 룸메 뒷모습이 자꾸 생각났어. 지금도 내가 그 등 뒤를 쫓아가는 것만 같았어. 뒤에는 곰보다 무서운 형체를 알 수 없는 괴물이 돌아다니는데. 이대로 앉아 있다가는 당할 게 뻔했어. 뭔가 계획을 세워야 할 것 같았지.

나는 행동에 나서기로 결심했어. 어차피 이대로는 죽을 게 뻔하니까. 그날 저녁, 룸메가 방으로 돌아왔어. 이제는 소금도 대충 뿌리더라고. 나는 내 방문 밖에 나가 부엌 겸 거실에 앉아 있었지.

"방에서 나왔네? 이제 좀 괜찮아?"

룸메가 물어봐서, 네 덕분에 이제 무섭지 않다고 했어. 룸메는 자기 일처럼 기뻐하더라고. 아마 그 날 일을 그냥 헛것을 본 거라고 치부하고 잊어버리려고 했는데, 그동안 내가 계속 그 일을 무서워하니까 그러지를 못해 거슬렸을지도 모르지.

나는 오랜만에 나가서 닭이나 먹으러 가자고 제안했어. 룸메는 찬성했어. 호프집에 가려면 그 주차장을 지나쳐야 해. 그 사실을 자각했는지 룸메는 그동안 자기가 계속 그 앞을 지나다녔지만 아무 일도 없었다고 계속 강조하더라고. 나도 그렇게 아무런 일도 일어나지 않는 경험을 한번 하면 겁을 내지 않을 거라고 생각한 모양이야.

오랜만에 맡는 밤공기는 의외로 상쾌했어. 반지하방에서 한 달이 넘게 나가지 않았으니까. 여전히 등줄기에서 털이 곤두서더라. 주변에 혹시라도 이상한 빛이 보이지 않을까 신경도 곤두세웠고. 다행히 별다른 일은 없었어. 룸메도 내가 긴장한 줄은 모르는 모양이더라고. 속 편하게 말이야.

호프집에 와서도 나는 일부러 맥주를 마시지 않았어. 아직 겁이 난다고 핑계를 댔지. 대신 룸메가 기분이 좋은지 거나하게 취했어. 아마도 이제 그 날의 공포에서 완전히 벗어났는지, 아니면 벗어났다고 믿고 싶은 것인지, 안주 삼아 시킨 닭도 다 먹어 치우고 술도 소맥을 말아서 막 들이켰어. 알잖아, 평소처럼.

다 먹고 나서, 우리는 다시 방으로 돌아가려고 자리에서 일어섰어. 비틀거리는 룸메를 부축하면서 나는 바닥만 보고 걸었는데, 그사이 룸메는 네 자랑을 했어. 네가 얼마나 좋은 사람인지, 얼마나 마음이 예쁜 사람인지 말이야. 말하지 않아도 나도 잘 아는데. 굳이 그 이야기를 꺼내면서 나한테 미안하다고 하더라고. 내가 뭐가 미안하냐고 물어봤지. 그러니까 그러는 거야.

"아니 그냥, 어쩌다 보니까 그렇게 되었어. 미안하다. 나 좀 있으면 군대 가는데, 잘 부탁한다."

무슨 부탁을 하는지 물어봐도, 술에 취해 횡설수설하는 판에 이해하기가 어려웠어. 이런 말을 룸메가 했다는 걸 너한테 할 생각은 없었는데. 말하다 보니까 여기까지 이야기가 나왔네. 미안. 난 그 말에 대충 대답했어. 신경 쓰지 않았거든. 느낌으로 주차장이 다가오고 있다는 사실을 알았으니까.

차마 얼굴을 들고 보지 못하겠더라고. 내가 본 것과 비슷한 걸, 룸메가 보게 만들고 싶었어. 근거는 없지만 최소한 같은 출발선상에 서게 되지 않나 하는 생각이 들었거든.

그때 헉, 하고 놀라는 소리가 났어. 난 반응하지 않았어. 발도 멈췄어. 룸메가 부축한 나를 꽉 껴안고 흔들면서 소리쳤어.

"저거 뭐야? 저 반짝이는 게 뭐야? 온다! 온다!"

솔직히 말할게. 나는 그 말을 듣자마자 룸메를 내팽개치고 도망갈 생각이었어. 멀리 도망가는 게 아니라, 내가 등을 보이고 싶었어. 그런데 그러기도 전에 나는 머릿속에서 종이 울리는 소리를 들었어.

놀라서 고개를 돌리자, 스캔하며 다가오는 빛이 우리 둘을 덮쳤어.

난 순간적으로 정신을 잃었어. 뭐랄까, 자기도 모르게 졸다가 꾸벅꾸벅 졸 때 있잖아? 그러다 깨면 내가 지금 어디서 뭐 하는지 순간적으로 모르는 경우가 있는데, 그럴 때처럼 말이야. 나랑 룸메는 어느새 주차장 안에 있었어.

몽유병처럼 모르는 사이에 우리가 제 발로 그리로 간 건지 아니면 빛으로 순간이동이라도 한 건지는 몰라. 주차장 안에는 우리 말고 다른 사람들이 마네킹처럼 굳은 채로 있었어. 우리가 그림자로 봤던 게 사실은 사람이었던 거야.

그 사람들은 눈동자를 굴려서 우리를 봤어. 눈빛으로 우리에게 무언가 호소하는 것 같았지. 내 머릿속에서는 이런 의문이 들었어. 그럼 도대체 그 투명인간과 빛은 뭘까?

"저게 뭐야!"

룸메가 손가락질하며 소리를 질렀어. 나는 그 방향으로 고개를 돌렸어.

돼지 머리를 한 괴물이었어. 덩치가 엄청 크고, 온몸의 근육이 나무 그루터기처럼 불뚝하게 튀어나와 있었어. 손에는 장도리를 들고 있었고. 돼지머리가 고개를 돌리더니 우리를 봤어.

나는 입구 쪽으로 뛰었어. 룸메는 허둥대며 아무렇게나 도망쳤고. 입구 밖으로 나가려는데, 불가능했어. 눈에 보이지 않는 투명한 막이 처져 있었어. 주먹 밑동으로 내려쳐봤는데, 두꺼운 젤리를 두들기는 것 같았지. 도망칠 방법이 없었어.

갑자기 종소리가 들려 놀라서 뒤를 돌아봤는데, 룸메가 허둥대다 마네킹처럼 굳어버린 사람들과 죄다 부딪치며 도망쳤어. 룸메가 사람들과 접촉할 때마다 머릿속에서 종소리가 땡, 땡, 하고 났어. 그럴 때마다 마네킹처럼 굳어 있던 사람이 다시 움직이면서 도망쳤어. 그사이 룸메가 난간 밖으로 나가려고 했는데 역시나 주차장 밖으로는 도망을 못 가는 모양인지, 튕겨 나가버렸어.

나는 도망치는 사람들 가운데 남자 한 명을 붙잡고 물었어. 지금 이게 무슨 상황이냐고. 남자는 알려줄 생각이 없어 보였어. 나는 과격한 방법을 쓰기로 했지. 머리끄덩이를 잡고 마구 흔들었어. 나는 지금 상황을 설명하라고 따졌고, 남자가 내게 소리쳤어.

"알았어, 대답할게! 이건 '얼음 땡'이야! 누구 하나 잡아먹혀서 술래가 되지 않으면, 저 돼지 괴물 술래한테서 계속 도망쳐야 해!"

누군가 술래가 되면 원래 술래였던 사람은 어떻게 되느냐고 묻자, 그러면 한 명만 나갈 수 있대. 대신 다른 사람이 몇 명 보충된다고 했어. 나랑 룸메는 그 '보충'으로 들어온 거였지.

그사이 돼지 괴물이 우리를 향해 달려왔어. 우리가 멈춰서 그런 모양이야. 나는 내가 붙잡았던 남자 등을 발로 밀어 차버렸어. 바닥에 넘어져 구르던 남자가 돼지 괴물 손아귀에 잡히기 직전에 가까스로 '얼음'을 외쳤지. 그러면서 날 원망하는 눈으로 보더라고. 나는 그 순간에도 '얼음'을 외친 그 남자가 짜증이 났고.

나는 뛰어서 도망치려고 했는데, 발을 헛디뎌서 넘어졌어. 바닥에 시멘트가 깨져서 살짝 틈이 생긴 걸 몰랐던 거야. 넘어지다가 발목을 접질렸어. 완전히 꺾여버렸지. 넘어져서 고개를 드니 돼지 괴물이 뛰어오고 있었어. 큰일 났다 싶은데 누가 날 불렀어.

"괜찮아?"

그러고는 나를 부축해서 일으켜줬어. 술에 취했으면서도 잘만 뛰는 룸메였지. 룸메도 이미 상황을 파악한 모양이었어. 나를 부축해 달리면서 '얼음' 상태인 사람들을 죄다 건드려서 '땡'으로 풀어버려서 술래의 주의를 분산시켰어.

그렇게 한동안 뛰어다니며 도망친 끝에, 우리 둘만 남고 모두 얼음 상태가 되었어. 우리는 지칠 대로 지쳐서 제자리에서 거친 숨을 내쉬었지. 발목은 점점 아파져 왔어. 얼음찜질도 못 했으니, 이제 시간이 지나면 더 아파지기만 할 게 뻔했지.

나는 룸메한테, 최대한 유인하다가 얼음인 사람 하나를 땡 시켜서 제물로 바치자고 제안했어. 그러면 출구가 열려서 우리가 밖으로 나갈 수 있을 거라고.

"난 그런 짓은 못 해. 그냥 우리 둘 다 '얼음' 하자."

일단은 그것도 나쁘지 않다고 생각했어. 우리 둘은 동시에 '얼음'을 외쳤지. 그러자 돼지 괴물이 움직임을 멈추고, 주변을 훑어보기 시작했어. 눈에서 그 형광색으로 빛나는 파란 빔을 쏘며 주변을 스캔했지.

목표물을 잃은 술래가 이리저리 둘러보다가 아무나 하나 붙잡고, 망치를 휘둘렀어. 장도리를 맞자, 얼음이 풀리고 말았어. 아마 모두가 얼음 상태가 되면 그렇게 무작위로 하나를 풀 수 있는 '얼음망치' 규칙이 똑같이 존재하는 모양이었어.

얼음에서 풀린 사람은 당황하면서 바로 몸을 던져 바닥을 굴렀어. 돼지 괴물은 사람을 껴안아 잡으려다 헛물만 켰고. 자세히 보니 내가 등을 걷어찼던 남자인 거야. 그 남자가 내게 달려오더니, 나만 '땡'을 시키고, 자기는 다시 '얼음' 상태가 되었어.

나는 절뚝거리며 도망쳐야 할 상황이 되고 말았어. 사실상 무리였지. 돼지 괴물이 나를 향해 달려왔어. 나는 아까 세웠던 계획을 실행하고 말았어. 아슬아슬한 지점까지 유인한 다음, 다른 사람을 '땡' 시켜서 밀어버려 제물로 삼았지. 그리고 필사적으로 깽깽이를 뛰어서 주차장 밖으로 도망쳤어. 그 뒤로 겨우 기다시피 해서 집으로 돌아왔어.

그 뒤로 나는 밖에 나가지 않고 계속 이곳에 있어.

*

고개를 푹 숙인 채 솔직한 당시 감정까지 모두 털어놓아 이야기를 마친 나는 제수씨씨가 무슨 말을 할지 몰라 기다리기만 했다. 한참 침묵이 이어졌다.

"그래서였구나."

제수씨씨가 입을 열었다. 그런데 목소리가 달랐다. 아까부터 때때로 느끼던 위화감의 정체를 이제야 깨달았다. 이 목소리는….

"그래서, 나를 땡 시켜서 밀어버린 거구나? 응? 날 질투해서. 내 여자친구를 노리고 있어서. 내가 방해되었던 거지? 나는 너를 믿고 잘 부탁한다고까지 했는데. 비겁한 새끼."

고개를 들자, 제수씨씨의 모습은 없었다. 대신 돼지 괴물이 마치 아이스크림이라도 씹어먹듯 냉동육을 씹어먹고 있었다. 돼지 머리에서 나오는 목소리는 룸메이트의 목소리였다.

나는 반사적으로 외쳤다.

"얼음."

그러자 돼지머리 괴물 술래, 내 친애하는 룸메이트가 코웃음을 치더니 반대쪽 손을 들었다. 나는 얼음 상태로 꼼짝도 못 한 채 눈동자만 굴려 손에 들린 무언가를 보았다.

장도리였다.

"어떡하냐? 지금 얼음 해봤자, 나한테는 이게 있거든."

장도리가 머리로 날아들었다.

종소리가 울렸다.

손지상

소설가. 만화평론가. 번역가. 중앙대학교 심리학과 졸업. 저서로는 비평서《서브컬처계를 여행하는 히치하이커를 위한 가이드》, 장편소설《죽은 눈의 소녀와 분리수거 기록부》,《우주아이돌 배달작전》,《우주아이돌 해방작전》등이 있다. 한국과학소설가연대 회원. 서울웹툰아카데미(SWA) 스토리텔링 테크니컬 멘토. 좌우명은 '부자연주의'. 작법 연구가로서 창작작법 관련 서적을 다수 출판했다.

비극의 주인공

유이립

귀신이 하는 이야기는 그저 들을 수밖에 없다. 군 입대 후, 훈련소에서 귀신을 볼 수 있다는 동기와 같은 생활관에 배정받았다. 동기 말로는 흔한 귀신 이야기들과는 달리 자기가 보는 귀신은 자신을 죽인 사람을 제외하고는 웬만해서는 원한을 품지 않는다고 한다. 어떤 개그 웹툰에서 귀신이 말한다. 자신이 죽인 사람이, 같은 귀신이 돼서 만나면 얼마나 뻘쭘하겠냐고. 귀신은 단지 이야기를 들어달라고 한다. 이야기는 각양각색이다. 아직 죽지 말았어야 하는데 죽은 억울함이나, 못 이룬 일이나, 그냥 자기 이야기 등 귀신마다 다르다고 한다. 내 동기는 이야기를 들어달라는 귀신 때문에 밤에 잠을 못 이루었다.

군 시설은 남자들끼리 모여 기가 강하기에 귀신이 못 들어온다고 했다. 그러나 하필 훈련소 내에(어느 훈련소나 마찬가지겠지만, 꼭 귀신이야기가 있다) 정말 특이한 귀신이 있는데(기가 강한 훈련소에서 지박되어 있다는 의미로 특이한), 내 동기를 보고는 밤마다 자기 이야기를 들어달라 졸라댄다고 했다. 밤마다 잠을 못 자는 동기는 남들 자대배치 받을 때, 따로 분류되어… 어떻게 됐는지 모른다. 후에 자대 동기에게 듣기를, 귀신이 동기에게 자신이 태어나서 죽을 때까지의 긴 이야기를 들어달라는 부탁을 했다는 걸 조교가 우연히 알았는데, 간부들에게 와전되어 자살위험자로 분류됐다고 한다.

무당들 역시 말했다. 귀신은 말이 많다고. 자신들은 업이자 생계여서 그냥 들을 수 있다고. 어떤 기분이냐면… 수많은 감각과 정보가 밀려든다고. 이야기를 그냥 듣는 게 아니다. 강요당한다.

자폐아 중에 일부는 일반인의 표정과 목소리 정보를 뇌로 자연스럽게 인식하지 못하기에 일방적으로 강요당한다. 평범한 신호도 신경을 자극하거나 엄청난 소음과 눈이 아플 정도의 빛으로 인식한다. 매우 고통스럽게. 그래서 일반인들이 보기에 그들은 갑자기 이유 없이 괴성을 지르며 발작한다.

흔히 '귀신들린다'는 말은 귀신이 사람 몸속으로 들어와 자신의 이야기를 들어달라는 투정이라고 한다. 한을 품은 귀신은 자신의 한을 사람들에게 끊임없이 이야기한다고 한다. 어떻게 귀신이 됐는지. 억울함. 고통. 증오. 분노. 회한. 집요함. 지옥. 일반인들은 평생 모를 극단적인 모든 것. 수용할 수 없는 정보들.

감당할 수 없는 비극을 강요당하기에 흔히 귀신 들렸다는 증상을 일으킨다. 지금 내 딸아이가 그렇다.

내 딸아이가 착한 게 죄였다. 대학 입학, 군 휴학, 대학 졸업, 대학원 진학, 대학원 졸업, 메카트로닉스 교육원 과정. 연구소 주임직급으로 취직. 4년 후, 선임진급. 그제야 돈이 모이자 뒤늦게 결혼하여 늦게 얻은 딸이었다. 우리 같은 연구원들은 대개 늦게 결혼하고 늦게 자식을 가진다. 뒤늦은 출산에 바라는 점은 하나, 공부 못해도 되니까(그래 봐야 40세 되면 나가라고 눈치 주는 대기업이다) 뭐 하나 잘나지 않아도 되니까, 건강하게 태어나 착하게 살았으면 한다.

내 딸이어서가 아니라 우리 딸은 정말 심성이 고왔고, 마음이 예뻤다. 아마 아무 문제 없이 자랐으면 빈부차이나, 옷차림, 신분에 상관없이 누구나 공평하게 대할 사람이 됐을 거다.

어느 날 갑자기 귀신이 들렸다는 증상이 나타났다. 교회, 성당, 전문 퇴마사라는 이상한 사람들 다 소용없었다. 아니, 복숭아 가지를 들고 온 퇴마사라는 양반이 딱 한마디 했다. 귀신은 들어갈 만한 사람에게 간다고.

"이 아이는 평소에 어떠하였습니까?"

"남의 이야기를 잘 들어주는 착한 아이였습니다."

"그게 이유였습니다."

어느 날 어떤 순간이었는지 모른다. 다만 갑자기 귀신인지 뭔지와 갑자기 눈을 마주치게 됐고(퇴마사들 말로는 일반인들도 겪지만 평생토록 인식하지 못한다고 한다), 귀신은 자신의 이야기를 들어줄 만한 착한 대상이라고 파악했기에… 이런 사단이 일어났다.

"살다가 이런 독종은 처음 봅니다. 가장 강한 무당을 찾아가야 합니다."라는 조언에 딸을 데리고, 인천 검화산에 있다는 무당을 찾아갔다. 정말 가장 강한 무당인지는 나도 모른다. 그냥 유명했다. 그간 수많은 무당이라는 작자들을 만났는데 아무런 효과도 없었기에, 또 비싼 돈 내고 이 이상한 작자들을 알현할 마음 따위는 없었다. 지쳤기에 반발심이 솟아올라 유명한 작자들 중에 아무나 찍었다. 복채를 안 받는다는… 자원봉사자급으로. 왠지 돈 욕심 없으면 그나마 믿을 만해 보였다.

산이라 날이 일찍 저문다. 오후 5시에 도착했건만 벌써 날이 어두워졌다. 나일론 줄에 묶여 발버둥치는 딸을 업지만 않았어도 늦지 않았을 텐데… 흔히 무당집 하면 있는 구릿빛 귀신상이나 오색찬란한 띠나 제사상에 놓일 과일 같은 게 벽 전면에 크게 차려져 있었고, 처녀 보살이라는 무당은 담요를 둘러쓰고 촛불만 켜진 컴컴한 방에서 살기 흉흉한 눈빛만 내놓았다.

내 의심 많은 눈과 부루퉁한 표정과 마주치자마자 우리 둘은 누가 먼저라고 할 것 없이 웃음을 터뜨렸다. 어색한 웃음이 아니라 진심으로.

"그 씨발년이 오는 걸 아침부터 진즉에 알았어."

이맛살을 찌푸린 무당이 힘껏 쥐어짜내는 목소리에 왠지 모를 안도감이 들었다. 이 무당은 진짜다. 모든 걸 다 안다는 직감이 들었다. 나일론 줄에 묶여 악을 지르던 딸이 고개를 푹 숙이고, 침을 흘렸다. 오래간만에 얌전해진 모습에 희망이 솟아올랐다.

그때, 담요 속 앙상한 몸이 부들부들 떨리더니, 낮지만 악 지르는 톤으로 이야기를 쏟아 뱉었다. 딸이 귀신들린 후로 입에서 내뱉었던 톤이었다. 너무 억울해서 악에 받친 목소리. 딸은 작은 몸이 말라비틀어지도록 이 목소리로 욕하고, 울부짖었다. 기운이 바닥나 기절할 때까지… 무당이 시계추처럼 좌우로 흔들리며 이야기를 시작했다.

"정신없는 씨발 걸레년이야! 백치도 이년보다는 똑똑해! 남쪽 항구도시 년이야. 비린내 나는 것이 태생은 못 숨겨. 지 애미는 다방에서 몸 팔던 오봉순 그년이야! 그년도 욕 처먹어야 해!

아니, 더 처먹어야 해. 딸을 낳았으면 잘 키워야지. 함부로 내굴리다가 딸년을 귀신 만들었어!

어렸을 적에 엄마가 다방에 몸 팔러 갈 때, 옆집 셋방 살던 놈이 일곱 살 먹은 이년한테 손가락질했어. 손가락이 시뻘겋게 물들도록 말이야. 그런데 이년은 지가 성폭행당했다는 것도 모르고, 좋아한 거야. 왜? 그놈이 지 손가락 쪽쪽 빨면서 좋아하니까 말이야! 어린 지 몸이 찢기도록 아픈 걸 모르고, 그놈이 좋아하니까 뭣도 모르고 좋아했어.

왜? 애미라는 씨발년이 맨날 애를 방치해서 같이 놀 사람이 없으니까 사회성이 없어. 어디서 웃어야 할지, 울어야 할지 그런 기본적인 것도 몰라. 게다가 애미가 가끔 보이는 모습도 남자한테 애걸하는 모습이니 애가 뭘 보고 배우겠어?

사람은 살아가다가 스스로 껍질을 깨고 자신이 어떤 사람인지 알게 돼. 근데 이년은 남이 순서 안 가리고 먼저 깨버렸어. 그때 어떤 사람이 될지 결정된 거야. 정확히 누가 결정해준거지. 이제 대갈통이 커지니 좁은 엄마 품에서 나왔는데, 애미 품보다 더 좁은 지방 촌 동네야. 그런 데는 내가 어떤 사람인지, 어떻게 살아갈지, 나 빼고 모두가 결정해주는 곳이야. 촌 동네는 중고등학교에서 미팅 가면 맨날 만나는 연놈끼리 만나. 동네가 좁으니까. 그중에 한번 떡 치면 소문이 돌고 돌아 모르는 사람이 없고, 모든 놈들이 한 년 먹으려고 달려들어서 다 한 번씩 박아본 구멍 형제 사이가 돼. 이년은 십대 시절 동네 걸레로 살았지만 문제가 뭔지 몰랐어.

왜? 촌 동네는 놀 거리가 없어. 애들도 어릴 때부터 떡 치는 재미밖에 없는데, 누가 문제라 하겠어? 놀 거리 없다고 사람 쓸쓸 녹여 먹는 그런 동네도 짐승소굴이지. 이년은 사람과 조금 친해지면 자신의 문제, 그러니까 사람이 어떻게 살아야 한다든가, 하다못해 졸업 후 어떻게 살아야 할까 하는 이야기가 아니라 엄마가 아침에 짜증을 부린다든가 하는 시시콜콜한 흉하고 집안의 사소한 일만 떠들어대. 그 이상의 문제를 인식할 줄 몰라. 철이 없고, 생각이 없고, 입만 살았어. 발정 난 새끼들이 이년 한번 먹겠다고 접근하는데 당연히 이야기를 들어주는 시늉하지. 그보다 더한 시늉도 할 펄펄할 나이 때인데….

이년은 그걸로 세상을 인식한 거야. 내가 입을 열면, 세상이 멈춰 서서 내 이야기를 들어주는구나. 그 후로 이년은 세상을 이렇게 대했어. 남이야 어쨌든 자신의 이야기를 늘어놓는….”

남이야 어쨌든 자신의 이야기를 늘어놔야 한다…. 세상이 멈춰 서서 자신의 이야기를 들어야 한다고 생각하는 사람을 봤다. 3년 전, 퇴사하고 내 사업을 시작하기 전, 기업 연구소에서 일할 때, 연구원 보조가 들어왔다. 서른다섯 살의 남성으로 165센티미터 키에 얼굴에 홍조를 띠었는데, 거친 환경에서 피부가 상한 붉은 빛이었다. 헤어스타일을 가다듬지 않고 자라는 대로 내버려둔 게 딱 봐도 노가다판을 전전했을 외모였다. 법 때문에 고용조건을 나이 무관으로 하긴 했어도, 보조 일 시키려면 좀 어린 애를 데려와야 할 것 아닌가? 속으로 아웃소싱 인력 사무소한테 병신 같다고 욕했다.

연구소에서는 보통 공대 4학년들이 인턴으로 일한다. 그런데 스물일곱 살 먹은 인턴이 오히려 더 성숙한 어른으로 보이게 만들 만큼, 이 보조는 찌질하고 철이 없었다. 애같이 한껏 들뜬 목소리에다 자존심도 없어서 누가 뭐라 하면 헤헤 웃었다. 누가 그의 잘못을 지적하느냐, 뭔가 지시하느냐의 문제가 아니었다. 그냥 누가 뭐라 하면 먼저 헤헤 웃으며 말을 흘려들었다. 그리고 항상 되물었다.

자존심도 없는가? 했지만, 연구소 내 매점에서 카드결제 문제로 오해가 생기자 온종일 그 얘기를 하며, 두고두고 집요하게 썹었다. 서른다섯 살 먹은 아저씨가 스물일곱 살 인턴들 밑에서, 고용이 일용직으로 분류된 보조 일을 하는 것은 괜찮은 문제인지. 자존심은 좀 넓게 흘러야 하는데 좁은 데 집착해서 어쩌라는 건지. 매점 결제가 오류 난 게 세상 끝나는 문제인 것처럼, 같은 보조알바인 스물네 살짜리를 붙잡고 소가 여물 먹을 때처럼 우직하게 되풀이했다.

배만 올챙이처럼 불룩 튀어나온 유아체형이었다. 일 못하는 건 둘째 치고 힘도 세지 않아 정말 쓸모가 없었다. 그렇게 힘센 사람을 원하지 않고 남자라면 기대되는 정도가 있는데, 심각할 정도로 힘을 못 써서 제구실 한번 제대로 한 적 없었다. 그리고 가장 중요한 건 잘못을 지적당하거나 누가 뭐라 하면 이제야 알았다는 듯이 "아…." 하고 마는 것이다.

"참 거지 같은 동네였어. 사내자식들은 일자리 없으니까 동네 버리고 도망치고, 계집년들은 학교에서 먼 지역에 공장일로 팔아버렸어. 그런데 이년은 뭘 했겠어? 가뜩이나 일 없는 지방에서 운이 지저분하게 좋았어. 별 시시한 사업하는 놈 밑에서 사무 알바 하다가 사장 첩이 됐어. 그냥 내가 사랑받기에 유부남과 불륜이 나쁘다는 걸 모르지. 알아도 신경 썼을까? 아니면 정말 몰랐을까? 알게 뭐야? 내 살면서 이년처럼 이기적인 년은 처음 봤어! 이년은 잘못인 걸 알아도 내 이야길 먼저 들어주세요, 할 년이야. 같은 사무실 여자들에게 첩년이라고 구박받아도… 아니 이년들도 웃긴 년이야. 지방은 본디 낙인찍히는 사람이 없으면 안 돌아가는 곳이야. 누군가는 감정적 화풀이 대상이 되어야 해. 걸레든, 병신이든, 호구든. 한 동네에 그런 사람이 있어야 다른 사람들이 편안해지는…. 피를 보지 않으면 돌아가지 않는 정글이야.

같은 사무실 개씨발 호로년들은 이년이 어떻게 살아왔는지 대충 안단 말이야. 같은 촌 동네에서 한 다리 걸친 사이니까. 그런데 다 아는 년들이 더 심하게 굴었어. 따먹은 사내놈들도 나이 먹고는 미안하니까 잘 대해줬는데… 이년도 마냥 사장 첩질만 했으면 좋으련만… 사장의 양아치 친구 놈이 배우 되자고 이년을 꼬드겼어. 기승전결, 앞뒤 없이 갑자기 무슨 배우야?

왜? 아무도 몰라? 이건 뒤진 년 한풀이 눈알이 빠지도록 꼬나봐도 안 나오는 문제야!

이년이 어렸을 때부터 뭐 그런 끼가 있었거나, 그럴 계기가 있었던 게 아니야. 갑자기 그냥 배우! 여배우래! 나도 이년이 당신 딸 안에 들어앉아 밤새 씨부렁거리는 건 쳐죽일 짓이라고 생각하지만, 어떤 과정을 통해 갑자기 배우가 되자고 나댔는지 듣고 싶어. 죽은 사람 훤히 들여다보는 게 내 일인데도 도무지 모르겠어. 세상 물정 모르니까 사직서 내고, 사장 첩질 위자료 받아먹고 천천히 올라가면 되는데, 뭘 모르고, 그 동네는 너 평생 이렇게 살아라 못 박고 대하니까 어떻게 사는지를 몰라. 그래서 지가 꼭 무슨 죄를 지은 것처럼 야반도주했어. 야밤에 역전에서 양아치 놈 손잡고 기차 타고 서울로 쭈우쭉 올라왔어. 고향이라고 자기 쏠쏠 빨아먹던 짐승소굴에서 나와서 도달한 곳이… 뭐겠어? 에로배우였지.

에로배우도 배우는 배우지! 이년이 할 배우 짓은 벗고 빨고, 박히는 지랄이여. 그 양아치 새끼는 여관에 방 잡고, 경험 쌓는다며 이년한테 성매매 일을 시켰어. 여관에서 몸 파는 것들은 대개 한물간 40, 50대야. 그 아줌마들은 벽 건너에서 스무 살짜리가 자신들과 똑같은 일 한다는 걸 몰랐겠지. 불쌍한 것. 너는 죄가 없다. 네 어미와 그 짐승소굴이 문제야, 라고 말하고 싶지만… 아직도! 정신 못 차리고! 자신하고 돈 주고 그 짓 하는 남자들 붙잡고 시시콜콜 이야기하는 거야! 배우 일 하러 와서 성매매하게 된 기구한 사연이 아니라, 짜장면 시켰는데 춘장에 너무 양파만 넣는다. 오빠, 서울 사람들은 왜 이렇게 양파 좋아해? 라는…. 양파가 그리 중요했니? 오지랄 년. 그런 건 물어서 어쩌게? 그 양파 얘기로 1년 반을 보낼 때, 그니까 철없이 그 짓을 하며 아무 문제 없이 1년 반을 보낼 때, 하늘은 공정한 지 누군가를 내려 보내셨어. 제 어미가 일했던 티켓다방 비슷한 곳에서 스무 살짜리가 여관에서 몸 판다는 소식을 듣고 찾아왔어.

제 어미가 했던 일 그대로 물려받는 게 그나마 나은 미래였지. 그렇지 않아? 표정 봐라. 내가 너무해? 그럼 이년에게서 어떤 미래를 볼 수 있는데?"

그 알바는 말이 참 많았다. 그런데 말을 잘 못 하고, 매번 뚝뚝 끊기는 어색한 수다였다.

수다 소재도 시시해 같은 알바들도 아무도 귀담아듣지 않았다. 연구소 보조 일은 상시가 아니어서, 일이 없으면 연구소 구석에 의자 끌어다놓고 마냥 대기하다가 시간 되면 퇴근할 때도 있었다. 누군가 놀 시간 참 많은 한량 일이라고 했다. 그 알바는 한가하게 대기하면서, 게임이 이렇다저렇다, 날씨가 요즘 어쩌고저쩌고, 시시콜콜한 수다로 한시도 쉬지 않고 시간을 채우려 했다. 모두가 스마트폰 게임에 열중하며 무시했지만, 눈치가 있을 리 없었다.

자기가 말 많이 하는 것만으로, 알바 중에서 중심이라 여기는 묘한 자신감이 있었다. 겉모습이 볼품없고, 무능하고, 말투마저 병신 같은 사람이 자신감을 가지면 사람 심기를 거스르는 뭔가를 품게 된다. 이렇게 내 주목을 끌었다.

연구원이 간단한 작업을 하면 굳이 보조가 필요하지 않다. 그래도 옆에 와서 쳐다보는 시늉이라도 하는데… 안 부른다고 꿋꿋하게 앉아서 허공에 대고 반은 혼잣말로 수다 삼매경이었다. 눈치 빠른 알바들이 내가 안 불러도 공구나 테이프, 시제품 부품들을 가져다주는 걸 봤으면서도 허공에 말을 던지는 걸 멈추지 않았다. "집이 먼데도 예전에 하던 공단 생산직보다 일이 쉬우니까 보조 일을 포기하지 않았다."라는데 집이 무려 서울이란다. 여기는 경기도 끝인데. 하도 어이없어서 내가 쉬운 일에 길들면 안 된다고 했더니, 아주 당당하게 "저는 이제 나이 들어서 생산직이나 힘든 일 못 해요."라고 했다. 부끄러운 태도가 아니라, 내가 말했으니 네가 이해하라는 투였다.

할 말이 없어 내가 가만히 일에 열중하자, 각자 일은 각자 해결하자고, 자기 인생에 신경 쓰지 말라고 했다. 물론 나는 연구원이고, 자기는 알바이니 싸가지 없게 말하지는 않았지만… 나중에 뒤돌아 생각할수록 화가 났다. 알바는 갑자기 묘하게 여유로운 태도를 보였다. 아마 내가 말을 걸어주니 아마 내가 자기의 수다에 이끌려 친분을 만들고 싶다고, 그런 착각을 한 것 같았다. 나에게 허물없이 툭 말을 던졌다.

"저기요. 보조 일 정규직은 안 돼요?"

"…예."

"왜요?"

연구소 보조 일은 상시 일이 아니다. 본래 졸업학기에 실습 온 인턴들 일이다. 이번에 베트남에 공장을 확장하기에 신제품을 양산하기 전, 테스트할 시제품을 많이 만들려고 잠시 일용직 단기알바를 뽑았다. 봐라. 평소에 연구소에 일이 많았나? 한가해서 스마트폰 게임하지 않느냐? 설명하니….

"아…, 그럼 1, 2년 계약직도 안 돼요?"

"……."

어이없는 질문이었지만… 충분히 이해가능 했다. 그 알바는 본디 남의 말은 듣지 않았다. 남의 태도도 보지 않았다. 재혼한 아버지 집 마련하느라 자신이 대출받았다. 대출금 갚느라 일을 해야 한다. 원래 이 근처에서 살았는데, 같이 사는 친형이 갑자기 이사 가자고 해서 이사 갔다. 형이 왜 서울로 이사 가는지는 모른다. 그냥 일방적으로 통보받았다. 새벽 5시 반 전철을 타야 여기 출근 시간까지 올 수 있다. 이런 말들을 내가 허리 숙이고,

테이블에 바싹 붙어 시제품에 정전기 방지테이프 붙이는 동안 떠들어댔다. 본래 갑이 말하고, 을이 일하는 건데, 세상 눈치도 신경 안 쓰는 듯했다.

"말하기도 질린다. 이년은 쉬지도 않고 떠들어대네. 그러니 아이가 죽을 만하지. 이년을 구하러 온 사람은 마담이었어. 이 양반은 진짜 양반이야. 어린 애가 여관방에 처박혀 몇 달간 빛도 못 보고 사는 꼴을 보고는 한 눈에 앞뒤 상황 파악 끝냈지. 고향에서 끌고 온 양아치를 불러 세우고는, 찰진 사투리로 서울에서 젓갈 담길래? 잉? 우리 고향 가서 발 하나 잘리고 물질하며 머슴 할래? 하니 양아치는 여관 복도가 쿵쾅 울리도록 세 빠지게 달아났지. 물론 마담도 공짜로 구해준 거 아니었지. 다방에서 일 시키려 했지만… 한 일주일 데리고 있어 보니 애가 진짜 이상한 거야! 이 바닥에 맨정신이 들어오겠냐마는… 얘는 진짜! 진짜! 이상한 거야!

마담도 오죽하면 일주일 만에 망할 년이라는 소리가 입 밖에 나왔겠어? 그런데 이년의 기도하는 손 모양을 본 거야. 애가 종교가 나랑 같네? 너 시주하니? 고향에 유명한 절이 있으니 어설프게나마 할 줄 아는 거였는데, 마담 입장에서는 쓸모없는 애를 섬에 팔아버리는 것보다 더 좋은 일을 할 계시였지. 고향에서 한참 예전에 같이 올라온 친구가 어느 방직공장장 마누라이기에 이년을 살리려 그곳으로 보냈어. 그런데 왜?

이 쳐죽일 년이 일주일 만에 일이 힘들다고 도망 온 거야! 옛날에 방직공장이면, 빽을 써서라도 들어가려 했어. 뭐 내세울 것 없는 년이 그래도 옛날 여관 일은 재미라도 있다고, 주둥일 나불거렸지. 헛소릴 듣고 마담 눈이 쉬이익 하고 돌아가는 게 독사 눈이여! 그때부터 이년은 마담에게 사람이 아니었지. 마당 다방에서 사람대접 못 받으며 일하던 중에 양아치가 슬쩍 다시 접근했어. 너 배우 해야 하지 않냐고? 뭐더러 서울 왔냐고? 이년은 양아치의 말에 죽을죄라도 지은 것처럼 쩔쩔매며 고개를 푹 숙이고는 또 도망쳤지. 마담은 이년이 야반도주한 다음 날 아침에 현관에서 웃으면서 소금 뿌렸어. 그래서 이년이 배우가 됐냐고? 배우가 됐지!

에로배우 말했지? 그런데 이년이 왜 욕을 먹어야 하느냐면… 이년은 현장에 가서야 자신이 에로배우 짓 한다는 걸 알았어. 뭐? 그럼 왜 여관 성매매 일을 했냐고? 여태껏 몰랐대. 얘기 안 들었냐고? 양아치 입장에서는 미리 설명했겠지! 그런데 이년이 기억이 없어! 그니까 말이야. 이년도 왜 자기한테 성매매를 시켰는지 몰랐어. 그리고 의문도 품지 않았지. 이런 사람에게는 '왜?'가 없어."

무시하려 했건만, 그 알바가 무능함으로 나의 신경을 긁었다. 사소한 방지테이프 붙이는 것도 잘 못 해서 가르치려 하니, 각자 스타일대로 하자며, 자신은 원래 빨리 일 못 한다며 너그럽게 봐달라고 한다. 친한 사이인 것처럼 넉살 좋게. 상황은 생각지 않고 너무 당연하게 상대의 호의를 기대한다. 공대 인턴들과

일이 생겼다. 무슨 일인가 들어보니 그 알바는 딱 제 시간 되면 항상 꺼먼 음료수를 만들어 먹는데, 바쁜 상황 속에서도 시간이 되니까 일을 팽개치고 음료수를 타왔다. 인턴들은 그 알바가 나이가 있으니 때 되면 뭘 먹어야 하는 질환이 있나? 했는데… 그냥 먹을 때 돼서라고. 뭘 먹냐고 하니. 코코아.

상상도 못 했던 대답이 나오자, 인턴들이 조용히 해산했다. 나이 차가 큰 데 뭐라 할 수도 없으니까. 그 알바는 분위기 파악도 못 하고… 아니 정확히 너무 어려운 문제를 본 표정으로.

"왜? 왜?"

꼬치꼬치 물었다. 며칠 뒤, 시제품 중 일부만 양산으로 결정되자 알바 인원감축 결정이 소문으로 퍼졌다. 알바들끼리 대화하는 소리가 들렸다. 대개 20대니까 관두면 학교 복학하거나 다른 일 알아본다고. 그런데 그 알바는 즉각 폰을 켜더니 구직 사이트로 가 다른 연구실 보조 일을 찾았다. 나 이제 다른 일 못 한다고. 힘든 일 안 할 거라고. 자신 있게 말했다. 자기 주제를 모르고…. 본래 연구실 보조 일은 인턴들을 시키기에 우리같이 특별한 상황이 아니면 구직 사이트에 올리지도 않는다. 물론 그 알바에게는 설명해주지 않았다.

그 후 1시간도 안 돼서 인턴들이 저번에 가르쳤던 일, 전혀 어렵지 않은 간단한 볼트 결합과 전선 정리를 못 한다고 하며 다시 가르치니. "아…."라고 방금 배운 것처럼 굴었다.

본인도 이건 부끄러운지. 가만히 옆에서 일하고 있는 나를 의식하고는 괜히 다가왔다.

"무슨 게임 하세요?"

나한테 왜 이런 말을 거는 걸까? 친하지도 않은데, 그간 인사도 무시했는데. 게임 안 하고 공부한다고 하니,

"왜요? 취직하셨잖아요? 직장 다니잖아요?"

라고 되묻는 것이 아닌가. 나는 분노가 치밀었다. 연구직은 입사한 지 3개월 후에 인생 루트가 결정된다. 프로젝트 뭐 하고, 뭐 하고, 40세 되면 동남아 현장 책임자로 가든가 관둬라. 열심히 공부해봤자 버려지는 인생. 어떻게든 생존을 위해 더 공부하며 발버둥치는데… 왜요? 라는 말에 분노와 함께 짐승이라는 생각이 떠올랐다. 이자는 짐승이다. 인간이 아니다.

그런데 분위기 눈치 못 채고 계속 말을 따따따 잇는다. 이렇게 살다가 언젠가 좋은 일자리가 나올 거라고. 아니면 좋은 사람 만날 거라고. 주제에 결혼을 꿈꿔? 했더니… 언젠가 좋은 사람이 나타나 자신을 좋은 자리로 이끌어줄 거란다. 세상이 언젠가 호의를 베풀어 본인이 잘살 거라는 내용이었다. 그리고 난 이 말을 아주 당연히 들어줘야 한다는 믿음이었다.

"옷 벗고, 빠구리 흉내 내는 것도 똑똑해야 하는 거야. 이년이 뭘 해도 되는 년이겠어? 에로배우가 대사가 많겠어? 신음 소리가 많겠어? 간단한 대사도 못 외우고. 카메라 쳐다보지 마라니까 카메라만 죽어라 빤히 쳐다보고. 너무 멍청해. 게다가 성격이 착한지 바보 같은지 계속 웃으니까. 사람들이 더욱 화가 나서 멸시해. 별수 있겠어? 감독이나 스텝들이 잠깐 데리고 나가

서 자기들 물받이로 써먹을 수밖에. 그밖에 쓸모가 없는 거야.

더 난감한 것은 애를 돌려보낼 곳이 없어. 계속 데리고 책임질 수 없으니 슬쩍 버려야 하는데, 버리기가 곤란해. 이년은 이년대로 눈치 없이 아무나 붙잡고 자신이 살아온 이야기를 하며, 사람들이 호응해주길 기대해. 무슨 호응이냐고? 그냥 자기가 말하는 것 들으며 웃고, 표정 반응하길 기대하는 거야. 자신이 타인에게 영향을 끼치는 걸 보고 싶은 거야. 왜? 따지지 마. 우리 머리로는 이해할 수 없는 년이야.

한 가지 이년의 이야기 중에 자신이 잘못한 일은 아무것도 없어. 내 입장이 이러니까 너는 당연히 나를 존중하고 베풀 거라고 생각해. 그리고 세상을 그렇게 보고, 상대도 그렇게 보길 원해. 이게 중요해. 이년도 나름 세상을 보는 기준이 있었던 거야. 이년은 제 몸 착취하고, 물받이로 써먹어도 이거 하나만은 양보 못 하는 거야. 어떤 존중이냐고? 그걸 알면 이년을 딸아이 몸에서 금방 빼냈겠지.

영화질 한다던 그 짐승 새끼들도 더는 못 참겠는지 이년을 버리려고 궁리를 했어. 그리고 버릴 계획을 세우고 불러냈지. 이년은 아무것도 모르고 따라가고….”

그 알바는 게다가 썸녀가 있단다. 어떤 여자일까? 상상이 가지 않았다. 대출금에 허덕여 최저시급 받으며, 20대들 밑에 일하면서도 “썸녀!”라고 크게 강조하더니. 만나러 가냐? 마냐? 주절주절 수다를 떨었다.

마치 짐승 같다. 생각 없이 한순간의 안락이나 쾌락을 위해 산다. 아마 여기로 출근하는 이유는 일이 쉽지만, 이미 익숙해져서. 지능이 낮으니 변화를 두려워해 다른 곳으로 못 가는 것일지도 모른다.

못생겼고, 무능하고, 제대로 된 경력도 없고, 말하는 것도 애 같고. 도대체 어떤 여자를 만나는 걸까? 누군가 썸녀에 대해 묻자 그거에 대해서는 철저히 입을 다물었다. 한순간 갑자기 기세가 커지더니 우월한 태도를 보였다. 옆에서 지켜보던 내가 화가 날 정도로 거만해지기에 나도 모르게 말을 걸었다.

"지금 여자 쫓아다닐 때예요? 지금 뭐가 잘못된 건지 몰라요?"

"뭐가 잘못됐는데요?"

"……."

그 나이 먹도록 제대로 된 경력도 없고, 앞가림도 못 하고, 이해 못 할 이유로 여기에 연연하고, 막연하게 세상이 나를 위해 양보할 거라는, 자기 처지에 대한 자각이 없는… 그 외에도 할 말이 많지만. 이상하게 단어화시킬 수 없었다. 그냥 뭐가 잘못됐다고 생각하지 않아? 가 맞는 말 같았다. 그런데 "뭐가 잘못됐는데요?"라고 되물으니 훈계할 말과 따질 의지가 사라졌다. 평소에 하찮고 만만한 사람이라 여겼는데, 자기 고집이 있었다. 그 태도에 교양 시간에 배운 그리스 비극이 떠오른다.

그리스 비극을 한 줄로 요약하면 세상이 잘못됐다고, 하면 망한다고 말리는데도 고집스럽게 자기 뜻대로 진행하다 몰락하는 사람의 이야기이다.

"혹시 고집이 세다고 생각하지 않아요?"

"아…, 그래요?"

남 얘기하듯 받아들인다.

"이년은… 차로 끌려가다가 고속도로 한가운데 버려졌어. 불쌍한 년. 천하의 개새끼들!

예술한다는 새끼들이 생각하는 것도 아트야. 어떻게 사람을 고속도로 한가운데서 버릴 생각을 해? 개새끼들. 삼대가 벌 받을 거야! 이 와중에도 이년은 문제를 인식 못 했어.

이번에는 이년 잘못이 아니야. 왜? 예술하는 새끼들이니까 대마초를 피우게 했거든. 난생처음으로 대마를 피우니까 구토하면서 휘청휘청 걸어가는데… 스텝 중 한 명이 몰래 뒤쫓아와서 이년을 낚아챈 거야. 정신 못 차리는 년을 데리고 간 곳은 뱃일에 여자 공급하는 알선소야. 소장이 아무리 사람이 급해도, 먼저 확인 차 이런 일 해봤어요? 물어보니. 이년은 헤롱헤롱해가지고 저 잘해요! 자신 있어요! 이렇게 대답한 거야. 정말 대마에 취해서 그랬을까? 아닐 거야. 세상에 사랑받기 위해 언제나 철석같이 말했어. 단 한 번도 싫다는 표현을 한 적이 없어. 불쌍한 것. 미련한 것. 하는 일은 배에서 하는 성노예 짓이지. 뒤늦게 아니다 싶지만. 싫어? 하고 윽박지르면, 바보같이 헤헤 웃으며 순간을 모면할 뿐. 답답한 것."

연구소 드디어 퇴사할 때가 됐다. 가족들까지 동남아에 정착

할 수 있도록 돕는다지만….

미쳤냐? 한 번 가면 영원히 발 묶인다. 이렇게 살려고 그렇게 많은 공부를 하며 아등바등 산 게 아니다. 내가 관둔다는 소식이 퍼지자, 그 알바가 뜬금없이 다가와 친해지지 못해 아쉽다고 말했다. 미친놈 아닌가? 저랑 나랑 신분 차가 있는데… 대체 무슨 사이이길래? 알바는 막연한 호의와 정을 기대하는 눈빛이었다. 나는 상대하기를 거부했다.

내가 나가는 그 날까지, 그 알바는 단 것을 항상 입에서 떼지 않았다. 뭘 시켜도 일을 못 했다. 매번 "아…."라는 혼잣말. 누가 조금만 말을 걸어도, 궁상스럽게 살아온 자신의 삶을 폭포처럼 쏟아냈다. 별 대단한 이야기는 아니었다. 군대 전역 후 알바 전전. 생산직 일용직. 형이 일방적으로 통보. 이사. 돈 가져오라는 무능한 가족들 이야기. 계속 듣던 이야기. 매번 하던 이야기. 그리고 이야기를 들으면 상대가 자신의 처지를 존중할 거라 기대한다.

이야기가 끝나면 처음 돌아가 다시 시작된다. 매번 버전이 바뀐다. 그중에 자신이 잘못했다는 이야기는 단 하나도 없다. 이야기할수록 상대와 내가 정이 깊어질 거라는 순수한 선의를 품으며 배려를 기대했다.

"이년은… 배에서도 상태 이상하다고 버림받았어. 어이구. 여기서도 버림받으면 진짜 끝인데 말이야. 뭐? 하긴 그래도 여기서 버림받은 게 다행이긴 하지만. 이봐! 그건 일반 사람들에게나 해당되는 이야기야! 이년은 특수한 년이야! 이년이 온 이후로 뱃일 운이 안 좋았거든. 안 그래도 상태 이상하니까, 미친 년 때문이라는 미신 때문에 버려졌어. 그래도 이 뱃놈들이 예술하는 놈들보다는 나은 게 과거 이야기를 그냥 흘려듣지 않고, 마담에게로 돌려보낸 거야. 그러고 보니 이놈들은 그래도 사람이네. 그리고 마담도 씨발년! 개 같은 년! 해도 받아준 거야. 그것도 선수금을 챙겨주고. 이년 빚으로 묶어놓으면, 누군가 몰래 데려갈 엄두는 못 낼 것 아닌가? 자기도 사람이면 은혜 갚으려 하겠지. 이런 게 진짜 세상인심이야!

그런데 그 양아치 놈이 다시 나타난 거야. 너 배우시켜줬는데, 왜 도망갔느냐고 적반하장 뒤집어씌운 거야. 그리고 어디서 들었는지 대마 핀 것까지 알고는 경찰에 신고한다, 겁을 줘. 이년이 시시비비를 따졌을 것 같아? 죽을죄를 진 것처럼 고개를 푹 숙이다가 양아치가 살짝 얼러주니까 다시 헤헤 웃으며 고맙다고 꾸벅 90도로 인사했어. 이년은 스스로 지옥을 품을 년이야. 너무 넓어. 마음이… 업보가….

양아치가 이번에는 가수시켜준다며 이년에게 돈을 요구했어. 뜬금없는 가수 제의. 그래서 이년이 어떻게 나왔을 것 같아? 가타부타, 앞뒤 없이 나 에로배우 일도 했으니 가수도 할 수 있겠구나. 그 전에 노래를 좀 했나? 안 했나? 그런 건 몰라! 배우 일은 뭐 알아서 했나? 마담에게서 받은 선수금을 전부 내줬어. 마담이 며칠 뒤, 눈치채고 돈을 어디다 썼나? 닦달하다가 전모를 알게 됐지. 이 양반은 진짜 사람 좋아. 자기 일도 아니면서 가슴

쓸어내리며 주저앉더니 이년 머리끄덩이를 잡고 악을 썼어. 이년아! 너 또 속았다! 그놈은 사기꾼이다! 넌 빙충맞은 등신이다!

그런데 이번에는 이년이 다른 거야. 자기 위해주는 사람. 자기 도와주는 사람 욕하지 말라며! 눈을 치켜뜨고 대드는 거야. 자기와 양아치한테 그렇게 말하지 말라며! 결국에는 사기였지. 한 달, 두 달 기다렸지만 연락이 오겠어?"

"뭐가 '잘못' 됐는지 알았어야죠."

나의 말에 무당이 갑자기 눈을 부릅뜨고, 욕하던 기운을 나에게로 향했다. 응시가 한순간 흐려지더니 흐리멍덩해졌다.

"이년. 어느 날 손목 긋고 자살했어. 유서를 남겼어. 그래도 그런 말 하면 안 됐다고. 그게 나를 더 아프게 했다고. 나를 더 비참하게 했다고. 양아치가 아니라 자기를 걱정해준 마담을 원망했어. 마담은 그 후로 원인불명으로 신음신음 앓다가 죽었어. 그래. 그다음 이야기는 알겠지? 이년 아직도 이 세상을 떠돌고 있어.

아무나 붙잡고 자신의 이야기를 들어달라고 해. 처음부터 끝까지. 다 들었으면… 다른 버전으로 약간 각색하든가 해서 한 번 더 처음부터 끝까지. 그리고 또 한 번 더 끝까지. 이야기 중에 자신이 잘못한 건 하나도 없고, 세상은 내 말을 꼭 들어줘야 한다는 굳은 믿음이야.

당신 딸이 남의 이야기를 잘 들어준다는 이유만으로, 이 눈치 없는 년이 들러붙었어. 가장 큰 문제는 당신이야. 왜 아까 '잘못'

어쩌고 끼어들었어? 이건 살풀이 과정이었어. 이년은 자신이 잘못했다는 걸 몰라. 엄청나게 선한 년이야. 이야기를 그냥 끝까지 들어야 했다고…. 고집 피우면 안 되는데… 이년의 한풀이 중에 끼어들었으니, 대가를 치러야 해.“

나는 억울해서 분노가 솟구쳐 올랐다. 그럼 내 입장은? 내 딸은? 이 미친 여자의 입장은 챙기면서….

“끼어들지 않았으면 뭐 어땠습니까?”

“그래도 뭐 대가는 똑같아. 이년 한결같은 거 하나는 말 안 해도 알지?”

“그럼 끼어드나 마나! 내 입으로 내 의견도 말 못합니까!”

“…….”

무당이 나를 지그시 쳐다봤다.

“당신 그간 내 이야기 듣지 않고, 자기 생각 중이었지? 참 위험한 사람이야.”

“뭐가 위험합니까?”

“따지면 안 돼. 따지면 위험해. 시시비비를 가리려 하지 마.”

“왜요?”

“…….”

무당은 아무 대답하지 않고 내 얼굴만 뚫어지게 응시하며 뜸을 보더니 입을 열었다.

“지금부터 내가 하는 말 잘 들어. 지금 당장 딸을 업고 산을 내려가. 단 절대 뒤돌아보면 안 돼. 이년 어느 정도 풀어줬으니, 여기 이 산에 묶어둘 거야. 무당들이 자주 쓰는 수법이야.

너무 강한 귀신이라 어찌할 수 없으면, 산에 묶어버리는 거지. 이 산에서 내려갈 때, 절대 뒤돌아보면 안 돼. 그럼 평생 이년을 떼어낼 수 없어. 그냥 내려가. 쭈욱! 내 눈앞에서 영영 사라져. 명심해. 당신 생각이 어찌 됐건 절대 뒤돌아보면 안 돼. 그럼 끝이야."

나는 딸을 업고 산에서 내려갔다. 산을 휘감은 고속도로에 꽂힌 조명등이 길잡이 역할을 했다. 저 고속도로가 그 여자가 버려진 그 고속도로처럼 느껴졌다. 당신 삶이 박복한 걸 나보고 어쩌라고. 당신은 그런 삶을 살 만했어. 당신은 선의로 무장했기에 더 악질이야. 내 딸이 착해서 죄인 것은… 선은 더 큰 선에게 먹히기 때문이다. 내 딸이 정상으로 되돌아오면 이것 먼저 가르치겠다. 비정한 인간이 되어라.

당신은 지금도 나를 쫓아오고 있다. 이 메마른 날씨에, 비 온 날 걸음처럼 추적추적 젖은 발소리가 들린다. 절대 뒤돌아보지 않으리라… 푸우… 푸우… 나뭇잎들이 쌓인 곳에 발 없는 소리가 들린다. 나를 따라잡을 듯 타다닥 달린다. 소리는 가까워지지만 나를 끝내 따라잡지는 않는다.

나는 비정한 인간이다. 옆에서 남이 눈물을 흘려도, 비명을 지르며 죽어가도 쳐다보지 않는 그런 인간이다. 다 헛수고이다. 당신 같은 인간들은 그리스 비극에 많이 나온다. 세상이 하면 죽는다고, 망한다고 말려도, 자기 고집대로 끝까지 밀어붙이지만, 도달하는 곳은 비극이다. 당신 역시 당신이 지옥에 가더라도, 내 이야기를 들어주세요, 난 잘못한 것 없어요, 라고 끝까지 고집부리겠지.

"…가지 마세요."

가녀린 목소리가 들려왔다. 소름 돋지만, 이미 예상했다. 당신은 정신병자고 미친년이라고. 당신은 나쁜 사람이야. 당신의 모든 건 잘못됐어. 당신은 절대 이해하지 못하겠지만….

"잠깐만 들어주세요."

나는 일부러 다른 생각을 한다. 일부러 증오심을 키운다. 연구소에 전화해 그 찌질한 알바가 아직도 남아 있다면 복수할 계획을 세운다. 후배들에게 언질을 주든가, 흥신소에서 사람 고용해서 반병신으로 만들어놓으리라.

옛날에 중동 위험지역을 여행하는 여행객들이 있었다. 그들은 세상이 자신처럼 착하고 올바른 걸 추구하는 줄 알았다. 납치될 위험 따위는 상대를 존중하고, 내가 조심하면 극복할 수 있는 문제로 여겼다. 그들은 끌려가지 않았다. 자발적으로 납치범들을 따라갔다. 마지막까지 자신들의 선한 이야기와 행동을 보여주면, 상대도 그러할 줄 알았다. 막연한 선의와 호의를 기대했다. 그들은 강간당한 뒤, 시체로 발견됐다. 자신이 착하게 굴면, 세상도 착하게 굴며 자신을 존중하리라. 남이 자신의 이야기를 들어주고 입장을 바꿔야 한다고 믿는… 세상을 반쪽만 보는 멍청이들. 결과는 중동에 복잡한 정치문제와 외세 개입을 이끌어냈다. 평화는 오히려 더 멀어졌다.

"한 번만… 제발 한 번만… 들어주세요."

증오심에 마음을 독하게 다듬는다. 절대 뒤돌아보지 않겠다. 자신이 무조건 옳고 착한 줄 아는 멍청이들. 세상을 자기중심으로 이쁘고 착하게, 유치하게 해석하는 병신들. 너희의 선한 마음이 세상에 독을 가져왔다. 여기서 내려가면 너희 같은 놈들을 증오하며 살 테다. 일단 그 알바부터. 요란한 발소리가 들린다. 발소리에 감정이 담겼다. 들어달라는 시위이다.

"왜 이러세요. 제가 뭘…."

웹툰에서 귀신이 말한다. 자신이 사람을 죽여 귀신으로 만들면, 나중에 마주칠 때 뻘쭘하지 않겠냐고… 그래도 당신은 자기 이야기를 들어달라고 붙잡을 것이다.

자신이 귀신으로 만든 이를 붙잡고, 뭘 잘못한 지도 모르고 먼저 내 이야기를 들어달라고… 다 듣고 나면 상대가 비록 나 때문에 죽어서 귀신이 되었어도, 이해할 거라는 굳은 믿음과 선의. 난 절대 널 이해하지 않는다. 내 고집은 너 따위보다 강하다. 넌 분명히 잘못 살았고! 잘못했어!

"지금 가면 애가 죽어요! 애를 죽일 거예요!"

서늘한 협박을 무시하기 힘들다. 한순간, 발이 후들거려 무릎이 올라가지 않았다. 최후의 관문이다. 최후의 관문이다. 속으로 주문을 왼다. 난 잘하고 있다. 저건 분명 최후의 발악이야.

"애를 죽일 거야! 평생 따라다닐 거야! 내려가지 마! 한 번만 들어줘!"

그간의 애원하는 태도가 싹 사라지고, 가슴을 도려내는 섬뜩한 소리가 들린다. 마음속 다짐이 한순간 오그라들자, 어디선가 웃음소리가 들렸다.

"낄낄. 정말 갈 거야? 깔깔깔."

벌써 내가 진 것 같다. 아니다. 난 잘하고 있다. 잘하고 있다. 주문을 외지만 발이 떨어지지 않는다. 그때, 고속도로 조명등 아래 주차된 내 차가 보였다. 본래 바늘 같은 블랙박스 신호등이 어둠 속에서 크게 보인다. 다 왔다. 내가 이겼다!

"그래요. 내가 잘못했어요."

내 고집이 듣고 싶은 말이었다. 그래 당신은 잘못했어. 그래서 나도 모르게 뒤돌아봤다.

이렇게 나는 비극의 주인공이 되었다.

유이립

2014 《한국 공포 문학 단편선—돼지가면 놀이》, 〈돼지가면놀이〉

2014 《신기한 과학도구》 앤솔로지 〈스키마 리셋기〉

2017 한중SF교류프로젝트 〈치킨헤드〉

2018 자음과모음 계간지 여름호 〈그날로부터의 긴수로〉

2019 《아직은 끝이 아니야》, 〈피그말리온 넷은 왜 다운됐는가?〉

2019 안전가옥 세나개 공모전 수상 〈한밤과 새벽사이〉

2020 《살을 섞다》, 〈하트 투 하트〉

천국의 문을 두드리며

홍청강

선생님은 신(神)이 있다고 믿으십니까? 아, 그런 표정 짓지 마세요. 신부는 성추행하고 목사는 자식에게 교회 물려주고 승려는 국가 보조금 횡령하고 무당은 사기 치는 게 하루 이틀이 아니죠. 이런 세상이니 종교는 물론 신 자체를 부정하기도 쉽다는 거, 이해는 합니다. 하지만 제가 주님을 영접하고, 그분을 따르게 된 사연 정도는 들어주셨으면 합니다.

1987년, 그때 전 열 살짜리 국민학생이었고 서울 남산 근처의 아파트에서 아버지와 살았어요. 아버지는 평범한 회사원이었고요. 제가 다니던 학교는 제법 성공한 사업가나 지역 유지 집안의 자식들이 유독 많았던 편인데 제가 어떻게 입학할 수 있었는지 생각해보면 놀랍습니다. 지금 생각해보면 그것 역시도 주님의 가호가 아니었나 싶기도 해요. 그러고 보니 그런 일이 있었죠. 저희 반 반장이 주한미군 통신 기지에 자재 납품하면서 꽤 돈을 모은 집안 자식이었는데, 저랑 싸운 적 있어요. 뭐, 어쩌다 싸운 건지는 기억나지 않아요. 어렸을 때니까. 결국 서로 감정이 격해져서 주먹다짐을 했는데 반장이 그러더군요. 너는 엄마가 없으니 교장 선생님이 불쌍하다고 입학시켜준 거라고. 울면서 집으로 온 저는 그 날 드물게 빨리 퇴근했던 아버지에게 그 이야기를 했었죠.

일주일 뒤, 반장은 갑자기 전학 갔어요. 교실 뒤 게시판에 붙어 있던 반장의 그림도, 팔씨름이나 지우개 따먹기를 하던 반장의 책상도 치워졌고, 반장이 찍힌 봄소풍 때 사진도 전부 사라졌어요. 담임도 반장에 대해선 아무 이야기도 하지 않더군요. 애초에 없었던 것처럼 말이죠. 며칠 뒤, 체육 수업이 있었는데 체육 선생이 바쁘다고 축구공과 피구공 하나씩 던져주고 교무실로 들어가버리더군요. 저는 야구를 더 좋아했던 터라 스탠드에 잠시 앉아 구경하다가 교실로 돌아왔는데, 반 친구들 몇 명이 둘러앉아 도시락을 까먹고 있더라고요. 소시지를 덜어주길래 먹고 있는데, 다른 애가 슬쩍 그 반찬통을 밀어내고는 쇠고기 불고기를 제 앞에 갖다주더군요. 왜, 당시 학교 앞 문방구에서 팔던 싸구려 장난감들 기억나시죠? 8연발 화약 권총이나 콩알탄 같은 거. 그중에 고무로 된 가짜 손가락이 있었는데 순간적으로 소시지가 아니라 그걸 씹고 있는 기분이 들더라고요. 그래도 고맙다고 하니까 둘 다 동시에 저를 향해 웃어 보이는데, 마치 무너져가는 시멘트 벽돌담에 생긴 균열을 보는 것 같았어요.

당시엔 저도 어렸으니 설명하기 힘든 거북함만 느끼고 넘어갔지만, 지금 생각해 보면 아마도 전 그때 겨우 열 살 먹은 애들도 그런 식으로 웃을 수 있다는 걸 처음 깨달았던 것 같기도 해요. 그 이후로 뭐랄까, 반 친구들과 약간 거리를 두게 됐는데… 지금 생각해 보면 그 갈라진 틈 너머 깊이를 알 수 없는 그림자가 요동치는 것 같은 웃음을 견디기 힘들었던 것 같기도 해요.

이쯤에서 엄마 이야기도 해야겠군요. 이야기했듯 아버지는 늦게 퇴근하시는 경우가 많았고, 일주일 내내 얼굴을 보지 못할 때도 있었죠. 집에는 청소와 밥, 빨래를 해주는 가정부 아줌마뿐이었어요. 아줌마는 물론 친절했고 엄마는 싫어하던 피자나 햄버거도 자주 사줬지만 가끔씩 아줌마의 웃는 표정이 그 갈라진 금 같았거든요. 6시면 바로 퇴근해버렸기도 하고. 뭐, 아무튼.

엄마는 제가 1학년 때 갑자기 사라졌어요. 편지 한 통 없이, 아끼던 반지도 자주 입던 원피스도 모두 남겨둔 채. 전 며칠 동안 울면서 엄마가 어디 갔냐고 물었지만 아버지는 엄마랑 사이가 안 좋아져서 잠시 따로 떨어져 지내는 거라고만 하시더군요. 다른 집도 엄마 아빠끼리 싸우는 일은 가끔 있고 그러다가도 금방 화해하고 다시 잘 지내지 않냐고 물었지만 너도 크면 알게 될 거라는 대답밖에 듣지 못했어요. 그때 일은 사실 자세히는 기억 안 나요. 기억나는 거라곤 많이 앓았고, 뭘 먹어도 금방 토했고, 만화책이고 텔레비전이고 보기 싫었다는 것 정도? 아, 이야기하다 보니 입원했던 게 기억나는군요. 아버지가 오렌지나 바나나 같은 걸 병실로 사 오신 것도. 당시 인기 있던 외화…

그러니까 미드 중에 '전격 Z 작전'이라고 있었는데, 한번은 거기 나오는 자동차 장난감을 사 오셨어요. 얼마 전 인터넷을 하다 본 건데, 옥션에서 미개봉 신품이 거의 100만 원 돈에 팔리고 있더라고요. 아무튼 그렇게 몇 달이 지나자 저도 뭐 더 이상 엄마 이야기는 하지 않게 됐고, 다시 밥을 먹고, 문병 온 담임이 가져다준 노트로 밀린 공부를 하고, 퇴원한 뒤 다시 학교를 가고, 유머 1번지에 나오는 심형래와 최양락을 보면서 웃고, 그렇게 되더군요. 하하하, 하찮은 감정이라는 것, 저도 압니다 선생님. 하지만 그땐 저도 열 살이었으니까요. 애가 철이 없어서 그랬다고 생각해주시면 감사하겠습니다.

어느 날 밤, 거실 쪽에서 시끄러운 소리가 들려서 잠을 깼어요. 살그머니 침대에서 일어나 방문 틈에 귀를 대고 소리를 들어봤죠. 왠지 그래야 할 것 같더라고요. 아버지가 거실에서 누군가와 통화 중이었는데, 제 방에 있는 수화기를 살짝 들어 귀에 갖다 댔어요. 당시 저희 집엔 거실과 제 방에 전화기가 하나씩 있었는데, 한쪽의 전화 수화기로 반대편 전화에서 오가는 대화를 들을 수 있게 되어 있었거든요. 요즘은 따로 집 전화를 두는 경우 자체가 적어졌기도 하고 선생님도 스마트폰과 카카오톡에 익숙한 세대니까 별로 실감이 나지 않으시겠습니다만 그때는 그런 구조가 흔했어요. 약간 지글대는 잡음과 함께, 묘하게 귀에 설은 듯한 아버지의 목소리가 들리더군요.

"…그런데 그 여자는 어떻게 된 겁니까?"

"그건 자네가 알아야 할 일이 아니야, 알잖아?"

"그렇게 갑자기 데려가 버리시면 주변에서 이상하게 보잖습니까, 그 때문에 약간 애먹었습니다."

"그 정도는 알아서 얼버무려야지. 그 여자는 자네 와이프 역할 말고도 쓸모가 많아."

"그 여자는 애를 사랑했습니다. 조금만 더 작업했으면 이쪽으로 완전히 끌어올 수…."

"부장님은 다르게 생각하시는 것 같던데? 나야 자넬 믿지만 날 안 거치고 올라가는 보고까진 커트 못 해. 무슨 말인지 알겠지?"

"……."

"심적으로 힘들 거라는 건 이해해. 하지만 이 일이 원래 그런 거 알잖나, 조금만 더 조국과 민족을 위해 힘써 달라고. 이번 건만 잘 처리하면 자네 전속을 건의해 보지, 그럼 원하던 대로 아들과 보낼 시간도 낼 수 있을 거 아냐, 안 그래 김 단장?"

"그렇… 습니다."

"참, 남영동 쪽에서 급한 공사를 쳐야 하는데 설계 괜찮은 거 공유해달라고 하더라고. 지난 1월에 빵꾸난 거 때우려는 거지, 개새끼들. 자기들이 급하지 우리가 급한 거 아니니까, 상황 봐서 적당한 거 하나 흘려줘. 그럼 끊지, 도청 주의하고."

"알겠습니다, 실장님."

전화가 끊기는 소리가 들리고, 저도 수화기를 조용히 내려놨습니다. 방문 너머에서 아버지가 전축을 켜고 레코드판을 거는 소리가 들리고, 곧 부드러운 기타 소리가 흐르기 시작했어요.

밥 딜런의 'Knocking on heaven's door'라는 걸 중학생 때야 알았죠. 아버지가 가장 좋아하시던 팝송이었는데, 그 가운데 작게 흐느끼는 소리가 들렸어요. 아버지도 우실 때가 있다는 걸 그때 처음 알았죠. 침대로 돌아와 누운 제 귓가에서 끝없이 키가 늘어나는 동화책 속 도깨비처럼 밤이 낄낄대며 웃어대더군요.

그 후 아버지는 웃으시는 일도 없어졌고, 집에 들어오시는 일도 더 적어졌습니다. 대신 가정부 아줌마를 고용했고 제게는 공부 열심히 하라는 말씀만 하신 뒤 다시 차를 몰고 어디론가 가버리셨죠. 가정부 아줌마는 종종 저를 데리고 백화점에 가서 조다쉬 청바지와 LA기어 농구화를 사서 옷장과 신발장을 가득 채워줬고요. 참으로 즐거운 나날이었죠. 그렇게 제 생일날이 됐습니다.

아버지는 그 날 아침에도 어김없이 바쁘셨던 게 기억납니다. 가정부 아줌마가 정성껏 다린 양복을 꺼내 입고, 거울 앞에서 머리를 빗어 넘기던 아버지에게 오늘이 제 생일이라고 하니, 절 잠시 쳐다보다가 지갑에서 만 원짜리 지폐를 몇 장 꺼내 식탁 위에 올려놓고서는 나가버리시더군요. 혹시나 싶어서 하는 이야기인데 아버지를 원망하거나 하는 건 아닙니다. 최소한 지금은 그래요. 가정부 아줌마도 그러더군요, 아빠는 너무 바쁘셔서 그런 거라고. 대신 오늘 저녁에 그 돈으로 맛있는 걸 사 주겠다고. 으흠, 아버지가 웃으시는 걸 보고 싶다는 생각 정도는 했던 것 같습니다. 혼자서도 공부 열심히 하고, 담임 말 잘 듣고, 나중에 좋은 중학교와 고등학교, 대학교에 가서 다들 우러러보는 좋은 직장에 들어가면 전부 잘 될지도 모른다, 뭐 그런 생각도 했던 것 같기도 해요. 부끄럽지만 뭐 어렸을 때였잖습니까. 그때 전 열 살이었다니까요.

학교에서 점심시간에, 담임이 절 교무실로 부르더군요. 이영희라는 이름의 젊고 예쁜 여선생이었고, 음악 담당이었어요. 오늘이 생일이던데 왜 아무 말도 하지 않았냐고 물어보더군요. 별로 이야기하고 싶지 않아서 건성으로 죄송하다고 했지만 담임은 꾸짖으려고 하는 게 아니니 죄송하다고 할 필요 없다더라고요. 교무실로 불려가는 게 처음이다 보니 뭐라고 해야 할지 알 수 없어서 당황하고 있었는데, 생활기록부를 들여다보며 집에서 어떻게 지내는지, 반에 친한 친구는 있는지 뭐 그런 걸 묻는 걸 듣자니 옆 반 친구가 해준 이야기가 생각나더라고요. 그 친구 말로는 자기네 담임이 평소에 자길 별로 안 좋아하는 거 같더래요. 시험을 잘 봐도 칭찬 한마디 안 해주고, 과학 시간에 배가 아파 실습을 못 해도 그냥 양호실 가서 누워 있으라는 말만 했는데 자기 어머니한테 그 이야기를 했더니 며칠 뒤 어머님이 학교로 오셔서 자기네 담임에게 책 한 권을 선물로 줬는데 책갈피 대신 노란 봉투가 끼워져 있던 걸 우연히 봤다는 거에요. 그 이야기가 생각나서 담임에게 노란 봉투가 갖고 싶냐고 묻자 놀라더니 그게 무슨 뜻이냐고 되묻더군요. 그래서 친구한테 들은 이야기를 해주니까… 뭐, 그때만 해도 전 '담임이나 어른들에게 거짓말하면 혼난다'고 배워왔고 그걸 믿었거든요. 그러자 담임은 한숨을 쉬더니 제가 걱정되어 물어본 것뿐이고 노란 봉투 같은 건 필요 없으며, 맛있는 걸 만들어줄 테니 방과 후에 같이 가자고 하더군요. 열심히 공부해서 아버지를 기쁘게 해드리려면 그럴 시간이 없다고 말하고 싶었지만 상대가 담임이니 그렇게 말하기 힘들더군요, 한심하게도. 그래서 조금만 있다 갈 생각으로 그러겠다고 했죠.

수업이 끝나고 스쿨버스를 타는 대신 담임 손을 잡고 시장에 들렀어요. 늘 아줌마랑 백화점이나 슈퍼마켓 같은 데만 가서, 시장은 처음이었어요. '사치품 배격 국산품 애용'이라고 적힌 현수막 아래 적갈색 대야에 풀어 둔 커다란 가물치를 보고 좀 무서워서 물러나자, 담임이 제 어깨를 껴안고 자신이 지켜줄 테니 걱정 말라고 웃더군요.

그 웃는 표정은, 엄마가 웃던 표정과 똑같았습니다.

상인들은 굉장히 친절했어요. 제게도 이름을 묻거나 똘똘하게 잘 생겼다거나 하면서 구운 오징어나 가래떡을 들려주더군요. 미역과 쇠고기를 사고, 상인들이 들려 준 과일과 과자가 든 비닐봉투를 한 손에 들고, 다른 한 손에 싸구려 아이스케키를 들고 나란히 걸으니 엄마와 함께 공원이나 뒷산으로 놀러 다니던 게 기억나더군요. 그렇게 거리를 걷던 중, 갑자기 함성 소리가 들리더니 주변에 걸어가던 젊은 남녀들, 대학생들이었겠죠. 아무튼 그들이 얼굴에 수건을 두르거나 마스크를 쓰더니 우르르 달리기 시작하더군요. 처음엔 대여섯이었다가 근처에서 신문을 읽거나 담배를 피우던 사람들이 합세하며 순식간에 수십 명으로 불어나 도로 위를 달려갔어요. 한 명이 등에 메고 있던 도면

통에서 '종철이를 살려내라'고 적힌 현수막을 꺼내 펼쳤고, 한 명은 "호헌철폐, 독재타도!"라고 외치기 시작했어요.

얼마 지나지 않아 삼단봉을 든 남자들이 나타나서 근처 행인들을 닥치는 대로 때리고 잡아가기 시작하고, 군중들은 우르르 흩어졌고, 담임도 급히 제 손을 잡고 골목길로 들어가 뛰기 시작했죠. 들고 있던 과자 봉지가 길바닥에 팽개쳐지고, 그 남자들, 사복경찰들이었겠죠. 아무튼 경찰 두 명이 그걸 짓밟으며 우릴 쫓았어요. 담임은 저를 등에 업고 뛰었고, 작은 좌판을 내걸고 있던 아줌마 한 명이 안절부절못하다가 우리가 지나치자 좌판을 엎어버려서 경찰들을 막아주더군요. 한 명은 알사탕을 밟고 미끄러졌지만 한 명은 욕을 하며 쫓아왔어요. 전 겁이 나서 아무 말도 하지 못하고 담임 등에 매달렸고, 담임은 비틀대면서도 필사적으로 뛰었어요. 그때 마스크와 선글라스를 낀 키 작은 사람이 갑자기 옆 골목에서 뛰쳐나와 수건을 감은 각목으로 경찰을 후려쳤어요. 경찰이 쓰러지자 그 사람이 우리 쪽을 보며 외치더군요.

"가! 영희야, 어서!"

담임은 그 사람을 보고 놀란 눈치였지만 제가 스스로 뛸 수 있으니 걱정 말고 내려달라고 하자 그제야 절 내려주더군요. 키 작은 사람이 경찰을 몇 대 더 때리고 외쳤어요.

"이쪽은 비었어, 어서 가!"

비틀대고 절룩대고 구르면서 간신히 그 자리를 피하는 우리 뒤로 그 사람이 힘껏 부르는 노랫소리가 들려왔어요.

"퐁당퐁당 자유 던지자, 경찰 몰래 자유 던지자, 민주야 퍼져라 멀리멀리 퍼져라, 파란 집에 앉아서 독재를 하는 우리 아저씨 대머리를 간질여주어라!"

꼴을 보니 엉망이더군요. 산 물건은 전부 떨어뜨렸고, 담임은 머리카락과 옷매무새가 전부 헝클어져 있었어요. 저는 신발주머니를 잃어버렸고, 한 번 넘어지는 바람에 무릎이 까졌고. 겨우 숨을 돌리고는 담임에게 물었죠.

"저 형이랑 누나들은 왜 저러는 거에요?"

"좋은 일을 하기 위해 싸우고 있는 거야. 가끔 너무 욕심을 부리거나… 자신이 싸우는 방법이 옳다고 고집을 피우는 바람에 서로 다툴 때도 있지만, 그래도 모두 힘을 합해서… 좋은 일을 하려는 거야."

"싸움은 나쁜 거라고 그랬잖아요. 그래서 누구랑 싸우는 건데요?"

"너도 조금만 더 크면 알 거야, 철수야. 조금만 더 크면."

담임은 제 머리를 쓰다듬어주며 그렇게 말하더군요. 그때는 담임의 말을 이해할 수 없었지만 사실 그 손길은 기분이 좋았습니다. 저도 더 어리고, 엄마가 아직 있고, 아버지와도 사이가 좋았을 때 같았죠.

빵집에 들러서 작은 케이크를 산 우리는 담임의 집에 도착했습니다. 작은 산 중턱, 물결무늬 슬레이트 지붕을 얹은 낡은 집들이 모여 있는 동네였죠. 단 하나뿐인 구멍가게 옆에 빨간색 공중전화 박스가 매달려 있던 게 아직 기억납니다. 담임이 집에 전화해서 가정부 아줌마에게 저와 같이 있다고 말해준 뒤 부엌에서 물을 끓이는 동안 집 안 여기저기를 둘러봤죠. 골목길에서 열쇠로 현관문을 열면 바로 부엌이 나오고 그 부엌에 딸린 작은 방 하나뿐인 구조라서 별로 볼 건 없었지만. 방 뒤쪽 문을 열면 공용 화장실과 수도가 딸려 있고 구석에 연탄이 가득 쌓인 마당이 나오는 형태였어요. 방 한구석, 비닐로 덧씌워진 작은 창문 아래에는 손풍금이 놓여 있고 역시 작은 옷장과 이불장, 냉장고, 라디오, 화장대가 놓인 한쪽 벽 맞은편 벽에 놓인 책장에는 어려워 보이는 책들이 잔뜩 꽂혀 있었어요. 밤에 화장실에 가려면 무섭지 않은지, TV도 없는데 심심하지 않은지, 침대도 없는데 잠은 어떻게 자는지, 그런 걸 물어봤지만 그냥 웃으면서 익숙해지면 지낼 만하다고만 하더군요. 심심하면 라디오라도 듣고 있으라길래 라디오를 켜봤는데, 강남 압구정동에 한국 최대의 고급 아파트단지가 완공됐다거나, 화성 연쇄살인사건의 범인은 여전히 오리무중이라거나, 뭐 그런 이야기뿐이라 지루하더라고요. 책들도 전부 재미없어 보여서 손풍금을 살펴보고 있는데, 위에 놓인 십자가와 작은 도자기 인형에 눈길이 가더군요. 흰 천을 머리에 두르고 파란 옷을 입은 여자가 갓난아기를 안은 모습이었는데 그 여자가 어디선가 많이 본 얼굴 같은 겁니다. 하지만 누구를 닮은 건지 기억이 잘 안 나던 참에 씻고 약 바르자고 담임이 부르길래 나가보니 체육복으로 갈아입고서는 마당에 목욕 대야를 가져다놓고 물을 받아뒀더군요. 괜찮다고 했는데 학생을 그 꼴로 둘 순 없다면서 머리만이라도 감으라는 겁니다. 그래도 미적거리자 저한테 물을 끼얹더군요. 질 수 없다 싶어서 저도 같이 물을 끼얹었죠. 허공에 석양이 비친 물방울이 튕기는 풍경과, 무지개에 실려서 들려오던 두 웃음소리, 전 아직 그걸 기억합니다.

결국 담임은 절 발가벗기고 등까지 밀어주더군요. 창피해서 울 것 같은 기분이 들었지만… 담임이 그렇게 웃는 건 처음 봤거든요. 담임은 구급상자를 꺼내 무릎에 약을 발라주고, 벽장 깊숙한 곳에 들어 있던 남자 옷들을 꺼내어 제게 어느 정도 맞도록 손질해 입혀주고, 제가 입었던 옷은 빨아서 학교에서 주겠다고 약속했어요.

그날 저녁 먹은 미역국과 달걀 프라이에 멸치볶음, 김치, 그리고 갈비구이는… 솔직히, 맛있었습니다. 갈비구이 외엔 평범한 식단이었지만요. 담임은 최근 대학교 시절 친구들이 왔다 가서 갈비 남은 게 좀 있었다고 말하며 웃더군요. 케이크 사 온 것까지 먹어치운 뒤 배가 부른 전 따뜻하고 기분 좋은 방바닥에 누워 담임이 설거지를 하는 소리를 듣다가, 옷장 밑에 이상한 종이 몇 장이 깔려 있는 걸 봤어요. 한자가 섞여 있는 데다 단어가 너무 어려워서 무슨 뜻인지는 전부 알 수 없었지만, 여기저기 '자유로운 미래를 위한 참교육을' '꽃병을 드는 대신 애국가를 부르며'라고 적힌 건 확실히 알 수 있었죠. 그 종이 끄트머리엔 사람 이름들이 둥근 원 모양으로 적혀 있었는데, 그중 담임의 이름 '이영희'가 있더군요.

그때 물소리가 그치는 걸 듣고 저도 모르게 급히 그 종이를 구겨 다시 옷장 밑으로 밀어 넣었어요. 왠지 보면 안 될 걸 봐버린 것 같은 기분이었죠. 뭔가 해야겠다는 생각이 들어서 손풍금을 가리키며 연주를 듣고 싶다고 했어요. 옆방 사람들 시끄럽게 하면 안 된다고 했지만, 계속 졸랐어요. 심장 소리를 들킬까 봐 너무 걱정됐거든요. 담임은 그럼 한 곡만으로 참으라고 하더니 풍금 앞에 앉아 건반을 두들기며 작게 고향의 봄을 부르기 시작했어요.

"나의 살던 고향은, 꽃피던 산골. 복숭아꽃 살구꽃 아기 진달래…."

아주 어렸을 때, 아버지는 회사에서 밤이 늦도록 돌아오지 않고 집에 엄마와 단둘이 있을 때 엄마가 자장가로 불러주던 노래였죠. 그때는 아파트도 아니었고 집에 차도 없었지만. 괜히 눈물이 나오려고 했지만 꾹 참았죠. 어렸을 때부터 남자는 우는 게 아니라고 배웠으니까요.

어렸을 때 엄마와 함께 놀러 간 용인자연농원에서 사람들 사이에 뒤섞여서 엄마를 잃어버린 적이 있어요. 지금의 에버랜드죠. 아무튼 얼마 안 돼서 엄마를 찾긴 했지만, 엄마는 달려와서는 저를 껴안고 우시더군요. 조금 창피하기도 하고, 여자긴 하지만 그래도 어른인데 우는 게 놀랍기도 해서 가만히 있다가 나중에 집으로 돌아오는 택시 안에서 "아빠는 남자는 울면 안 된다고 했는데 엄마는 여자라서 괜찮은 거냐"고 물어봤어요. 엄마는 여자도 어른이 되면 잘 안 운다고 대답했었죠. 그런데 왜 오늘 운 거냐고 물어보자, 저를 사랑해서래요. 부끄럽지 않냐고 물어보자 엄마는 저를 꼭 안아주면서 말하더군요. 사랑하는 사람을 위해서 우는 건 부끄러워할 필요가 없다고.

손풍금 소리가 잦아들고, 담임은 절 조용히 안아줬어요. 그제야 자신이 눈물을 뚝뚝 흘리고 있었다는 걸 알겠더군요. 그 품을 벗어나려고 했지만 놓아주지 않았어요.

"엄마가 보고 싶어요. 그런데 울면 안 돼요. 울기 싫어요. 그런데 눈물이 자꾸 나요."

"괜찮아."

"그런 제가 미워서, 더 눈물이 나요."

"괜찮아, 난 철수가 자신을 미워하지 않았으면 좋겠지만, 그래도 울고 싶으면 그냥 울어도 돼."

생일 선물로 받은 도자기 인형을 들고, 함께 택시를 타고 집에 돌아왔을 때는 이미 어둡더군요. 평소에도 어린이 야구단이나 태권도 같은 특별 수업을 마치고 돌아오면 저녁 시간이 되곤 했지만 이렇게 늦게 집에 돌아온 적은 처음이었어요. 아파트 정문 앞에서 담임과 헤어진 뒤 엘리베이터를 타고 올라와서, 현관문을 열고 집에 들어오자 아줌마는 이미 퇴근했는지 거실은 텅 비어 있더군요. 다른 때는 좀 허전했는데 그 날은 괜찮더군요. 침대에 누워 도자기 인형을 꺼내봤어요. 갓난아기를 안은 여자가 어디선가 많이 본 얼굴 같았는데 잘 기억나지 않았어요. 누구일까, 생각하다가 어느새 잠들었어요. 깊이, 꿈도 꾸지 않고.

이야기를 하다 보니 너무 감상적이 됐군요. 실례한 김에 잠시 담배 한 대 태우겠습니다, 선생님.

후, 한결 낫군요. 계속하죠. 다음 날엔 3학년이 오후 수업 시간을 통째로 쓰는 반공 포스터 그리기 대회가 있었어요. 마침 일주일에 한 번 운동장에서 아침조회를 하는 날이기도 했죠. 학년과 반별로 나뉘어 줄을 맞춰 서 있는 가운데 강단에 올라온 교장은 "요즘 대학생들이 북한에서 온, 우리나라를 망하게 만들려는 빨갱이 간첩들 때문에 자꾸 데모를 하고 있으니 주변에서 누가 그런 거 한다고 하면 바로 경찰에 알려야 한다" "6·25 때 우리나라를 도와준 미국에도 고마운 마음을 잊으면 안 된다" "가끔 빨갱이들이 대통령 각하나 미국을 욕하고 북한을 찬양하는 방송을 하기도 하니 라디오에서 그런 걸 들으면 바로 신고해라" 뭐 그런 이야기를 하더군요. 듣다 보니 어제 담임과 함께 본 대학생들이 생각났는데, 그때 담임은 그들이 좋은 일을 하려고 모인 거라고 했었거든요. 오전 수업이 끝나고 점심시간이 되자마자 교무실로 찾아가 "어제 봤던, 구호를 외치며 행진하던 대학생 형 누나들이 나쁜 사람들이냐"고 물었죠. 담임은 놀라서 주변을 둘러보더니 대답했어요.

그 형과 누나들은 간첩에게 속고 있는 거라고.

바로 어제는 좋은 일을 하기 위해 모인 거라고 했으면서 오늘은 갑자기 말이 바뀌는 게 이해가 되지 않더군요, 하하하. 저도 어리석었지요. 뭐 어렸으니 선생님도 이해해주셨으면 합니다. 지나가던 다른 교직원들이 담임과 저를 빤히 쳐다보는데, 왠지 겁이 나서 더 이상 아무 말도 하지 못했어요.

자랑은 아니지만 전 어렸을 때부터 그림 그리는 걸 좋아했고,

잘 그리는 편이었어요. 아마도 엄마에게 물려받은 재능이겠죠. 평소 같았으면 신나서 밑그림을 그리고 색칠을 시작했겠지만 그날따라 손이 안 움직이더군요. 왜, 누구나 어렸을 때부터 어른에게 거짓말하면 못쓴다고 배우잖습니까? 하지만 반대로 어른이라고 해서 애들에게 거짓말해도 된다고 배운 적도 없거든요. 1시간이 넘도록 밑그림만 그리다 지우기를 반복하던 중 반 친구들이 어떻게 그리고 있는지 슬쩍 살펴봤죠. 누구는 군인이 화난 표정으로 빨간 돼지를 총검으로 찌르는 모습을 그리고 있었고, 누구는 털이 빨갛고 무시무시한 늑대 인간이 사람 가면 뒤에서 웃고 있는 모습을 그리고 있더군요. 그런가 하면 또 누구는 빨간색 그림자가 한국 지도의 북쪽 절반을 뒤덮고 마치 핏줄기처럼 남쪽으로 흘러내리는 걸 그리고 있었고. 국민학생 솜씨가 거기서 거기 아니냐고 생각하실 수도 있겠지만, 이야기했던가요? 제가 다니던 학교는 제법 사는 집 애들이 많았다고. 음악이나 미술도 하나쯤은 익혀둬야 품위가 생긴다고 믿는 부모들도 많았고, 어릴 때부터 학원을 다녀서 제법 무시무시하게 그릴 수 있는 애들도 몇 명 정도 있었거든요. 그런 걸 보면서 어제 데모하던 사람들 중 한 명은 저와 담임을 도와주기도 했었고… 어쩌면 착한 빨갱이가 있을지도 모르고, 그러면 그냥 그걸로 괜찮지 않을까, 뭐 어린 마음에 그런 생각을 했던 게 기억나네요.

집으로 돌아와서는, 아줌마에게 물었어요.

"아줌마, 빨갱이들이 정확히 뭐 하는 사람들이에요?"

"북한에서 살고 있고, 우리 몰래 우리나라를 빼앗으려 하는 나쁜 놈들이야."

"학교에서 들었어요. 미국이 우리를 도와줬으니 고마워해야 한다면서요?"

"마침 미국도 빨갱이를 싫어했으니까. 우리나라를 좋아해서 그런 건 아니야. 도와준 건 갚아야겠지만 그렇게 고마워할 필요는 없어. 언젠가는 우리 스스로 힘을 키워서 빨갱이들을 몰아내야지."

"우리 스스로요?"

"그래, 철수처럼 똑똑하고 착한 아이들이 자라서 해줘야 할 일이란다."

방으로 돌아와 침대에 벌렁 누워버렸죠. 담임도, 교장도, 아줌마도 하는 말이 전부 달라서 헛갈렸어요. 이제는 무엇이 옳은지 알지만, 그때는 어렸으니까요. 담임에게 받은 도자기 인형을 들여다보며 한참 고민했었죠. 단 하루 만에 말이 바뀐 게 계속 마음에 걸리더라고요, 하지만 한편으로는 또 거짓말이나 하는 나쁜 사람의 품이 그렇게 따뜻할 수는 없을 것 같았어요. 딱 그 나잇대 어린애나 할 만한 생각이죠, 네. 그러다 보니 다시 엄마 생각이 나더군요. 1학년 때 갑자기 엄마가 사라졌다는 이야기했었죠? 사실은 그 이후에 단 한 번, 아버지가 미국 출장으로 집을 비우고 가정부 아줌마도 퇴근한 어느 날 늦은 밤 갑자기 엄마가 집으로 찾아온 적이 있었어요.

전 이제 다시 같이 살 거냐고 물어봤고, 엄마는 그렇게 할 거라고 대답했고, 그 날 밤은 정말 오랜만에 엄마와 같이, 엄마 냄새를 맡으면서 잠들었죠. 하지만 다음 날 아침 일어나보자 엄마는 가버린 뒤였어요. 출장에서 돌아온 아버지에게 울면서 엄마가 왔다 갔었다고 했지만 아무 말씀도 없으시더군요.

도자기 인형을 쓰레기통에 넣어 버리려다가 대신 침대 머리맡에 얹어 뒀어요. 조금만 더 믿어봐야겠다… 그런 생각이었지요.

그날 밤 따라 유독 잠이 오지 않더군요. 혼자서 자는 것도 익숙해져서 평소엔 보물섬 같은 만화책을 보다가 잠이 들었는데, 이상하게 그날따라 통 잘 수 없어서 침대 옆 라디오를 틀었지만 너무 늦어서인지 잡음밖에 안 들리더라고요. 다른 날에는 AFKN 방송이라도 가끔 들렸는데. 포기하고 막 라디오를 끄려던 참에, 잡음에 섞여 이상한 소리가 들리더군요. 볼륨을 좀 더 높여 보자 더 뚜렷이 들리기 시작했어요. 칙, 치지직, 칙, 치칙. 치, 처, 철, 철, 수. 철수. 야. 철수야.

라디오에서 제 이름을 부르는 소리가 들렸어요.

언제부터인가, 불그레한 빛이 방 안을 가득 채우고 있더군요. 순간적으로 가장 먼저 연상된 건 정육점의 붉은 형광등 빛이었어요. 지금 생각해보면 홍등가의 빛 같기도 해요. 이제는 키스방이나 휴게룸 같은 걸로 간판이 바뀌었지만 90년대까지만 해도 늦은 시간에 미아리나 청량리 쪽에 가면 붉은 등을 켜 둔 쇼윈도 안쪽에 앉은 매춘부들이 500원짜리 동전으로 유리를 두들기며 호객을 했거든요. 물속에 들어온 것처럼 무거운 공기가 방 안을 가득 채우고, 비릿한… 마치 쇠를 핥으면 나는 듯한 이상한 맛이 입 안에 가득 찼어요.

철수야, 철수야.

라디오가 훨씬 뚜렷하게 제 이름을 부르더군요. 전 겁에 질려서 이불을 움켜쥐었는데… 그때, 분명히 봤습니다. 침대 가장자리에서 늘어뜨려진 이불자락이 마치 흘러내리는 핏방울처럼 바닥으로 빨려 들어가고 그 끄트머리는 이상한 붉은 빛과 뒤엉켜 하나가 되어 있는 걸.

철수야.

침대 밑에서 피투성이가 된, 털이 숭숭 난 거대한 손이 기어 나왔어요. 개나 늑대의 앞발처럼 보였지만, 커다란 갈고리 손톱이 끝에 달린 여섯 개의 긴 손가락이 붙어 있더군요. 늑대의 앞발 같기도 하고 사람 손 같기도 한, 절 단번에 움켜쥘 수 있을 것 같은 그 손은 잠시 방바닥을 긁더니 획 뒤집혀서… 가로수 기둥만큼 굵은 손목을 매달고 침대 위로 솟아오르기 시작했어요. 잠옷 바지춤이 축축해지더군요.

나는, 빨갱이야.

손이 침대 귀퉁이로 올라왔고, 그 손이 들리는 순간 전 봤습니다. 그 손바닥 가운데 있는, 전에 아버지가 빌려온 비디오테이프로 본 '죠스'에 나오는 식인상어처럼 수많은 삼각형 이빨들이 줄지어 있는 거대한 입을 가진 돼지의 얼굴을.

북한으로 같이 가자. 그곳에 너희 엄마가 있어. 너도 엄마가 보고 싶지?

거짓말이라고 외치고 싶었지만 아무 말도 할 수 없었어요.

혀가 목구멍으로 말려들어가 틀어막아 버리고, 숨이 차오르며 눈물이 났어요.

네가 무슨 생각하는지 알아.

돼지 얼굴의 들창코 밑으로 뚫린 입이, 라디오가, 어쩌면 방 천장이, 벽이, 방바닥이, 책상이, 책장이, 저를 둘러싼 모든 게 속삭였습니다.

나는 네 엄마를 가졌고, 아버지를 가졌고, 가정부 아줌마도 가졌어. 교장도 말이지. 이젠 너도 네 것이 될 거야. 아프지 않으니 걱정 마, 그곳에 가면 엄마랑, 예전처럼 다정한 아빠랑 함께 지낼 수 있단다.

아버지는 아직 나랑 같이 계셔! 회사 일 때문에 바쁘실 뿐이야! 그렇게 외치고 싶었죠. 하지만 딸꾹질 비슷한 기침 정도만 나오더군요. 지독하게 목구멍이 쓰라렸고, 손은 점점 다가오기 시작했습니다.

너는 아버지를 얼마나 알지, 철수야? 아버지가 회사에서 무슨 일을 한다고 생각해? 아버지와 이야기를 한 지 얼마나 됐지? 아버지가 널 보며 웃은 게 언제인지 기억나?

두려웠어요. 괴물도 괴물이지만, 그 말을 부정할 수 없다는 사실이 가장 두렵더군요. 팝송을 들으며 혼자 눈물 흘리시던 그날 밤 이후, 아버지는 늘 무표정했어요. 여전히 아줌마가 빳빳하게 다려주는 양복을 입고, 머리에 포마드를 발라 빗어 넘기고, 깔끔하게 면도를 했지만 그 눈이 새카맣게 뻥 뚫려 있다는 걸 느꼈죠. 마치, 갈라진 벽의 균열 속 어둠처럼.

다들 네게 거짓말을 하고 있어. 내가 가진 사람들은 모두 그렇게 된단다. 하지만 뭐 어때? 날 따라오면 전처럼 다정한 아버지와 상냥한 엄마를 만날 수 있어.

손바닥 가운데의 돼지 얼굴이 한층 더 가까이 다가오고, 누린내와 비린내를 뒤섞어 놓은 것 같은 악취가 확 끼쳐오더군요. 울면서 간신히, 움직인다기보다는 뒤채는 것에 가까운 동작으로 침대 구석으로 물러나던 중 손에 뭔가 단단한 게 잡히더군요. 담임이 준 도자기 인형이었죠.

따라오지 않는다면, 잡아먹어 버릴 거야!

돼지 얼굴이 외치고, 전 도자기 인형을 힘껏 집어던졌어요. 뭉툭하게 튀어나온 코끝에 그걸 얻어맞은 놈이 끔찍한 비명을 지르더군요. 어떤 짐승도, 어떤 인간도 그런 비명을 지르지 못할 겁니다. 소리는 공기를 타고 전달되잖아요? 그 비명은 귀로 들린다기보다는 날카로운 바늘 수천 개가 직접 뇌를 파고드는 느낌이더군요. 다음 순간 방 전체를 무겁게 짓누르던 공기가 걷히고, 그대로 기절했어요.

눈을 떠보니 병실이었어요. 창문으로 밝은 햇빛이 비쳐들어오고 주변 공기는 따뜻하다 못해 살짝 더울 정도였지만 돼지 괴물이 떠오르자 겁이 나서 침대 밑을 살펴봤죠. 당연히 아무것도 없었지만요. 마침 가정부 아줌마가 들어 오길래 어떻게 된 거냐고 묻자, 아침에 제가 기절한 걸 보고 앰뷸런스를 불렀다더군요. 잠시 뒤 아버지가 도착하자, 침대에서 뛰어내려 아버지에게 달려갔죠. 크흠, 뭐 그런 경험을 했더니 겁이 나서… 아버지가 안아줬으면 좋겠다 싶었거든요. 하지만 아버지는 대신 제 어깨를 붙잡고 아줌마 전화를 받았지만 일이 너무 많아서 바로 오지 못했다고 사과하시더군요. 괜찮으니까 좀 더 있어달라고 말하고 싶었지만 여전히 아무것도 보고 있지 않는 그 눈을 보자 그런 말을 하면 안 될 것 같더라고요. 많이 걱정했다고 하셨지만 전혀 기쁘지 않았어요. 문득 돼지 괴물이 하던 말이 생각나더군요, 자신은 엄마도 아버지도 가정부 아줌마도 가졌다던. 용기를 내서 어젯밤에 무서운 꿈을 꿨는데 오늘 하루만 같이 있으면 안 되냐고 부탁했어요. 유치원 다니는 어린애들처럼 구는 게 창피했지만, 너무 두려웠거든요. 지금도 일을 하다가 와서 곤란하다고 하셨지만 전 아버지의 팔을 껴안고 고집을 부렸죠. 아버지의 얼굴에 잠깐, 너무 잠깐이라서 어쩌면 잘못 본 걸지도 모르겠는데 아무튼 아주 짧은 한순간 웃는 표정 비슷한 게 스친 것 같았어요. 그때,

단장님, 부장님께서 찾으십니다.

낯선 남자가 어느샌가 병실 안으로 들어와 아버지 뒤에 서 있더군요.

미국에서 상황을 썩 좋게 보지 않는 모양입니다. 특단의 조치가 필요할 것 같습니다.

남자의 말과 동시에 아버지와 아줌마의 허리춤에서 삐삐가 요란하게 울리고, 그 순간 아버지는 저를 밀어내며 일어났어요.

"미안해, 철수야. 아빠는 일 때문에 지금 가야 해. 오늘 밤은 일찍 올게, 약속하마."

그 순간 봤습니다. 아버지의 얼굴에서 잠깐 나타난 그 어떤 게 사라지는 걸. 손을 뻗어 옷깃을 잡으려고 했지만 그림자처럼 손가락 사이를 빠져나가 버리고, 쿵. 급히 나가버리는 아버지와 아줌마의 뒷모습 위로, 마음속에서 보이지 않는 뭔가가 찰칵 잠기는 소리가 들리는 것 같더군요.

아야, 니가 철수고?

전 아무 대답도 하지 않았습니다. 남자가 다가오자 따각, 따각, 하고 유난히 크게 발소리가 울리는데 순간적으로 검은 염소의 발굽 소리가 연상되더군요. 씨름선수 이만기 같은 근육질이라는 걸 한눈에 알아볼 수 있는 거구에, 양쪽 귀가 마치 만두처럼 뭉개져 있었어요. 새카만 양복을 입고 검은 안경을 쓰고, 구두가 아니라 군화를 신고 있더군요. 눈이 보이지 않아서인지 나이를 알기 힘든 묘한 인상이었어요. 어떻게 보면 겨우 스물 전후, 어떻게 보면 쉰 살은 된 것 같았죠.

느그 아부지가 니 이바구 마이 했다 안 카나. 집서 혼자 지낸다꼬? 심심하재?

마치 굶주린 상어처럼 웃어 보이더니, 말투가 바뀌더군요.

철수야, 넌 아직 어려서 잘 모르겠지만 너희 아빠는 나라를 위해 아주 중요한 일을 하고 계셔. 아빠와 같이 지내고 싶은 네 마음은 알겠지만 방해해선 안 된단다, 내 말 알겠지?

대답 대신 남자의 눈을 가린 검은 안경을 빤히 보던 전 문득 깨달았습니다. 실내 온도는 은근히 더울 정도였지만 땀을 전혀 흘리지 않더군요.

너도 많이 들어왔을 거다, 빨갱이들이 우리나라 여기저기 숨어서 겉으로는 착한 척하며 흉계를 꾸미고 있다는 이야기. 네 아버지는 그걸 막기 위해 일하는 거야. 너도 우리나라를 사랑하지? 우리나라 국민이라면 모두 그래야 해, 나라가 없으면 국민도 없으니까.

제게 다가와 손을 들어 올리더군요. 그 손에도 검은 장갑이 끼워져 있었어요.

모두가… 모든 것이 우리나라의 것이란다. 우리 모두가 우리나라를 사랑하고, 그 사랑으로 우리나라는 모든 걸 갖게 되지. 너희 엄마도, 아빠도, 가정부 아줌마도, 교장도, 모두가 말이야. 너도 그렇게 될 거야.

제 머리를 쓰다듬고, 그 손이 오그라들어 제 머리를 부숴버리는 상상을 하는 순간… 손을 떼더군요.

나도 바빠서 그만 가봐야겠구나. 다음에 보자, 그때는 선물이라도 준비해두마.

남자는 돌아서서 병실을 나섰습니다. 따각, 따각. 혼자 남은 전 환자복 소매를 걷어봤습니다. 팔 전체에 소름이 돋아 있더군요.

아줌마와 집으로 들어온 뒤, 방에 들어가기 싫어 거실 소파에 앉아 TV를 켰죠. 아줌마가 배고프지 않냐, 또 어디가 아픈 것 같으면 바로 말하라고 했지만 귀찮아서 건성으로 대답하자 청소라도 해 두겠다면서 제 방으로 들어가버리더군요. 뉴스에선 북괴의 야욕을 저지하기 위한 평화의 댐이 국민들의 열띤 성원하에 건설 중이라는 내용이 나오고 있었어요. 곧 스포츠 뉴스가 시작되고, 유명한 초능력자 유리 겔러가 '모든 한국인들이 한마음으로 통일을 간절히 바란다면 이뤄질 것이다, 내년에 개최될 88올림픽을 결정적인 계기로 세계평화가 올 것'이라고 말하는 걸 보고 있자니 그제야 좀 마음이 안정되더라고요.

선생님도 세상에 귀신이나 괴물 같은 건 없다고 여기시죠? 네, 저도 마찬가지입니다. 악몽을 꿨던 걸지도 모르죠. 아까 병원에서 본 남자도 그저 땀을 잘 안 흘리는 체질이었을지도 모르고. 조금 용기가 나서 거실을 돌아봤죠. 베란다 창문을 통해 오후의 햇살이 파도처럼 쏟아져 들어오고 그 빛 속에서 금빛 포말처럼 먼지 알갱이가 반짝이는 풍경을 보자 밝은 바깥에서 놀고 싶어지더군요. 마침 걸레를 들고 방에서 나오던 아줌마에게 잠시 나갔다 오겠다고 말해두고는 종이 가방에 과자와 장난감을 몇 개 챙겨 넣고는 아파트 단지에 딸린 놀이터로 나갔지요. 노란 옷을 입은 유치원생들이 여기저기 흩어져 흙장난을 하거나 그네를 타며 놀고 있었어요. 저런 어린애들과 논다는 게 좀 부끄러웠지만 지금쯤 친구들은 아직 학교에 있을 테니 어쩔 수 없었죠. 지금이야 뭐 열 살이나 일곱 살이나 그게 그거 같지만 그때는 그렇더라고요.

"애들아, 형이랑 같이 놀자. 난 이 아파트에서 살아. 나랑 놀면 이 키세스 초콜릿도 주고, 이 메칸더V도 갖고 놀게 해 줄게. 이 총 멋있지?"

꼬마들은 까만 눈을 빛내면서 장난감을 만지작거리기 시작했지만 이내 흥미를 잃었어요.

"너무 복잡해, 어떻게 갖고 노는 건지 모르겠어."

"재미없어. 그냥 우리 같이 숨바꼭질하자."

한참 정신없이 놀다 보니 어느새 해가 지고, 놀이터에서 놀던 꼬마들도 배가 고프다거나 학원에 가야 한다거나 숙제를 해야 한다거나 하며 하나둘 각자 집으로 돌아가기 시작했어요. 조금만 더 있다 가라고 했지만 꼬마들은 더 늦게 들어가면 엄마가 걱정한다고 고개를 내젓더군요. 조금 심술이 나서… 근처 슈퍼마켓에서 아이스크림을 하나씩 사서 나눠주고서는 재미있는 이야기를 하나 해줄 테니 그걸 듣고 가라고 붙잡았어요. 꼬마들은 주변에 둘러앉았고, 이야기를 시작했어요.

"애들아, 저 북한에는 무시무시한 빨갱이들이 살고 있어. 어젯밤에는, 내 앞에도 나타났어…."

꼬마들은 처음에는 흥미롭게 듣다가, 이내 몸을 떨기 시작하고, 한 명은 훌쩍이기 시작했어요. 그걸 보고 있으니 묘하게 재미있더라고요. 괴물이 절 잡아먹겠다고 한 부분에 이르자, 꼬마들은 다들 울상을 하고 제발 그만하라고 매달리기 시작했지만 멈추고 싶지 않더군요.

"오늘 밤 너희들에게도 빨갱이 괴물이 찾아갈지도 몰라."

거기까지 이야기했을 때, 동네 아줌마 몇 명이 놀이터 입구에 나타났어요. 애들이 해가 져도 집으로 오지 않으니 찾으러 나온 거였죠. 꼬마들은 일제히 달려가서 울음을 터뜨렸고, 저를 가리키면서 저 형이 너무 무서운 이야기를 했다고 일러바치더라고요. 아줌마들은 왜 자기네 애들을 울렸냐고 화를 냈고, 겁이 나서 잘못했다고 하자 그제야 돌아가더군요. 뭐, 그 애들에게 조금 미안하기도 했지만 걔들은 다들 어머니가 계시니까… 돼지 괴물이 나타나도 괜찮겠죠 아무렴.

그렇게 한참 그네에 멍하니 앉아 있다가 그만 돌아가야겠다는 생각이 들었지만 발이 떨어지지 않았어요. 이미 땅거미가 지고, 아파트 여기저기에서 별빛이 돋아나듯 베란다와 창문에 불빛이 들어오는 걸 바라보다가 단지 바깥에 있는 오락실에 가보기로 했죠. 아줌마는 나쁜 형들이 많으니까 오락실에 가면 안 된다고 했지만, 사실은 몇 번 친구들과 같이 간 적 있었어요. 집에도 현대 컴보이 게임기가 있긴 했지만, 그래도 혼자서 하면 아무래도 재미가 덜하잖아요? 여럿이서 남 하는 거 구경하며 훈수도 두고 그래야 재밌지. 왜, 요즘 유튜브에서 게임방송 같은 거 많이 하잖습니까? 직접 게임할 시간은 없고 그런 재미를 포기하긴 싫은 사람들이 그런 거 많이 보는 거 같더라고요. 무엇보다도 오락실은 오가는 사람이 많으니까요. 그때 가장 좋아하던 게임이 '보글보글'이었는데… 거 왜 공룡을 조종해 거품을 뿜어서 괴물들을 가둔 뒤 몸으로 부딪쳐 과일이나 케이크로 만드는 게임 기억나시죠? 옛날 게임이지만 워낙 유명했으니까. 반 친구들 사이에선 남자 둘이 나와서 높은 탑을 올라가며 악당들과 싸우는 게임이 더 인기였지만(아마 제목이 더블 타이거였나 드래곤이었나 그랬던 것 같아요) 좀 잔인해서 저는 별로 좋아지지가 않더라고요.

'지능계발'이라고 적힌 오락실 문을 열고 들어가자, 지글대는 음악 소리와 뿅뿅 거리는 소리가 오락실 특유의 약간 역한 냄새에 실려 훅 들어왔어요. 저녁 시간이라 그런지 제 또래는 별로 없었고, 교복을 입은 중학생이나 고등학생들이 대부분이었죠. 그중 몇 명은 담배를 피워 물고 게임기 주변에 둘러서서는 웃고 떠들다가 제가 혼자 지나가자 이상하다는 듯 힐끗힐끗 쳐다봤어요. 조금 무서웠지만 가능한 한 멀리 떨어져서는, 구석의 보글보글 게임기가 있는 곳으로 갔지만 중학생들이 게임기를 둘러싸고 서 있고 그중 한 명이 가스레인지를 뜯으면 나오는 점화 플러그를 동전투입구 주변에 갖다 대고 스위치를 튕기고 있더라고요. 그때는 다들 딱딱이라고 부르던 건데, 그렇게 하다 보면 정전기가 일어나서 마치 동전을 넣은 것처럼 공짜로 오락할 수 있었거든요. 실망해서 자신도 모르게 한숨을 쉬다가 너무 큰 소리로 한숨이 나와 스스로도 깜짝 놀란 순간, 자동차 운전 게임기 옆에 앉아 있던 고등학생 하나가 저를 불렀어요.

"야 꼬마야, 이리 와봐."

더럭 겁이 나서는 오락실 안쪽 주인아저씨가 있는 쪽방을 돌아봤지만 주인아저씨는 신문만 읽더군요.

"담배나 끄고 불러, 애가 쫄잖아."

옆에서 타박을 주자, 그 고등학생은 담배를 뱉고는 발로 비벼 끈 뒤 바닥에 침을 탁 뱉더니 다시 손짓을 했어요.

"이리 와보라니까?"

얼굴은 웃고 있었지만, 저는 침을 꿀꺽 삼켰어요. 도망칠까 생각했지만 금방 따라잡힐 게 뻔했죠. 괜히 왔다는 생각이 슬금 슬금 들었지만 어쩔 수 없었어요. 그때는 고등학생들이 왜 그렇게 커 보이던지, 하하하. 가까이 가자, 다정한 어조로 묻더군요.

"이렇게 늦은 시간에 왜 혼자 오락실에 왔어? 누가 때리고 돈 뺏어가려면 어쩌려고."

"잘못했어요, 이제 갈게요."

또 눈물이 나오려고 해서 얼굴을 찡그리자, 머쓱한 표정이 되더니 주머니에서 동전을 꺼내 앞에 있던 게임기에 집어넣었어요.

"울지 마, 자. 형이 한 판 시켜줄게. 이거 새로 나온 거야."

뾰로롱, 하는 소리와 함께 화면이 바뀌자 그제야 게임기로 시선이 가더군요. 검은색 플라스틱으로 만들어진 다른 투박한 게임기들과는 달리, 크고 멋진 나무 캐비닛으로 둘러싸여 있고 캐비닛 옆에는 우주공간을 배경으로 눈을 번뜩거리는 커다란 뱀이 이쪽을 노려보는 그림이 그려져 있었어요. 주인아저씨가 화면 위에 종이로 '한 판 100원'이라고 써 붙여 놨더군요. 참, 이제는 오락실도 거의 다 없어졌죠? 그때는 보통 한 판에 50원이었거든요. 총이나 운전대가 딸려 있는 대형 게임기나 주인아저씨가 비싸게 들여온 최신 게임이나 100원씩 했죠.

"재미있을 거 같지 않아? 어떻게 하는 건지 몰라서 그래? 자, 옆에 와서 봐. 어떻게 하는지 좀 보여줄게."

호기심이 동해서 좀 더 가까이 가보자 게임기를 향해 돌아앉아서는 오른쪽 자리에 앉아 버튼을 눌렀고, 날렵하게 생긴 빨간 비행기가 날아가는 옆모습이 화면에 나타났어요.

"이게 주인공 비행기야. 이걸 조종해서, 나쁜 놈 비행기가 쏘는 걸 피하고 전부 부수면 돼. 이거 누르면 총알 나가. 자, 해봐."

그는 제 어깨를 가볍게 툭 치고서는 자리를 비워줬고, 전 막대 사탕처럼 생긴 레버를 잡았어요. 물론 요즘 게임과는 비교할 수 없지만, 그때 기준으로는 음향도 그래픽도 대단했어요. 배경 위아래로 찐득대는 분홍색 구름 같은 게 깔려 있고, 사방에 달린 스피커에서는 박력 있는 레이저 발사음과 폭발음이 뿜어져 나와서는 마치 직접 비행기를 모는 느낌이 들더군요. 하하하, 이제 그런 게임은 에뮬레이터로나 돌아가겠죠.

"그렇지, 잘하네."

정신없이 쏘고 피하다 보니, 배경의 분위기가 바뀌었어요. 분홍색 구름의 색깔은 점점 짙어지기 시작했고, 스피커에서 영어로 뭐라고 외치는 소리가 들릴 때마다 이젠 피처럼 붉게 물든 구름이 불쑥불쑥 커지면서 비행기를 덮쳐들었어요. 아슬아슬하게 피하는 와중에 문득 그 구름이 학습 만화에서 본, 암세포가 위장 속에서 증식하는 사진 같더군요. 레버를 쥔 손 안에서 땀이 차는 걸 느끼며 그 부분을 지나자, 이번에는 구름에서, 어쩌면 피로 물든 위장 속에서… 날카로운 칼날 같은 게 불쑥불쑥 튀어나왔어요. 그것은 마치, 날카로운 칼날이 사람의 뱃가죽을 헤집고 다니는 것 같아 보였답니다. 아랫배가 당기고 그 안에서 창자가 똘똘 꼬이는 듯한 느낌을 받으면서도 화면에서 눈을 뗄 수 없었어요. 꿀꺽, 침 삼키는 소리와 심장 뛰는 소리가 스피커에서 뿜어져 나오는 음악과 온갖 효과음과 더불어 뒤엉키고, 그 뒤엉킨 울림이 등줄기를 타고 흘러 내려서는 늘 품고 다니면서도 정작 알지도 보지도 못하는 스스로의 뱃속 깊은 곳에서 응어리를 트는 걸 느꼈어요. 옆에서 지켜보는 애들도, 게임기에서 흘러나오는 온갖 효과음들도, 그 소리에 휘감겨 일렁이는 푸른 담배연기와 형언하기 힘든 악취도, 그 모든 것들이 사라졌을 때, 비행기가 사방을 둘러 싼 시뻘건 암세포의 벽을 뚫고서 사방이 전부 텅 비고 어두운 공간에 도착했을 때 비행기 앞에서, 제 앞에서 웅크리고 있던 붉은 벽이 갈라지고….

저는 비명을 지르면서 오락실을 뛰쳐나왔어요.

집에 돌아오던 중 아파트 단지 주변을 돌아다니며 저를 찾던 아줌마와 만났죠. 제가 늦도록 돌아오지 않아 걱정하던 참이라고 말했지만 별로 믿어지지 않더군요. 정말 걱정했으면 밥 차려놨으니 바로 가겠다면서 퇴근해버리지 않았겠죠. 집으로 올라와서 한참 멍하니 거실에 앉아 있다가 식탁 위에 식어 있는 저녁 식사 위에 식탁보를 덮어두고서는 신발장을 뒤져 먼지떨이를 꺼내서는 거실의 TV와 소파, 전축, 장식장 위를 탁탁 소리나게 쓸어냈어요. 그 뒤로는 화장실에 들어가서 찾아낸 걸레를 물에 적신 뒤 힘껏 물기를 짜내고서는, 거실 바닥을 닦아냈고. 아줌마가 이미 청소를 해놔서 깨끗했지만, 아직 조금 무서워서 제 방에는 들어가지 못하겠더라고요. 다시 걸레를 빨아 널어두고, 전에 아줌마가 청소할 때 어깨너머로 본 대로 신발장에 있는 신문지를 찢어서는 창문과 거울을 윤이 나도록 닦았어요. 그 뒤에는 씻은 뒤 새 옷을 꺼내 입고, 밀린 산수 숙제를 했고. 그걸 모두 하고 나자 시간이 10시를 넘어가고 있었지만, 아버지는 올 기미를 보이지 않더군요. 그때, 전화벨이 울렸어요.

"아빠!"

수화기 너머에서, 웃음을 꾹 참는 듯한 낮은 목소리가 들렸어요.

철수구나, 병원에서 만난 아저씨란다. 나 기억하지?

"네."

너희 아빠가 갑자기 급한 일을 맡게 되는 바람에, 오늘은 집에 들어가지 못하게 되셨어. 그걸 전해주려고 전화한 거야.

"…네."

철수는 착하구나. 아빠 이해하지?

"…전 괜찮아요."

너한테 미안하다고 전해달라고 하시더구나. 집에 아무 일 없지? 뭔가 하고 싶은 이야기가 있거든 언제든 날 불러라.

잠시 수화기를 들고 있다가 내려놓고는, 테이블 위에 차려진 밥과 국그릇, 반찬 그릇을 들고 TV 앞으로 와 앉았어요. 어렸을 때, 엄마는 늘 텔레비전 보면서 밥 먹지 말라고 잔소리를 했었지만 이제는 저뿐이니 마음대로 해도 되겠죠, 안 그래요? TV에서는 가족오락관의 재방송이 나오고 있었어요. 평소엔 잘 안 보던 프로인데 밥 먹으며 보니 재미있더라고요. 웃기도 하고, "몇 대 몇!" 하고 따라 외치고. 차가운 밥과 국을 목구멍으로 넘기고, 빈 그릇들을 싱크대에 던져두고, 다시 텔레비전 앞으로 돌아와 앉고… 그 동안 몸 속 깊은 곳이 천천히 차가워지는 걸 느끼는 스스로를 조용히 지켜봤죠. 마치, 남처럼.

문득 정신을 차려보자 화면에서는 애국가 4절이 막 끝나가고 있었어요. 깜빡 졸았나 봐요. 약간 열린 채 시커멓게 입 안을 드러내고 있는 제 방문이 눈에 들어오자 다시 겁이 나더군요.

그 괴물이 다시 나타나서 침대 바깥으로 기어 나와 나를 쫓아오면 어쩌지, 그런 걱정을 하던 참에 담임이 줬던 도자기 인형이 생각났지요. 하지만 그 인형은 방 안 어딘가에 있을 테고, 그 괴물도 방 안 침대 밑에 있다는 게 문제였어요. 괴물은 인형에 얻어맞고서야 도망쳤으니, 그냥 한 방에 있는 것만으로는 충분하지 않을지도 몰라요. 그냥 꿈이었을지도 모르지만, 만일 정말로 그 괴물이 있다면? 몸이 걷잡을 수 없이 떨려오기 시작했어요. 애국가도 끝나버리고, TV 화면이 어지럽게 깜박이는 가운데 지지직대는 잡음만 흘러나오고 있었어요. 지금이야 24시간 내내, 하다못해 광고라도 어느 채널에선가는 나오고 있고 지난 프로를 다운받아 볼 수도 있지만 그때는 정규 편성 시간이 다 끝나면 화면조정 영상이나 그냥 노이즈만 나왔거든요. 여하간 불을 밝게 켜두면 괴물도 못 나올지도 모른다 싶어서 괴물이 제 발소리를 듣지 못하도록 살금살금 방문 쪽으로 다가가서는 문틈으로 손을 집어넣으려다가 멈췄어요. 괴물이 덥석 손목을 잡아채서 침대 밑으로 끌고 들어가 버리면 어쩌지? 어쩌면, 바로 이 문 뒤에 숨을 죽이고 서서 내가 손을 내밀기만 기다리고 있지 않을까? 생각 끝에 갑자기 괴물이 튀어나와도 밝은 거실의 형광등 불빛 아래로 도망칠 수 있도록 발끝에 단단히 힘을 주고서는 방문을 밀어 활짝 열었어요. 제 그림자가 방 안으로 시커멓게 드리워졌지만, 그래도 좀 마음이 놓이더군요. 방문 옆으로 손을 뻗어 벽을 더듬자 형광등 스위치가 잡혔어요. 만일, 만일 벽 뒤에 괴물이 숨어 있다면…. 이다음 순간, 그 무시무시한 발톱으로 팔을 낚아챈다면….

달칵, 방에 불이 켜지고 안도의 한숨을 푹 내쉬며 빈 방 안을 둘러봤어요. 새로 갈아입은 옷이 땀투성이였어요. 가능한 침대에 가까이 가지 않으려고 애쓰면서, 괴물이 튀어나오면 언제든 문을 닫을 수 있도록 문가에 선 채 눈으로 방 안 여기저기를 살피며 도자기 인형을 찾았지만 보이지 않았어요. 초조해하던 참에 낮에 아줌마가 청소한다면서 방에 들어간 게 기억났어요. 그때 멀리서 천둥소리가 울리면서 방의 불이 뚝 꺼지고 저는 후다닥 거실로 물러났어요. 유달리 시커멓게 느껴지는 방 안의 어둠이 일렁이고, 그 안에서 조용한 악의가 지독한 입김처럼 뿜어져 나와서는 볼을 쓰다듬는 느낌을 받으며 주방으로 뒷걸음질 쳐서는 방 쪽을 힐끔힐끔 쳐다보며 쓰레기통을 뒤지기 시작했어요. 거실의 형광등이 깜박이는 가운데 확 악취가 피어올라 욕지기가 치밀고, 손에는 온갖 먼지와 지저분한 것들이 달라붙었지만 신경 쓰지 않았어요. 열심히 청소해둔 깨끗한 바닥에 쓰레기들이 흩어졌고, 요동치는 가슴은 금방이라도 터져버릴 것만 같았어요. 차라리 방문을 닫아둘 걸 그랬다고 생각하는 순간, 거실의 불마저 꺼져버렸어요.

이제 남은 불빛은 혼자서 치지직 거리는 텔레비전에서 뿜어져 나오는 흐릿한 빛뿐이었어요. 그 빛이 밝아졌다 어두워지기를 반복했어요. 아무것도 보이지 않는, 다만 검은색과 흰색만이 어지럽게 껌벅이는 화면과 요란한 잡음 속에서, 괴물이 웃는 소리를 일순 들은 것 같았어요.

넌, 도망칠 수 없어.

쓰레기통을 아예 뒤집어버리자 확 지독한 냄새가 풍기면서 음식물 쓰레기가 든 비닐봉투와 음료수 캔 따위가 우르르 쏟아졌죠. 김칫국물 같은 게 쏟아졌는지, 구역질 나는 시큼한 냄새와 함께 옷이 젖어들었어요. 저는 떨면서 울기 시작했어요.

소용없어, 넌 내 거야.

텔레비전 화면이 요란스럽게 깜박대더니 꺼져버렸고 어둠이 주변을 가득 채웠지만, 치직대는 요란한 소리는 그치지 않았어요. 공기 중에서 고무가 타서 눌어붙는 듯한 기분 나쁜 냄새가 감돌고 머리카락은 정전기가 일어서 솟구치고, 제 심장이 뛰는 소리가 불길한 북소리처럼 귓전에서 울려 퍼졌어요. 둥, 둥, 둥, 둥. 그 북소리가 13번을 울려 퍼지는 순간, 어디서 뿜어져 나오는 건지 알 수 없는 불그스레한 광채가 사방을 채우고 있는 걸 깨달았어요. 힘겹게 침을 삼키자 뜨겁게 달궈진, 커다란 쇳덩이를 삼키는 듯한 감각이 목구멍을 가득 메웠어요. 그것이, 괴물이 가까이 있었어요. 본능적으로 알 수 있었지요. 흐느끼면서 제 방 쪽을 외면하고 눈을 질끈 감은 채 다시 쓰레기 더미를 헤집었죠. 차갑고 미끄덩한 감촉이 손가락에 걸렸지만, 무엇을 건드린 건지 알 수 없더군요.

머릿속에서, 시뻘건 살점들이 사방에 뒤엉킨 동굴처럼 변한

제 방이 그려졌어요. 사방의 벽과 천장, 바닥에는 피고름과 누런 종기가 종유석과 석순처럼 늘어져 있었고 그 사이로 제 몸통만큼이나 커다랗고 날카로운 칼날이 작은 피의 개울을 만들면서 길게 방 밖으로 돋아 나와 저를 향해 뻗어왔어요. 부글, 부그륵. 피의 개울에서 거품이 일어나는 게, 꽉 감긴 눈꺼풀 속에서 똑똑히 그려지더군요. 검붉은 개울을 메우며 흐르던 핏줄기가 마치 단단한 벽처럼 양쪽으로… 아버지와 봤던 영화 '십계'에서 홍해가 갈라지던 것처럼 천천히 갈라지고, 마치 익사한 시체가 썩은 물 위로 떠오르는 것처럼 거대한 두뇌가 피거품 사이로 떠올랐어요. 그 뇌의 앞쪽 부분, 피에 젖어 흐물거리는 대뇌피질에 깊이 새겨진 주름이 갈라지고 제 머리통만 한 눈알이 그 주름 속에서 튀어나왔어요. 그 눈동자에 제 뒷모습이 비쳐지고, 허공에 둥실둥실 떠서는 방문을 빠져 나와 다가오는 그 모습을 마치 자기 자신과는 아무런 상관없는 남이 된 것처럼 꽉 감은 눈꺼풀 속에서 지켜봤어요. 소름이 돋아난 등줄기를 따라, 뒷덜미를 따라, 그것의 회색 피질에 새겨진 주름 틈에서 새어 나오는… 녹슨 쇠토막을 몇 달 동안이나 담가 둔, 구더기가 끓어 넘치는 상한 콜라 같은 그 악취가 스멀스멀 기어 올라와 목을 조르는 걸 느끼며 쓰레기 더미 위에 엎드려 절망적으로 버르적거렸어요. 하느님, 아빠, 엄마, 엄마, 엄마, 엄마. 살려줘요. 제발 살려줘요. 저 무서운 빨갱이 괴물에게서 지켜줘요. 제발. 그 순간 뭔가 단단한 것이 손에 잡혔어요. 네, 도자기 인형이었지요. 눈을 꽉 감은 채 기쁜 울음인지 두려움에 찬 웃음인지 스스로도 알 수 없는 소리를 내지르며 그걸 집어 들어 바로 뒤까지 다가와 있을 괴물을 향해 내밀었어요.

창밖 저 멀리서 다시 한 번 천둥소리가 들리면서 거실과 텔레비전, 그리고 제 방에 불이 들어오고 주변이 환해지는 것과 동시에 괴물의 웃음소리가 사라졌어요. 눈을 천천히 뜨고서 손에 든 것을 내려다봤죠. 김칫국물과 온갖 쓰레기가 잔뜩 묻어 더러워진 데다가 집어 던졌을 때 어딘가 부딪쳤는지 커다란 금이 가 있었지만, 갓난아기를 안고 있는 푸른 옷의 여자는 처음 봤을 때와 마찬가지로 조용히, 살짝 웃는 듯 마는 듯한 표정으로 강보에 싸인 어린 아기를 껴안고 있었어요. 저는 그걸 껴안고 한참 멍하니 앉아 있었어요.

그런 일이 있었어도 어느새 창밖으로 새벽빛이 비치더군요. 아침에 출근한 아줌마는 엉망이 된 거실을 보고 깜짝 놀라 이게 어떻게 된 거냐고 물었지만, 아무 대답도 하지 않았어요. 아니, 못했죠. 배는 고픈데 밥이 넘어가지 않더군요. 억지로 먹는 둥 마는 둥 하고 스쿨버스에 올라 학교로 가는 제 머릿속은 담임 생각으로 가득했어요. 아버지는 집에 들어오지 않고 아줌마는 제게 신경도 안 쓰는 이상 담임은 정말로 괴물에 대해 아무것도 모르는지, 왜 거짓말을 했는지 알아야만 했거든요. 점심시간이 되자마자 교무실로 갔죠. 다들 밥을 먹으러 갔는지 대부분의 책상이 비어 있었고, 몇 명 정도만이 자리에 남아 있더군요. 창밖으로는 하늘이 금방이라도 눈물을 쏟아낼 듯 인상을 찌푸린 채 울먹거리고 있었고, 담임은 그걸 올려다보며 멍하니 자기 책상에 앉아 있었어요.

"철수구나, 벌써 밥 다 먹었니?"

"꼭 해야 할 이야기가 있어요."

담임은 고개를 갸웃하더니 제 표정을 살피고는 목소리를 낮춰 여기서는 하기 어려운 이야기냐고 묻더군요. 전 잠자코 고개를 끄덕였어요. 나란히 교무실을 나서던 담임과 전, 문 앞에서 옆 반 담임과 마주쳤어요.

"아니, 식사도 안 하시고 어디 가십니까? 개인 면담이라도 하시게? 교사가 특정 몇몇 학생과 너무 가까운 티를 내면 다른 학생들이 위화감 느낀다고요, 교육상 안 좋다니까 그거."

옆 반 담임은 그렇게 말하면서 담임의 블라우스 가슴께를 힐끔거리더군요. 그걸 보는 순간 울컥 화가 치밀었어요. 얼마 남지 않은 머리숱을 다 뽑아버리고 싶었죠.

"그런 거 아니에요, 잠깐 할 이야기가 좀 있어서요. 과학실 열쇠 좀 빌려주실래요?"

담임은 어색하게 웃으며 대답하고는 재빨리 옷매무시를 가다듬었어요.

"지금 과학실은 비어 있을 거야, 먼저 가 있을래?"

고개를 끄덕이고는 복도를 걸어가다가 문득 뒤를 돌아보자, 문간에서 옆 반 담임이 담임의 어깨에 손을 얹고 말을 건네는 게 보이더군요.

"…철수 군 가정환경에 대한 소문은 들었습니다. 확실한 게 아니어도 철수 군 챙겨줘서 나쁠 거 없을 거라는 거 이해는 하는데, 그래도 교사는 최대한 많은 학생들을 포용해야 될 거 아냐. 내 말이 맞아 안 맞아? 안 그래요?"

"주의할게요. 열쇠 빌려주실 수 있어요?"

"여기, 오후에 과학 수업 있으니까 볼일 끝나시면 제 책상 위에 둬요. 아 참, 다음 주에 평교사 회식 있는데 이번에는 오실 거죠?"

"요즘 바빠서요, 최대한 시간 내볼게요."

순간 담임이 거짓말을 한다는 느낌이 들었어요. 아버지도 일찍 오겠다고 말했었지만, 그 약속은 지켜지지 않았죠. 엄마도 곁에 있겠다는 약속을 지키지 않았고요. 아줌마도 저를 걱정한다고 말했지만 전혀 그렇게 느껴지지 않았어요. 혹시, 담임도 그렇지 않을까 싶더라고요. 제 마음이 구겨진 비닐 봉투 같다고 느끼며 과학실 문 앞에서 멈춰 섰어요. 천둥소리와 함께 비가 쏟아져 내리기 시작하고, 마음이 젖어 처덕거렸어요. 그때 어깨에 누가 손을 얹었어요. 돌아보니, 담임이 놀란 눈으로 저를 내려다보고 있었어요.

"왜 우니?"

처덕거리던 건 마음속만이 아니었던 모양입니다. 담임은 과학실 문을 따고 절 안으로 데리고 들어가, 벽에 붙어 있는 수도꼭지를 틀어 얼굴을 씻겨준 뒤 주머니에서 손수건을 꺼내 허리를 굽혀 닦아줬어요.

"왜 그래, 또 친구랑 싸웠니? 아니면 집에 무슨 일 있어?"

걱정이 가득 담긴 눈으로 눈높이를 맞춘 채 묻더군요. 과학실 특유의, 콧속이 싸해지는 약품 냄새 사이를 뚫고 담임에게서 은은한 샴푸 냄새가 풍겨왔어요. 갸름한 얼굴 주변으로 머리칼이 넘실거리고 희고 가는 목덜미가 눈에 들어왔어요.

"아무한테도 말하지 않을게. 왜 그래?"

담임은 의자를 끌어당겨 저를 앉히고 자신도 옆에 앉아 어깨에 손을 얹었어요. 옷 너머로 따뜻한 온기가 전해져 오는 걸 느끼며, 하지만 동시에 왠지 얼굴이 달아오르고 마음이 불편한 느낌을 받으며 시선을 돌려 담임의 어깨너머를 쏘아봤어요. 맞은편의, 실험용 비커와 플라스크들이 진열된 찬장 위에 세워진 인체 해부 모형이 보였지요. 절반은 피부로 덮여 있지만 절반은 벗겨져서 내부의 심장과 간, 위장을 고스란히 드러내고 있고 얼굴 위쪽 두개골 부분은 분리되어 뇌수가 그대로 드러나 있는. 그 무기질적인 눈과 시선이 마주치는 순간 괴물이 자신을 쳐다보는 것 같은 느낌을 받고 침을 꿀꺽 삼켰어요.

"여기 무서운데 다른 데로 가면 안 돼요?"

담임은 잠시 의아한 표정을 지었지만 고개를 돌려 해부 모형을 흘깃 보더니 살짝 웃었어요.

"그래, 어디로 갈까?"

"음악실이요."

음악실은 깨끗하고 조용했어요. 창가의 꽃병에서는 백합이 향기를 뿜어내고 있고 벽에는 베토벤과 모차르트의 초상화가 걸려 있었어요. 담임은 피아노 앞에 앉아 손짓했어요.

"이리 와서 옆에 앉아. 뭐 듣고 싶은 노래 있어? 유행가라도 좋아."

음악 같은 걸 들을 기분이 아니었지만 아버지가 듣던 'Knocking on heaven's door'가 생각나더군요. 약간 더듬대면서 그 멜로디를 몇 소절 흥얼대고는 이 노래 아시냐고 묻자 고개를 끄덕이더군요. 절 옆에 앉힌 담임은 반질반질하게 닦인 건반 뚜껑을 열었고, 희고 가는 손가락이 그 건반 위를 달리고, 귀에 익은 음률이 엮여 나오기 시작했어요. 건반을 두들길 때마다 빛줄기가 솟구치고, 그 빛과 더불어 백합 향기가 제 안으로 흘러들어왔어요. 꽃병에 꽂혀 있는 백합 한 송이 정도로는 도저히 불가능할 짙은 향기가. 그 빛과 향이 제 뱃속에 웅크리고 있던 피와 오물 냄새를 천천히 씻어갔어요.

"이제 좀 괜찮아졌니? 괜찮아, 무슨 일이 있었던 건지 말해봐."

전 괴물에 대해서 약간 더듬거리며 두서없이 말하기 시작했죠. 제 방 침대 밑에서 나타나 북한으로 가자고 말한 것, 그 날 받은 인형에 얻어맞고 사라진 것, 어젯밤 더욱 무서운 모습으로 다시 나타났던 것까지. 마지막으로 물었죠.

"전 거짓말 안 했어요. 그때 그 대학생 형이랑 누나들이 좋은 일을 하려고 한다고 하셨던 건, 거짓말이에요?"

담임은 제 눈을 잠시 똑바로 바라보더니 꼭 안아주더군요.

"선생님은 철수 말 믿어,"

제 머리를 껴안은 담임의 팔에 힘이 들어갔어요.

"무서웠겠구나."

샴푸와 약간의 화장품 냄새가 훅 끼쳐왔어요.

"오늘 학교 끝난 뒤에 선생님과 같이 너희 집으로 가보자."

이마와 볼에 와 닿는 푹신하고 따스한 촉감과, 그보다 더욱 깊고 먼 곳… 마치 저 아득한 우주 공간 저 멀리 있는 다른 별만큼이나 아득히 먼 세상에서 울려오는 심장고동 소리. 지금보다 훨씬 어렸을 때 절 안아주던 엄마 품에서 느끼던 것과 약간 비슷하면서도 다른 느낌.

"일단 오늘 밤은 같이 있어줄 테니 걱정 마. 내가 왜 그렇게 말했던 건지도 알려줄게."

그 느낌은, 오줌 마려울 때와 비슷하면서도 좀 달랐어요. 전신에 쭉 소름이 돋고 그것이 바싹 목구멍을 조여들며 몸속으로 스며들어 핏줄기를 따라 다리 사이로 몰려드는 감각. 약간 뻐근하게 아픈 것 같으면서도 야릇하게 기분이 좋아지는 감각.

"방과 후에 스쿨버스 타지 말고 교문 앞에서 기다려."

피아노 앞에 앉은 우리를 빗소리가 죄어오고, 저 멀리 어디선가 천둥이 한 번 더 나직하게 울었어요.

오전과는 전혀 다른 이유로 수업이 머리에 들어오지 않더군요. 친구들이 해태 타이거즈랑 삼성 라이온즈 중 누가 이길 것 같냐고 물어봤지만 모른다고 대충 대답했어요. 오늘은 담임이 집에 오니, 빨갱이 괴물도 절 어떻게 할 수 없겠지요. 공책에 괴물과 침대, 그리고 저와 담임을 그리고는 어떻게 그 괴물을 상대할지 계획을 짰었죠. 일단 2대 1이니까, 이쪽이 더 유리할 것 같았어요. 담임은 어른이니까 괴물 같은 거 별로 무서워하지도 않을 테고. 그래도 여자니까 제가 인형을 갖고 정면으로 괴물을 상대하는 동안 담임은 뒤에서 괴물에게 덤벼들어 야구방망이로 때려준 뒤 줄넘기로 묶어버린다는 작전이었어요. 하하, 열 살짜리다운 작전이죠, 안 그래요? 또 정전이 될지 모르니 큰 플래시를 준비해둘 것, 중간에 괴물이 도망칠지도 모르니까 밤이 되면 문단속을 잘하고 창문을 모두 잠가놓을 것, 담임이 와 있는 걸 알면 괴물이 아예 나타나지 않을 수도 있으니 저녁때 화장실에 숨어 있게 할 것, 뭐 그런 메모로 공책을 빼곡히 채워가던 중 드디어 오후 수업이 전부 끝났어요. 운동장을 가로질러 가며 오늘 밤에는 그 무시무시한 빨갱이 괴물과 반드시 결판을 내고 말 거라고 굳게 다짐했어요. 그것만으로는 부족할 것 같아서, 교문 앞에 있는 문방구에 가서 용돈을 털어 BB탄 권총과 플라스틱으로 만들어진 장난감 칼도 샀지요. 괴물에게 이런 게 통할지 모르겠지만 혹시 모르니까. 담임 또래로 보이는 낯선 형? 아저씨? 그쯤 되는 사람이 교문 근처 담벼락에 기대서서는 담배를 피우고 있는 게 얼핏 눈에 들어왔지만 신경 쓰지 않았죠. 담임이 제가 없는 줄 알고 그냥 가버리거나 하면 큰일이니까. 얼추 끝났나 싶던 참에 중요한 걸 깨달았죠! 담임에게 감사의 표시를 해야 할 것 같아 문방구 옆 꽃집으로 달려가 싱싱한 꽃 한 다발을 샀어요. 화사한 노란 꽃다발을 한 손에 들고, 다른 한 손에는 장난감 권총과 칼이 담긴 봉투를 들고 다시 교문 앞으로 돌아와 두근대는 가슴을 누르면서 학교 건물을 돌아봤죠. 비는 그쳤지만 아직 먹구름이 걷히질 않아 어두침침하더군요. 침을 꼴딱꼴딱 삼켜가며 한참 기다리다 보니 한 손에 우산을 든 날씬하고 맵시 있는 모습이 정문을 나서 이쪽으로 걸어오는 게 보였어요. 이렇게 오래 기다리게 하다니! 조금 심술도 나고 장난기도 동해서 교문 옆에 있는 가로등 뒤에 숨었어요. 담임이 가까이 오면 튀어나가 왁! 할 생각이었답니다. 이제 조금만, 조금만 더, 아주 조금만….

"영희야!"

"아, 민수야!"

가로등 불빛 아래서, 담임의 머리칼이 가볍게 나부끼고 그 사이에서 밝은 웃음이 떠올랐어요. 그 사람의 목소리를 듣는 순간 기억났어요, 생일날, 쫓기던 저와 담임을 도와주며 노래를 부르던 그 사람이었지요. 그때는 정신이 없어서 키가 작은 사람이라고만 생각했는데, 여자더라고요. 담임은 환하게 웃으며 그 사람 손을 덥석 잡더니 살짝 눈을 흘겼어요.

"또 담배 피웠구나? 몸에도 해롭다잖아, 그만 끊으라니깐."

"미안."

그 사람도 흰 이를 드러내며 씩 웃더군요.

"갑자기 우리 학교엔 웬일이야? 엇갈리면 어쩌려고 연락도 없이. 너희 학교도 요즘 분위기 안 좋아서 바쁠 거라고 하지 않았어?"

"그것 때문에 말인데, 곧 크게 축제하기로 했었잖아. 말이 샌 것 같아. 준비 위원들만 긴급 소집이야. 바로 같이 가야 될 거 같아."

담임의 표정이 순식간에 굳더니 조심스럽게 고개를 끄덕였어요. 하지만 저는 더 이상 가만히 있을 수 없었죠. 숨어 있던 곳에서 나와 담임을 부르자, 놀란 표정으로 저를 돌아봤죠. 그 표정을 보는 순간, 깨달았어요. 약속을 잊어버리고 있었다는 걸.

"앤 누구야?"

"응, 우리 반 철수. 오늘 같이 어디 좀 가기로 했었거든…."

그는 허리를 굽혀 제게 눈을 맞추고 웃어 보였어요.

"안녕, 미안한데 오늘 하루만 너희 담임 좀 빌려줄래?"

이젠 담임 얼굴도 흐릿한데 그 얼굴은 아직도 뚜렷하게 기억납니다. 남자처럼 짧게 자른 머리에, TV에서 조용필이 매고 나오던 가느다란 넥타이를 비롯해서 옷차림도 남자 같았지요. 화장도 거의 하지 않았고. 가수 이상은 아세요? '담다디' 불렀던. 비슷한 인상이었어요.

"걱정 마, 난 영희와는 대학 시절 친구야. 다른 친구들 몇 명이랑 같이 놀러가기로 했거든. 그거 이야기를 해야 해서. 다음번에 맛있는 거 사줄게."

빤히 그 여자를 쳐다보자 난처한 듯 웃으며 머리를 긁더군요. 그때, 담임이 말했어요.

"미안해, 철수야. 급한 일이라서. 오래 걸리진 않을 거야, 전에도 같이 가봤으니까 이야기가 끝나는 대로 갈게."

"……."

"우리 철수, 나 믿지?"

저는 담임을 올려다보며 웃기만 했죠.

"그럼 같이 가자, 차 대놨어. 철수랬지? 미안하다, 야."

담임을 미워하고 싶지 않았거든요.

길가에 세워져 있던 차에 둘이 올라타고, 시동이 걸리고, 차가 출발하고, 그 뒷모습을 한참 지켜봤죠. 파란색 비닐우산을 파는 장사꾼들이 호객하고, 오가던 사람들이 불평을 쏟아내며 걸음을 서두르거나 가게 처마 밑으로 들어가거나 들고 있던 우산을 주섬주섬 펼치고 있었고, 벌써 작은 웅덩이가 생겨 파문이 일더군요. 저는 차가 떠난 반대 방향으로 등을 돌려 집을 향해 걷기 시작했어요. 빗줄기가 머리카락을, 이마를, 얼굴을, 가방을, 옷을, 손에 들린 약간 구겨진 꽃다발과 비닐 봉투를 때리기 시작하고, 턱을 따라 물줄기가 흘러내렸어요.

뭐랄까, 담임만은 거짓말쟁이가 아니었으면 좋겠다. 뭐 그런 생각을 좀 했죠. 만일 그렇다면 아무도 믿을 수 없게 되니까.

1시간 좀 넘게 걸었던 것 같아요. 집에 도착해보니 거의 7시더라고요. 흠뻑 젖은 모습을 본 아줌마는 깜짝 놀라서 전화를 했으면 우산을 가지고 마중 갔을 텐데 왜 안 했냐고 물어봤지만 아무 대답도 하지 않았어요. 옷을 갈아입고, 목욕을 하고, 저녁을 먹고 난 뒤에야 친구들과 같이 오면서 놀다가 비가 왔다고 대충 얼버무렸을 뿐이에요. 방에서 꽃다발을 책상 위에 던져두고는 사온 장난감 총과 칼의 포장을 뜯고 있는데 아줌마가 방으로 들어오더니 따뜻한 물과 감기약을 줬어요. 아파트 단지 안에 있는 약국에서 사 온 거래요. 약간 걱정하는 것 같았지만, 그러거나 말거나 더 이상 관심이 없었어요. 나중에 먹겠다고 하고는, 저녁때 담임이 와서 학교 공부를 봐 주기로 했으니 퇴근해도 된다고 말해놨어요.

8시. 집안은 조용해요. 아줌마가 갖다 준 물컵이 식어 있었지만, 감기약을 먹으면 졸리니까요. 괴물이 나타났을 때 잠들어 있으면 곤란하기도 했고, 어쩌면, 정말로 어쩌면 담임이 올지도 모르니까요. 그 조용함이 싫어서 TV를 켜놓고는 집 안을 돌아다니면서, 괴물이 나타났을 때 싸울 준비를 하기 시작했어요. 전기가 꺼졌을 때를 대비한 플래시, 아까 사온 BB탄 권총과 칼, 효과가 없을 때를 대비한 야구 방망이, 괴물을 묶기 위한 줄넘기. 그리고 도자기 인형도. 9시. 뉴스에서 큰 교회처럼 생긴 건물 앞마당에, 머리에 희고 붉은 띠를 두른 수많은 사람들이 태극기를 들고 몰려 서 있는 장면이 나왔지요. '민주압살 호헌분쇄'라고 적힌 플래카드도 흘깃 보였지만, 관심 없었어요. 10시. 머리가 아프면서 열이 나는 한편 몸이 으슬으슬 떨려왔어요. TV 앞에 앉아 이불을 뒤집어쓰고선, 담임의 집에 갔을 때 본 풍경을 떠올렸죠. 해가 황금빛으로 불타오르며 가라앉는 가운데 웃음소리가 물방울에 실려 사방으로 튀어 오르고, 흐릿한 무지개가 꿈결처럼 너울대던 풍경. 그때 초인종이 울렸어요. 반사적으로 소파에서 벌떡 일어나 현관문을 열어젖혔죠. 담임이 복도에 서 있었어요.

"미안, 철수야."

전 얼른 들어오라고 했지만, 담임은 그 자리에 선 채 웃기만 하더군요.

"사실 네게 거짓말을 했어."

"네?"

"너희 엄마랑 마찬가지로."

"왜 그러세요?"

"가야 해, 안녕."

그 말을 마지막으로 담임은 돌아섰어요. 손을 뻗었지만 아무것도 잡히지 않았고, 다음 순간 전 소파에 누워 있었어요. 꿈이었죠. 몸이 미칠 듯이 뜨거운 동시에 지독하게 추웠어요. TV 화면은 색색의 막대가 늘어선 채 조용하기만 했고, 불빛이 마치 전신을 찌르는 것처럼 아프더군요. 하지만 딱히 슬프거나 하지는 않았어요. 천천히 일어나서 거실을 몇 바퀴 돌다가, 제 방으로 들어가 불을 켰어요. 책상 위에 올려놨던 꽃이 시커멓게 시들어 있더군요. 한나절 전만 해도 그렇게 예뻤는데, 이젠 마치 해골처럼 보였어요. 그 해골이 말을 걸어왔어요. 결국 이렇게 될 거라는 걸 이미 알고 있던 것 아니냐고. 저는 수화기를 집어 들어, 아버지 회사로 전화를 걸었어요. 두세 번 신호가 가더니, 누군가가 받더군요.

"세기문화사입니다, 무엇을 도와드릴까요?"

아버지 이름을 대고, 중요한 일이니 아버지나 아버지 부하직원을 바꿔달라고 부탁하는 제 모습을 마치 남이나 된 것처럼 멍하니 지켜봤죠. 지독한 열기와 한기가 몸속에서 뒤얽히는 걸 느끼면서 용무를 묻는 남자의 목소리와 빨갱이가 근처에 있으니까 빨리 와줬으면 좋겠다고 대답하는 제 목소리가 어른대며 들려왔어요. 잠시 수화기 너머에서 치직대는 잡음이 끼나 싶더니….

안녕, 철수야. 나 기억하지?

"네, 아저씨."

곧 거기로 가마.

"기다릴게요."

전화를 끊은 저는, 스케치북을 펼쳤어요.

베란다 창문 너머로 달이 떴어요. 불을 전부 꺼두고 방 가운데 책상다리를 하고 앉아, 빨갱이 괴물이 나타나기를 기다렸죠. 밤이 깊으면 깊을수록 추위와 두통이 심해졌지만 반대로 정신은 점점 더 맑아지고 주변도 뚜렷하게 보였어요. 가슴이 조용히 뛰고 나직한 호흡이 스스로를 뚫고 지나가는 걸 느끼는 순간 침대보 밑에서 한 쌍의 빨간 눈이 빛나는 걸 본 것 같았죠. 달각, 달그락, 철커덕. 무겁고 선선한 공기가 주변을 내리누르는 그 느낌과 함께 침대 밑 그림자 속으로부터 핏줄기가 졸졸 흘러나오기 시작했어요. 작은 물줄기처럼 시작한 그 핏줄기는 이내 세차게 틀어놓은 수도꼭지에서 쏟아져 나오듯 방 안을 가득 메우고는 제 무릎 주변에서 차오르기 시작했어요. 보지도 않았는데 왠지 모르게 거실의 TV가 저절로 켜지는 걸 확실히 알 수 있었어요. 혼자서 저절로 채널이 바뀌더니 '대한뉴스'라는 자막이 떠오르고 곧 그 자막이 바뀌는 것도.

오늘은 겁먹은 것 같지 않구나. 나와 함께 북한으로 갈 준비가 됐니?

고개를 저으니 제 무릎 근처까지 차오르기 시작한 피바다에서 부그륵거리며 거품이 솟았어요. 부글, 부그르륵. 익사한 시체가 썩으며 내뿜는 것 같은 그 거품이 뭉쳐져 글씨를 이뤘어요.

그럼 내게 잡아먹힐래?

대답 대신 벌떡 일어나, 품에 안고 있던 스케치북을 펼쳐 들었어요. 반공 포스터 그리기 대회를 할 때는 끝내 완성하지 못했던 그림이 드러났어요. 검은 옷을 입고 검은 안경을 끼고, 구두 대신 군화를 신은 남자가 내민 손에서 일어난 불길이 돼지 얼굴의 괴물을 불태우는 모습이 그려진 그림이 그려진 페이지가 펼쳐지자, 사람의 귀로는 듣지 못하는 비명이 울려 퍼졌어요.

"나는 이제 아무것도 믿지 못해. 나한테 거짓말을 한 엄마도, 아버지도, 담임도. 하지만 이 힘이 날 지켜줄 거라는 건 믿어!"

지독한 악취와 함께 다시 한 번 끔찍한 비명소리가 사방을, 어쩌면 오직 제 머리 속만을 가득 채웠어요. 하지만 다음 순간 저는 움찔했어요. 그 비명소리에서 두려움이나 고통이 아닌, 사악한 조롱이 느껴졌거든요.

지진이라도 난 것처럼 사방이 격렬하게 흔들리고, 허벅지까지 차오른 피바다가 거칠게 출렁댔어요. 어느새 방의 벽이나 책상, 침대 따위는 전부 어디론가 사라져 있었어요. 쓰라린 바람이 사방에서 몰아치는 가운데 살점과 뼛조각, 머리카락 뭉치가 마구잡이로 뒤엉킨 붉은 파도가 거세게 전신을 때리고, 원래 천정이 있었던 머리 위의 검은 구멍에서 새까맣고 끈적대는 빗줄기가 쏟아지기 시작했어요. 순식간에 허리까지 차오른 지옥의 바다에서 폭풍우가 몰아치고, 소용돌이가 일어났어요. 그 소용돌이 가운데서, 푸들푸들 경련을 일으키는 회색의 뇌가 천천히 떠올랐죠. 거센 바람 속 어디선가 수만 마리의 개구리가 울부짖는 소리가 울려 퍼지고, 그 소리와 공명하듯 뇌는 점점 부풀어 오르더니 침대만큼이나 커졌어요.

붉은 피와 점액으로 뒤덮여 있던, 뇌 아래쪽… 뇌간과 신경절, 척수가 뭉쳐져 있는 부분에서, 마치 씨앗이 갈라지고 새싹이 솟아나듯 한 쌍의 가느다란 팔이 튀어 나왔어요. 그 팔 끝에는 창백하고 비쩍 마른 손이 매달려 있었어요. 거대한 뇌에 달린 가늘고 초라한 팔이라니! 그 너무나도 앙상하고 무기력해 보이는 모습에 무심코 웃음을 터뜨릴 뻔했어요. 거미 다리처럼 길고 구불구불한 관절이 달린 그 팔이 위를 향해, 좌우로 갈라져 있는 뇌의 중심 부분에 손가락을 거는 그 모습은 마치 사람이 양팔을 벌려 머리 위로 올리고는 정수리 근처에서 손등을 한데 모아 하트 모양을 만드는 것 같았죠. 가느다란 팔에 힘줄과 근육이 솟아나고, 그것은 뇌를 사과 쪼개듯이 벌리기 시작했어요. 우득, 우드득 콰지직. 뇌가 양쪽으로 벌려지고, 그 균열에서 거무튀튀한 피분수가 솟구쳐 나와 사방으로 튀었어요. 찢겨진 그 뇌 가운데서, 익숙한 사람의 모습이 천천히 드러났어요.

담임이었어요.

담임은, 옷을 전부 벗고 있었어요. 마치 목욕을 할 때처럼. 피에 젖은 검은 머리카락이 가는 목과 동그란 어깨, 쇄골과 그 아래로 이어지는 부드러운 곡선을 살짝 덮고 있었어요. 담임은 손을 들어, 자신의 가슴을 받쳐 들어 보이며 저를 불렀어요. 이리 와. 네가 원하는 거야. 괜찮아. 내가 원하는 거야.

침을 꼴깍 삼켰어요. 그 기름 바른 듯 매끄러운 가슴 정점, 꼿꼿이 솟은 젖꼭지가 파르르 떨면서 저를 재촉했죠. 달콤하면서도 끈끈한 향기가, 사방의 피바다에서 풍기는 썩은 달걀과 지랄탄을 한데 섞어 버린 한여름의 하수구 같은 악취와 섞여 칼날처럼 몸속으로 파고들었어요. 눈앞이 핑핑 돌고, 머릿속이 멍해지고, 목구멍이 깔깔하고, 오줌이 마려울 때처럼 사타구니 사이가 꽉 조여들기 시작했어요.

그것은 그런 저를 바라보며 웃어 보이더니 뇌 위에서 몸을 일으켰어요. 가슴이 출렁거리고, 갈라진 뇌 가장자리에 무릎을 세우고 걸터앉아서는… 저를 향해 다리를 벌려 보이더군요. 열기를 뿜어내는 가슴과 그 아래로 쭉 뻗은 탄탄한 아랫배와 허리가 만나는 지점에서 살이 살짝 접히고, 배꼽 아래 봉긋한 둔덕 밑 양다리가 갈라져 나오는 틈을… 지금까지 단 한 번도 상상하지 못한, 지저분한 시멘트 벽돌담이 갈라진 그 틈새의 어둠을 멍하니 바라봤어요. 순간, 아주 오랫동안 잊고 있던 기억이 떠오르더군요. 어렸을 때, 유치원에서 집으로 돌아오던 길에 차에 치여 죽은 길고양이 사체를 본 적이 있어요. 지나가는 사람들은 전부 눈살을 찌푸리고 구역질을 하면서, 커다란 활 모양을 그리며 그 피로 물든 털가죽과 찢겨진 내장, 그 사이로 튀어나온 척추와 갈비뼈를 피해 돌아가고 있었어요. 얼마 전까지만 해도 좁은 담장 위를 달리고 쓰레기통 사이를 뛰어 오르던, 분홍빛 코와 날쌘 꼬리를 갖고 있던 그것이 이제는 단순한 고깃덩어리보다도 못한 피와 살점, 뼛조각이 한데 뭉쳐진 무언가가 되어서는 새까만 파리 떼를 불러 모으고 있는 가운데 비교적 온전하게 남은 것은 머리 부분뿐이었죠. 가느다랗게 세로로 갈라진 두 눈동자만이 저를 빤히 바라보고 있던 것, 그리고 그 비좁은 심연 가운데 가장 깊숙한 곳에서 제가 결코 알지 못하는 저 너머 어딘가로 통하는 문이 열려 삐걱대는 것을 본 것 같았어요. 그리고 지금 그 문이 다시 앞에서 열리고 있었어요.

그때, 검은 장갑에 싸인 한 쌍의 손이 뒤에서 제 어깨를 움켜쥐었어요.

어때, 별로 늦지 않았지? 난 거짓말 하지 않는단다.

웃음기가 어린 목소리가 머릿속에서 메아리쳤어요. 악취의 칼날이 난도질한 상처 속으로 탁하고 검붉은 빗물과 바닷물이 스며들어오고, 그것이 혈관을 타고 심장으로 흘러드는 걸 느꼈죠. 검은 장갑을 낀 손이 거칠게 제 바지와 속옷을 벗겨 내리는 걸 느꼈어요. 저는 스스로가 웃고 있는지 울고 있는지도 알 수 없는 상태로 담임과 좀 닮은 것 같기도 하고 전혀 아닌 것 같기도 한 그것을 향해, 정확히는 그 문을 향해 비척대며 다가갔어요.

네가 원하는 거야. 내가 원하는 거야. 네가, 내가. ㄴ ㅔ ㅐ ㅔ ㅐㅔㅐㅔㅐㅐ가.

제가 그 비좁은 문을 헤집고 들어가자, 사방에서 저를 눌러 죽일 것 같은 압박감이 닥쳐왔어요. 그것이 제 볼을 쓰다듬고, 입을 맞춰왔어요. 메스껍고 혐오스러웠지만, 동시에 너무나도 달콤하고 향긋해서 도저히 떨칠 수 없었어요. 동시에 뭔가 크고 굵직하고 뜨거운, 기분 나쁜 살덩어리가 제 뒤에서 다리 사이로 파고드는 걸 느꼈어요. 정신이 아득해지는 고통에 구역질이 치밀었고, 그대로 토해버렸어요. 결코 악몽이 아닌, 끝나지 않는 현실 속에서 울부짖는 가운데 앞으로, 뒤로, 위로, 아래로, 좌로, 우로. 그리고 빙글빙글. 그 가운데에서 불현듯 깨달았어요. 절망과 쾌락이 뒤엉켜 서로 잡아먹고 먹히는 이 순간은 저만의 것이 아니라는 걸. 제게 박힌 것도, 저를 박은 것도 저 이상의 고통과 희열에 전율하며 미쳐 날뛰고 있다는 걸. 한없이 뜨겁고 더러운 뭔가가 제 안으로 쏟아져 들어와서 구석구석 물들인 뒤 다시 뿜어져 나가는 마지막 순간, 덜덜 떨면서 검은 비가 쏟아져 내리는 머리 위의 구멍을 향해 고개를 쳐들었어요. 그 구멍 속에서 무언가가 움직였어요.

그것은, 형언할 수 없이 장엄한 추악함 그 자체였습니다. 우리의 절규가 메아리치고, 그 메아리의 씨실과 날실들이 끝없이 겹쳐져 이루는 거대한 태피스트리 너머 어렴풋하게 그것이 절정과 단말마가 교차할 때의 경련 비슷한 춤을 추고 있었습니다. 정확히 어떻게 생겼는지는 말하기 힘드네요. 눈으로 봤다기보다는 추상적인 인상을 받았다고 해야 할까, 찰나의 순간 천억 개의 뇌세포 하나하나로 감촉을 느꼈다고 해야 할까. 그래도 억지로, 그것을 접한 순간 느낀 전율을 무한대 분의 1로 열화하고 단순화해서 표현하자면… 머리는 개구리 같았고, 깡마른 몸과 긴 사지는 털가죽 대신 누리끼리한 회색 피부로 덮여 있다는 걸 빼면 원숭이 같은 느낌이었어요. 그저 빛이 없는 게 아니라 실체를 가진 어둠이 뭉친 듯한 그것의 심장이 맥동할 때마다,

이유도 목적도 없는 무한한 증오와 경멸로 가득 찬 즐거움이 마치 혈관 속을 흐르는 피처럼 그것의 전신으로 퍼져나가는 게 보였습니다. 산보다도, 섬보다도, 대륙보다도, 타오르는 별보다도 거대한 그것이 바로 제가 섬겨야 할 주님, 진정으로 강하고 위대한 분이셨습니다. 그 광활한 춤사위가 한번 펼쳐질 때마다 제가 속한 현실이 천억 갈래로 찢겨 나갔고, 그 갈래 갈래가 다시 천억 조각으로 깨져 나가서는 가장 머나먼 우주의 중심 들끓는 혼돈 속으로 소용돌이치며 빨려 들어가고 있었습니다.

제 방 침대 위에서 정신이 들었을 때는 이른 아침이었습니다. 열은 떨어져 있었고 더없이 상쾌했죠. 거실로 나가보니, 아버지가 소파에 앉아 커피를 마시고 있다가 절 보고 놀란 표정을 지으시더군요.

"안녕하세요."

"일찍 일어났구나."

"회사는요?"

"갈아입을 옷 좀 가져가려고 잠깐 온 거야. 아줌마가 급한 일로 휴가를 갔거든."

"저 배고파요."

잠시 침묵하시던 아버지는 매우 천천히 고개를 끄덕이셨습니다. 마주 앉아서 아버지가 만든 약간 탄 토스트를 먹고, 평소보다 좀 일찍 집을 나섰죠. 절 조수석에 태운 아버지는 말씀하시더군요.

"철수야, 미안하다. 요즘 너무 바빴어. 하지만 이제는 거의 다 끝나간다."

"그렇군요."

"회사 사정이 안 좋아. 다들 정신없이 뛰어다니고 있어. 앞으로도 더 안 좋아지겠지. 그렇지만 말이다, 아빠는 사실 결국 일어날 일이 일어났다 싶기도 하단다. 오히려 좀 마음이 편해."

"다행이네요."

"아빠는 앞으로도 바쁠 거야. 집에도 거의 못 올 테고. 하지만 이번엔 그것도 오래가지 않을 거다. 전부 끝나고 나면 예전처럼 같이 유원지도 가고, 바닷가에도 가고 하자."

제가 대답을 하지 않자 아버지는 저를 잠시 바라보다가 입을 다물었어요. 학교에 도착할 때까지 한 마디도 나누지 않았지만, 저는 이제 그것도 괜찮다 싶더군요.

교실로 가보니 9시가 넘도록 담임이 아침 조회를 하러 들어오지 않았어요. 다들 신나서 떠들던 중, 옆 반 담임이 굳은 표정을 하고 교실로 들어왔어요. 담임은 사실 빨갱이와 한패였고, 학생들까지 전부 빨갱이로 만들려는 계획을 세우고 있다가 자신에게 들켜서 어제 경찰이 잡아갔다더군요. 반장이 우리 담임은 절대 그럴 리 없다고 했지만 옆 반 담임은 버릇이 없다면서 교탁을 짚게 하고 빗자루로 엉덩이를 때린 뒤 자습하라는 말만 남기고 나가 버렸어요. 다른 반도 마찬가지였죠. 각 반 담임들은 자습을 시켜놓고는 회의를 거듭하며 가끔 교대로 감독하러 왔다 갔다 했고, 내내 경찰들이 학교에 드나들었죠. 여자애들은 책상에 엎드려 울어댔고, 남자애들도 침울했어요. 오후 수업은 정상적으로 진행됐지만 쉬는 시간에도 점심시간에도 조용하기만 했고, 체육 시간에도 다들 스탠드에 모여 앉아 서로 나직하게 잡담이나 주고받다가 그나마도 뚝뚝 끊기곤 했어요. 오직 국민교육헌장이 새겨진 시멘트 비석만이 그런 아이들을 묵묵히 내려다보고 있었죠.

물론 저는 아무렇지도 않았습니다.

집으로 돌아오자, 제 방 책상 위에 도자기 인형이 놓여 있는 게 보이더군요. 저는 작은 모종삽과 인형을 들고 아파트를 나서서, 근처 공원으로 향했어요. 공원의 화단 한구석에 인형을 묻고 돌아서면서 생각했죠. 제가 두려워했던 건 그 누구도 믿지 못하게 되어 오직 혼자 남는 거였어요. 하지만 어젯밤 그것을 보고 나자 그런 확신이 들더군요. 저는 사람을 믿거나 사랑할 필요 같은 게 애초에 없었고, 오직 그것을 믿고 사랑하는 것으로 충분하다고. 믿음과 소망과 사랑 가운데 제일은 사랑이며, 그 사랑 속에서 결국 우리 모두는 하나가 될 것이라고.

서머타임 때문에 맑고 푸른 하늘 가운데 아직도 해가 밝게 빛났고, 공원에 설치된 확성기에서 애국가가 흘러나왔습니다. 바람결에 아련하게 실려 오는 택시 경적 소리도, "민주쟁취, 독재타도" 운운하는 하찮은 잡음들도, 희미하게 코를 찌르는 최루탄 냄새도, 그 무엇도 저를 방해하지 못했습니다. 저 멀리 펄럭이는 태극기를 향해, 전 가슴에 손을 얹고 그분께 첫 기도를 올렸습니다. 이것이, 제가 그분을 영접한 계기입니다. 그 이후 저는 단 한 번도 흔들린 적이 없습니다.

이제 이런 이야기를 들려드린 이유도 말씀드려야겠군요. 전 선생님이 저희와 동참하셨으면 합니다. 단적으로 말해보죠. 기독교의 야훼, 이슬람교의 알라, 불교의 미륵, 힌두교의 브라흐마, 온갖 종교에서 섬기는 온갖 신들이 실존하지 않는다고 여겨지는 이유는 사람이 보고 느낄 만한 구체적인 '강함'이 없기 때문입니다. 하지만 주님께선 강력한 힘 그 자체이십니다. 선전하고, 통제하고, 감시하고, 체포하고, 감금하고, 매장하고, 잊게 하고, 결국은 아무 일도 일어나지 않은 것으로 만드는 철저히 현실적인 힘 말이지요. 그런 힘을 휘두르고, 그 힘에 굴종하고 싶다는 것은 우리 모두가 가진 욕망입니다. 아, 굴종하고 싶지는 않다고요? 모든 문제를 힘으로 해결할 수 있고 그 상태를 유지할 수 있게 된다면, 힘이 곧 모든 가치판단의 기준이 되지 않을까요? 태양을 도는 별들처럼 모든 삶에의 의지가 그 힘을 중심으로 공전하게 되지 않을까요? 그 둘은 결국 같은 것이며, 그를 원하지 않는다는 건 패배자들의 자기기만에 불과합니다. 주님께선 그 욕망을 공유하는 만인의 주류이며, 표준이고, 상식이며, 대표성이십니다. 어쩌면 바로 우리의 그 욕망이 무수히 쌓인 끝에 개별의 합보다 큰 전체가 되어, 그 개구리 머리와 점액질 피부의 주님을… 우리 모두보다 더 위대하고 영원하며, 이질적이고 불가해한 신을 어디선가 불러들였거나, 만들어낸 걸지도 모르죠.

네, 제가 아버지와 결정적으로 다른 부분이 이겁니다. 아마도 아버지 역시 어떤 계기로건 주님의 영광을 어렴풋하게나마 느끼셨고, 자각조차 없이 주님께 대한 신앙을 가지셨을 거라고 생각합니다. 아, 이젠 아버지와 잘 지내냐고요? 몇 년 전에 암으로 돌아가셨어요. 마지막에는 고통 때문에 정신을 거의 놓으신 채로 저에게, 그리고 많은 사람들에게 너무도 미안하다, 너무 많은 죄를 지었다고 울부짖으시더군요. 유감이지만 아버지가 마지막에 결국 그렇게 신앙을 잃으신 이유는 아마도 주님을 '우리나라' 내지 '애국심'이라는 틀로밖엔 이해하지 못하셨기 때문이 아닌가 싶어요. 그러나 전 그런 것들도 궁극적으로는 주님께서 스스로의 영광을 드러내시는 무수히 많은 수단 중 하나이며, 그분께선 그 무엇이든 수단으로 삼을 수 있다는 것을 압니다. 예를 들어서, 지금 중국 공산당이 '하나의 중국'을 표방하며 한국 역사와 문화까지 흡수하려고 하고 있죠? 대개는 그들을 미워하겠지만 전 그들의 행보에서 주님의 거룩한 섭리를 느낍니다. 성서에 나오는 신이 모든 악을 선으로 바꿀 수 있다고 주장하듯이. 모든 아들들은 아버지에게 반발하면서도 사랑하고, 그 강하고 넓은 어깨를 그리워하면서도 결국 넘어서고자 하죠. 저는 믿음이 아니라 앎을 통하여 아버지를 넘어섰습니다.

자, 선생님. 아직 선뜻 주님을 받아들일 준비가 되어있지 않으실 거라는 점은 이해합니다. 그러면 대신 마음껏 증오할 수 있는 대상을 떠올려 보세요. 무언가를 사랑한다는 것은, 그 사랑을 방해하는 상대를 증오한다는 의미 아니겠습니까? 결국 주님께 대한 사랑으로 수렴하는 한, 증오 역시도 좋은 시작입니다. 역겨운 동성애자는 어떻습니까? 이중적인 페미니스트는?

변태적인 트랜스젠더는? 뻔뻔한 노동운동가들, 위선적인 환경주의자들, 미개한 다문화주의자들은요? 아 참, 추잡한 운동권도 빼놓으면 안 되죠. 뭐든 좋습니다. 선생님 정도 되는 분이 미워할 만한 대상이라면 정당한 이유가 있겠죠. 그리고 스스로가 주류이며, 표준이고, 상식이고, 대표성이라는 걸 확인해 보세요. 주님의 가호가 함께하실 겁니다. 천국의 문을 두들기시면, 새 하늘과 새 땅이 선생님을 맞이할 겁니다. 처음과 같이, 이제와 항상 영원히.

홍청강

어린 시절부터 사람이나 동식물보다는 책과 사물이 많은 환경에 둘러싸여 살아왔다. 초등학교 시절부터 동화책이나 위인전 대신 퇴마록, 바람의 마도사, 로도스 전기, 야만인 코난 등의 판타지 소설과 청소년 대상 과학잡지 등에 실린 SF 단편 등을 읽다가 마음에 들지 않는 부분을 고쳐 쓰거나 작중에서 직접 다뤄지지 않은 부분을 상상해 메워 넣는 형태로 '창작'을 시작했다가 점차 자신만의 이야기를 만들어내는 쪽으로 관심이 옮겨갔다. SF 작가 중에선 할란 엘리슨, 판타지 작가 중에선 마가렛 와이스와 트레이시 힉맨, 호러 작가 중에선 클라이브 바커를 좋아한다. 대전대학교 문예창작학과 졸업, 창작 동호회 '절판서에 바치는 장미' 1기, 환상문학웹진 거울 필진.

모계유전

김수륜

그 일이 언제 벌어지는지는 잘 모른다.

내가 처음 어머니에게 그 일에 대해서 들은 것은 열네 살 때였다. 나는 그때 중학교에 다니고 있었다. 계집애는 중학교에 갈 필요가 없다던 아버지에게 울고불고 사흘간 밥을 굶으며 졸라서 간신히 허락을 받아내 가게 된 중학교였다. 학교에서 하교하면 대략 5시에서 6시 정도 되었다.

그 날은 칠판 주번이라서 조금 늦게 돌아갔는데, 어머니가 집에 없었다. 아버지는 평소처럼 불콰하게 취해 드러누워 있었다.

엄마가 집에 언제부터 없었을까. 나는 곰곰이 생각하다가 일단 가방부터 장작더미 안쪽에 숨겨놓았다. 술을 마신 아버지가 고래고래 고함을 지르며 내 가방과 교과서들을 모조리 불태운 이후 생긴 버릇이었다.

왜 교과서가 없어졌는지 알게 된 담임선생님이 교무실에 남거나 위 학년 선배들이 썼던 교과서를 구해주셔서 다행이었다. 가방은 쓰레기장에서 버려진 걸 하나 주워 빨고 꿰매니 그럴듯했다. 이렇게 힘들게 다시 얻은 교과서와 가방을 다시 빼앗길 수는 없어서 어깨가 빠질 거 같아도 학교에 갈 때는 교과서를 전부 가방에 쑤셔 넣었고, 집에 와서는 매번 다른 장소에 숨겨두었다. 연필 같은 건 교실에서 어떻게든 빌리거나 몽당연필을 얻어서 쓸 수 있었지만, 교과서를 또 선생님의 호의에 의지해 구할 수는 없는 노릇이었다.

가방을 숨긴 뒤에 엄마를 찾으러 갔다. 엄마가 이 시간에 갔을 만한 곳은 한 군데밖에 없었다. 성당이다. 성당의 일을 돕는다면 아버지도 어쩔 수 없이 엄마를 보냈으니까.

소박한 들꽃으로 가꿔진 성당 마당에는 아무도 없었다. 보통 아주머니들이나 아저씨가 마당을 쓸거나 잡초라도 뽑고 있을 법도 한데 기이하게 조용했다.

성당 사무실 한쪽에는 사랑방이 있었다. 사랑방 문을 열자 엄마가 거기 있었다. 사목회장 아주머니가 앉아서 한숨을 푹푹 내쉬며 엄마의 얼굴과 팔다리에 약을 발랐다. 무슨 일이 있었는지 바로 알아차렸다. 아버지는 술을 마시면 간혹 엄마한테 손을 휘두르고는 했다. 그 때마다 엄마는 적당히 맞다가 아버지가 본격적으로 주먹을 쥐면 성당으로 도망쳤다. 성당에는 항상 사람이 있었고, 사람들은 도망쳐온 엄마를 숨겨주었고, 간혹 아버지가 쫓아오기라도 하면 쓴소리를 한두 마디 던지며 돌려보냈으니까. 체면을 중시하는 아버지는 다른 사람 앞에서는 점잖은 척 돌아섰으니까.

나를 본 사목회장 아주머니가 주섬주섬 약 상자를 챙겨서 일어섰다. 나는 아주머니에게 꾸벅 인사를 하고 엄마 곁으로 갔다.

"밥 한 상 갖고 올 테니 여기서 기다려."

"네, 고마워요, 큰언니."

사목회장 아주머니는 이 동네에서 '큰언니'라고 불렸다. 그녀는 대답 대신 한숨을 푹푹 쉬면서 나갔다. 엄마가 내게 다정한 눈빛을 보냈다. 하지만 엄마 얼굴을 본 나는 아무 말도 하지 못했다. 얼굴 한쪽이 시뻘겋게 부풀어 있었다. 호랑이연고로도 그 상처를 감추지 못했다. 내일이면 저 얼굴이 보라색 멍으로 뒤덮일 것이다.

나는 울음을 삼키면서 엄마 옆에 앉아서 가만히 엄마의 귓가에 입을 가져갔다. 엄마는 내 쪽으로 몸을 살짝 기울였다. 이 넓은 사랑방에 우리밖에 없었지만, 그래도 누가 들을까 봐 나는 아주 작게 속삭였다.

"엄마… 도망가…."

엄마는 대답 대신 미소를 짓고 팔을 뻗어 내 어깨를 끌어안았다. 그 작은 동작으로도 엄마가 숨을 삼키며 통증을 참는 게 느껴졌다.

"엄마가 이야기 하나 해줄게."

엄마도 나처럼 목소리를 한껏 낮췄다.

"때가 되면 엄마한테, 외할머니한테, 외외증조할머니한테 일어났던 일이 벌어질 거야."

나는 머리를 살짝 움직였다. 그러자 엄마의 이마와 내 이마가 맞닿았다.

"그 일은, 너뿐 아니라 네 딸, 네 손녀딸에게도 이어질 거야."

엄마가 머금은 뜨거운 체온과, 입술에서 내뿜어지는 뜨거운 숨결이 나를 껴안듯이 다가왔다.

"그때가 오기 전에 너는 신랑을 찾아서 결혼을 해야 해. 네가 …할 사람은… 반드시 …이어야 해."

나는 눈을 깜박였다. 마치 귀에도 열이 가득 찬 것처럼 잘 들리지 않았다. 아니, 잘 못 들었다고 생각하는 것 같기도 했다. 무슨 말인지 이해하고 싶지 않아서.

"엄마…?"

내 목소리가 낯설게 들렸다. 엄마는 시뻘겋게 부푼 얼굴, 터져버린 입술로 미소를 지었다.

엄마가 내게 그 일에 대해서 알려준 건 그때뿐이었다. 나도 엄마에게, 엄마도 나에게 두 번 다시 말하지 않았다. 하지만 엄마와 눈이 마주칠 때마다 엄마는 매번 눈으로 물었다.

기억하니.

내가 눈을 피하려 하면 할수록, 엄마의 눈이 어둡게 불탔다. 엄마는 눈으로 묻고 또 물었다. 기억하니. 기억하니. 기억하니. 내 온몸을 뒤흔드는 것 같은 엄마의 응시 속에서 내가 그 말들을 하나하나 기억해내면 그제야 엄마의 어둠 같은 질문들이 가라앉았다.

*

몇 해가 지나 아버지의 다리가 부러졌다. 낫지도 않은 다리로 술을 마시고 걸어 다니다가 아버지는 영영 불구가 되었고, 그때가 되어서야 엄마를 향한 폭력이 멈췄다.

내가 결혼하기 전에 폭력을 멈춰서 다행이라고 생각했다. 맞고 사는 엄마를 내버려두고 내가 그 집을 탈출했다면 너무나 슬펐을 테니까. 하지만 엄마는 단호하게 말했다.

"인생 살다 보면 좋을 때도 있고 아닐 때도 있는 법이다. 내 걱정은 말고 결혼할 때가 되면 해야지."

"엄마를 놔두고 어떻게 해."

"잘 들어. 결혼은 반드시 해야 해. 지나가는 거지와 하더라도 결혼은 해야 한다."

단호하게 말하는 엄마는 어딘가 결사적이었다. 어딘가 마음 한구석에서 속삭이고 있었다.

결혼도 그 일과 관련이 있어.

그런 확신이 들자 도무지 엄마 말을 거역할 수가 없었다.

나는 사무보조로 일하던 건축 사무소에서 같이 일하던 과장에게 청혼을 받고 결혼했다.

이듬해에 나는 임신을 했고, 회사를 그만둔 뒤에 아들을 낳았다. 임신한 후에도 가열차게 이어지던 시모의 구박이 아이를 낳자 잠시 멎었다. 아니, 구박이 멎은 수준이 아니었다. 시모는 나와 아들만 보면 환하게 웃으며, 내게 성큼성큼 돈을 찔러주었다. 아이를 키울 때는 현금이 많이 필요한 법이라면서. 그런 시모의 눈치를 보느라 시누이의 등쌀도 줄었다.

아이는 남편을 닮았다. 약간 벌어진 미간, 다소 좁은 듯한 하관, 얇은 입술, 둥근 이마. 하지만 나를 닮은 구석도 있었다. 긴 속눈썹과 약간 치켜올라간 눈매, 아기인데도 두드러지는 높은 콧대와 귓불이 큰 귀 같은 것들. 하지만 시모는 이런 것도 전부 남편을 닮았다며 좋아서 어쩔 줄을 몰랐다. 그 모습이 꼴 보기 싫었지만 어쨌거나 아기는 사랑스러웠다. 첫아기였고, 첫아들이었고, 내가 뭔가를 성취해낸 기분이 들게 한 아이였다.

그래서 다음 해에 딸을 봤을 때 그런 기분일 줄 몰랐다.

생각처럼 기쁘지 않았으니까. 임신했을 때부터 달갑지 않기도 했다. 아들이 쑥쑥 자라고 몸무게가 늘어서 뿌듯했지만 그만큼 무거워지고, 힘이 세져서 출산 후 상태가 나빠진 손목으로는 감당해낼 수가 없었다.

둘째를 안 가질 생각은 아니었다. 단지 몸이 회복될 때까지 임신을 미루고 싶었을 뿐이다. 남편에게 충분히 설명하면서 한동안 잠자리를 자제하자고 당부했다. 알겠다던 말은 그때뿐이었다. 술만 마시면 모든 약속을 까먹고, 내 거부를 무시하고 달라붙어왔다.

임신 기간 내내 기분이 좋지 않았다. 낳아놓으니 더 힘들었다. 딸은 정말이지 쉽게 잠들지 않는 아이였다. 잠투정이 심각해서 한 번 재우고 나면 진이 빠졌다.

애들을 키우느라 시간이 쏜살같이 흘러갔다. 매일매일이 유지하기에 바쁜 나날이었다. 아이들을 키우고 집안을 돌보는 일은 어제 백 번 천 번을 해도 오늘과는 상관없는 일이다. 어제 수십 번 애 옷을 빨고 갈아입혀도 오늘 애가 한 번 음식을 옷에 엎으면 애는 더러워지는 것이다. 어제 그릇 수백 개를 설거지했어도 오늘 애가 밥투정 간식투정 서너 번 하면 개수대에 그릇이 쌓이는 것이다.

*

그런 날들을 보내는 와중에 그 일이 벌어졌다.

추석에 다 같이 모인 때였다. 시누이는 평소처럼 누워서 내게 말하고 있었다.

"올케, 나 곶감호두말이 띄운 수정과 좀 갖다줘."

식사가 끝난 지 1시간쯤 됐을 무렵이었다. 밥을 먹고 상을 치운 뒤 설거지하고 부엌 정리한 뒤 저녁 준비를 위해 쪽파를 다듬는 와중에 들은 말이었다. 이럴 때는 가타부타 말을 붙이는 게 더 시끄러워지기 마련이었다. 시누이는 먹고 싶은 건 꼭 먹어야 직성이 풀리는 사람이었다.

시모의 냉장고는 그야말로 거대한 창고였다. 두 개의 김치냉장고에까지 꽉꽉 들어찬 식재료는 줄어들 기미가 전혀 없이, 마법의 창고처럼 볼 때마다 늘어나면서 내 손길만을 기다렸다. 나는 냉장고를 뒤져서 곶감과 호두, 잣을 꺼냈다. 곶감을 펼쳐서 반듯한 사각 모양으로 자르고, 호두와 잣을 박아서 돌돌 만다. 본래는 냉장고에서 하루 묵혀야 모양이 예쁘게 잡히지만 그럴

틈이 없었다. 바로 잘라서 수정과 위에 띄워 가져갔다.

"고마워, 올케."

그때부터 시누이는 단 걸 먹으니 짠 게 당기네, 바삭바삭한 게 먹고 싶네 어쩌니하면서 연달아 내 이름을 불러댔다. 나는 한숨을 쉬면서 해달라는 대로 해주었다. 시가에 오면 어쩔 수 없는 일이었다.

제대로 앉아보지도 못하고 내내 시중만 들다 마침내 저녁이 되어서야 앉을 수 있었다.

이 집은 제사를 지내지 않는다. 남편이 어릴 때 시부가 돌아가셨다고 들었다. 그때는 제사를 지냈지만, 남편이 군대에 가면서부터는 제사를 관뒀다고 했다. 그때 시조모가 돌아가신 덕분에 제사를 그만둘 수 있었다고. 하지만 시부가 돌아가신 날이 되면 이렇게 식구들이 다 모여서 술자리를 만들었다.

내가 차린 술상을 받아서 시가 식구들이 도란도란 앉아 이야기꽃을 피우고 있었다. 나도 간신히 소주 한 병을 들고 끼어 앉을 때였다. 간신히 재웠던 딸, 말리가 부스스 일어나 문을 열고 나왔다.

"엄마…."

짜증이 확 일었다. 온종일 제대로 앉지도 못하고, 내 집도 아닌 남의 집에서 종종거리고 시중만 든 피로와 짜증이 한 번에 몰려왔다.

나는 말없이 아이를 향해 팔을 내밀었다. 아이가 머뭇거리며 눈치를 보았다. 남편은 애를 흘긋 보다가 시선을 슥 돌리며 관심을 끊었다. 아이가 눈치를 보는 게 몹시 짜증이 났다. 말리라고 이름을 지어준 딸아이는 내가 저를 탐탁지 않아 하는 걸 알았는지 언젠가부터 나를 찾을 때마다 눈치를 봤다. 그게 딸아이의 잘못은 아니라는 걸 알고는 있었다. 애가 애답게 엄마 기분이 언짢더라도 애교부리며 와서 덥석덥석 안기면 얼마나 좋은가? 아들은 음식량이 충분하고, 자기가 좋아하는 장난감만 있으면 세상에서 제일 착한 아이였다. 그에 비하면 딸아이는 잠투정이 심하더니 이유식을 할 때도 까다롭게 굴었다.

짜증스러웠지만 애가 엄마를 찾고 있었다. 나는 팔을 벌린 채 오지 않는 아이에게 인상을 썼다. 그러자 애가 흠칫 놀라면서 쭈뼛쭈뼛 옆에 다가왔다.

"올케는 모성애가 별로 없는 타입인가 봐. 애한테 항상 그렇게 싸늘하게 굴고."

시누이가 술잔을 들어 올리며 미소를 지었다. 나는 말없이 눈을 내리깔았다.

"보면 올케도 큰조카와 작은조카 차별이 심하다니까. 둘째의 서러움은 내가 둘째니까 잘 알지. 이리 온, 말리야. 고모한테 와."

딸아이가 고개를 도리도리 저으면서 내 옆에 달라붙었다. 그 모습을 보면서도 시누이가 미소를 지었다. 말리가 어딜 봐서 그렇게 예쁜지 도저히 모를 일이었다. 내가 나직하게 물었다.

"왜 안 자고 나왔어."

딸아이는 여섯 살인데, 제 오빠보다 더 말을 잘했다.

"자다가 배가 꼬르륵거려서 잠이 깼어요."

그래서 가끔 거짓말도 잘했다. 나는 물끄러미 아이의 얼굴을 들여다보았다. 정말로 배가 고파서 깬 건지, 아니면 뭔가 다른 이유가 있었는지.

"화장실 가고 싶어서 깬 거 아냐?"

딸아이는 고개를 도리도리 저었다.

"아니에요."

"올케, 배가 고프다잖아. 애한테 먹을 거부터 줘요."

"그래, 먹을 것부터 줘라."

시누이와 시모가 차례로 앉아서 술잔을 꺾으며 말했다. 나는 한숨을 쉬면서 일어섰다. 딸애가 좋아하는 버터간장밥이라도 해줘야겠다고 부엌에 들어설 때였다. 갑작스럽게 몸이 떨렸다. 아파트일지라도 부엌은 다른 방들보다 항상 따뜻하다. 심지어 오늘은 온종일 어른들과 아이들의 끼니와 간식을 마련하느라 가스레인지 위에서 항상 뭔가가 끓었고, 사람도 끊임없이 드나들었다. 그런데 왜 갑자기 이렇게 춥지?

냉장고 앞에 있던 나는 창문이 열렸나 싶어서 무심코 부엌 창문 쪽을 돌아보았다. 부엌 창문은 개수대 쪽에 있었다. 밤이라 창밖이 어두웠고, 아파트단지 아래쪽에서 가로등만이 줄지어 빛나는 시각이었다. 지금은 9월이었고 그렇게까지 추울 계절이 아니었다.

개수대와 상부 수납장 사이에 가로로 길쭉하게 자리 잡은 부엌 창문에 한 남자의 얼굴이 둥둥 떠 있었다.

여기는 15층이었다.

"악!"

나는 짧게 비명을 지르며 물러섰다. 몸서리를 치는 바람에 내 손에서 간장병이 굴러떨어졌다.

"무슨 일이냐?"

"뭐야? 왜 그래, 당신?"

남편과 시모가 허둥지둥 달려왔다. 부엌 창문에 떠 있던 얼굴의 시선이 스윽 나와 마주쳤다. 새까맣고, 탐욕스럽고, 빛이 없이 탁한 눈이 나를 쳐다보았다. 눈이 나를 인지했다. 너로구나. 다음 순간 그 얼굴이 사라졌다. 눈앞이 새까매지는 기분이 들었다.

엄마의 말이 선명하게 떠올랐다. 그때가 오기 전에 너는 신랑을 찾아서 결혼을 해야 해.

저절로 가슴이 들썩였다. 숨이 부족했다.

"여보."

나는 고개를 저었다.

"아무것도 아니에요. 바퀴벌레가 나와서 그만…."

"그런 거로 그렇게 소리를 질러!"

시모가 버럭 화를 냈다. 나는 바닥에 구르는 간장병에 시선을 박고 있다가 들어 올렸다. 다행히 간장병에서 간장이 쏟아지지 않아서 바닥은 깨끗했다.

"네 나이가 몇 살인데 그깟 걸로 소리를 질러서 사람을 놀라게 해! 이 시어미를 놀래켜 죽일 셈이냐! 그깟 벌레 따위가 너를 죽이기라도 해?"

나는 당황해서 시모를 쳐다보았다. 달려온 남편도 얼떨떨한 얼굴이었다.

"엄마, 뭐 그렇게까지 화를 내."

오지는 않았지만 이쪽을 쳐다보는 시누이도 당황한 것 같았다. 시모는 인상을 팍 쓰고는 몸을 휙 돌려서 나갔다. 그때 누가 주저앉은 내 등을 꽉 끌어안았다.

"엄마, 괜찮아요?"

말리였다. 나는 깊이 한숨을 내쉬며 고개를 끄덕였다. 내가 소리를 지르는 바람에 모두 놀랐는데, 아들만은 안 깨고 잘 자고 있어서 다행이었다.

"응, 엄마는 괜찮아요."

습관적으로 말리를 도닥이면서 마음을 추슬렀다. 머리가 정신없이 돌아갔다.

엄마가 왜, 그때가 언제라고 말해주지 않았는지 알 것 같았다. 말해줄 수가 없는 것이다. 엄마도 모르기 때문에. 나도 몰랐다. 그때가 바로 지금이라는 것을, 오기 전까지는 모를 것이다.

거실 베란다 창이 반 정도 열려 있었다. 거기에 그 남자 얼굴이 언뜻 나타났다가 점멸하듯이 사라졌다. 하지만 떠났다는 느낌이 아니었다. 전등 스위치를 켰다가 끄면 환한 빛에 적응했던 눈에 사물이 보이지 않지만 아무것도 사라지지 않았듯이, 그 둥둥 떠 있는 남자 얼굴도 그저 보이지 않게 된 느낌이었다.

심장이 낚싯바늘을 삼킨 물고기처럼 펄떡거렸다. 머리에서부터 발끝까지 내 온몸이 전부 펄떡거리는 것만 같았다. 너무 무서워서.

너로구나.

그 탁한 눈이 말하고 있었다.

너다.

나는 초록색 소주병을 쥐고 잔에 채웠다. 술이 필요했다.

아니야, 내가 아니야.

술잔을 단숨에 비웠다. 끝 맛이 달짝지근했다. 술이 너무 달아서 전혀 취할 것 같지가 않았다. 하지만 두 잔, 석 잔을 비우는 동안 점차 맥박이 제자리를 찾아갔다.

"엄마, 깡소주만 마시면 속이 상한대요."

말리가 옆에서 편육 접시를 내 앞으로 끌어당겼다. 시누이가 웃음을 터뜨렸다.

"어머, 얘 좀 봐, 그런 말은 어디서 배웠어?"

"티브이에서요!"

"아유, 엄마 생각할 줄도 알고. 다 컸네, 다 컸어. 올케는 애 다 키워서 이제 편할 일만 남았네."

시누이의 빈정대는 목소리를 들은 척 만 척 편육을 한 점 집었다. 이제 뭘 해야 할지 알 것 같았다.

자정이 가까워지자 시모는 자러 안방에 들어갔고 나와 남편과 시누이만 남아서 술을 마셨다. 침묵 속에서 술만 마시는 분위기는 스산하기 그지없었다. 말리는 내 티셔츠 옆구리를 꼭 쥐고 놓을 생각을 하지 않았다.

마침내 때가 왔다.

거실 베란다 창이 반쯤 열려 있었다. 그 창으로 부엌 창문에 나타났던 남자 얼굴이 들어왔다. 아까는 얼굴만 있었지만 지금은 몸도 있었다. 40대 정도 되었을까, 50대 초반일까, 피부 자체가 너무 풍화된 종이처럼 삭아 있어서 나이를 정확하게 추정하기가 어려웠다.

누렇게 찌든 손가락이 나를 가리켰다. 나는 고개를 저었다.

내가 아니야.

"이현지를 데려가."

나는 시누이의 손목을 잡아 일으켰다. 술을 마시던 시누이의 눈이 둥그레졌다.

"올케, 그게 무슨 소리야?"

남자가 시꺼먼 입을 헤벌쭉 찢으면서 다가왔다. 짙은 담배 냄새, 땀과 오줌이 썩은 듯한 지린내가 코를 찔렀다. 쓰레기통에서 풍기는 냄새 같았다. 그리고 그 남자가 내가 일으킨 시누이의 손목을 잡아챘다.

"오, 올케, 이게 무슨… 올케… 왜… 나한테 왜… 왜 이래…."

시누이가 속절없이 남자에게 끌려갔다. 몸은 남자에게 끌려가면서도 시누이의 눈은 정확하게 나를 바라보고 있었다.

"올케! 올케! 나한테 이러면 안 돼! 네가 어떻게 나한테 이래! 네가! 어떻게!"

"현지야, 너 뭐하는 거야? 이 사람이 뭘 했다고 그래?"

남편은 멍하니 쳐다보면서 무슨 사태인지 이해하지 못했다. 시누이가 고래고래 질러대는 소리 때문에 잠들었던 시모가 방문을 열고 나왔다.

"이게 무슨 소란이야?"

시모와 남편의 눈에는 시누이를 끌고 가는 남자가 보이지 않는 것 같았다. 남자는 시모와 남편이 일어서려 하자 다시 입이 찢어지라 웃으며 더 걸음을 재촉했다. 나는 이 모든 광경을 가만히 지켜보고 있었다.

베란다 창에는 200킬로그램의 무게에도 버틴다고 하는 강철 방충망이 설치되어 있어서 누구도 이상하게 여기기만 할 뿐 걱정하지 않았다. 하지만 나는 기묘한 확신이 있었다. 저 남자는 분명히 어떻게든 시누이를 데리고 갈 것이다.

엄마가 내게 속삭였던 말들이 떠올랐다. 엄마가 다시 한 번 내게 말하는 것만 같았다. 기억해, 네가 밀어야 할 사람은 반드시 가족이어야 해. 네 가족.

나는 시누이의 손목을 잡아 직접 넘겨주었다.

내가 아니기 위해.

남자에게 내가 가지 않기 위해.

그리고 시누이는 강철 방충망을 열고 뛰어내렸다. 15층 아파트 베란다에서.

*

시누이의 장례식에서 시모가 내 뺨을 호되게 갈겼다.

"너 때문이야! 네가 내 딸을 죽였어! 네가 감히! 내 딸을! 너 같은 걸 데려오는 게 아니었다!"

나는 조용히 눈을 내리깔고 눈물을 흘리며 그 자리를 피했다.

시모를 달래어 휴게실에서 재운 뒤 돌아온 남편이 한숨을 쉬었다.

"대체 엄마가 왜 저러지? 내가 다 미안하네, 당신한테."

제삼자인 척 뒤로 빠지는 말투는 남편이 항상 써먹는 화법이다. 나는 그저 눈물을 흘리며 고개를 저었다.

"어머니가 충격이 크신가 봐요. 제가 가면 더 화내실 것 같으니, 당분간 저는 어머니 앞에 안 갈게요."

"그래, 그게 좋겠어."

나는 휴게실로 돌아왔다. 말리가 눈이 퉁퉁 붓도록 울다가 지쳐서 자고 있었다. 이 조그만 여섯 살짜리가 죽음과 장례를 뭐라고 생각하는지 도무지 알 수가 없었지만, 어른처럼 행동하는 게 징그러웠다. 반면 아들은 무슨 일인지 전혀 모르는 것만 같았다. 해맑은 얼굴로 장례식장에서 나온 편육을 열심히 먹고, 혼자서 잘 놀고 잘 잤다. 엄마를 가끔 찾는 거 말고는 정말 손이 안 가는 아이였다.

말리의 손이 이불 밖으로 삐져나와 있었다. 아이의 손을 다시 이불 속으로 넣고 잘 여며주었다. 엄마의 말이 다시 한 번 떠올랐다.

'때가 되면 엄마한테, 외할머니한테, 외외증조할머니한테 일어났던 일이 벌어질 거야. 그 일은, 너뿐 아니라 네 딸, 네 손녀딸에게도 이어질 거야.'

내 딸, 내 손녀딸에게도 이런 일이 이어진다고. 이 조그만 아이가 나와 같은 일을 겪는다고.

말리가 좀 짜증스럽다 할지라도 내 딸이었다. 이 아이가 이런 일들을 겪는다니…. 홀연히 툭 떨어지던 시누이의 뒷모습이 떠올랐다. 몸은 끌려가면서도 얼굴을 애써 돌려 나를 보며, 안구가 튀어나올 것 같고 입이 검게 뻥 뚫려 울부짖던 모습도.

이 아이가 이런 일을 겪게 된다는 것이다.

저 아이에게 그 일이 벌어질 때 내가 있을까? 엄마는 내가 그 일을 겪기 전에 돌아가셨다. 그래서 엄마에게 가서 물어볼 수가 없었다.

엄마가 돌아가실 때 하염없이 흐느껴 울었다. 엄마만이 내가 진심으로 믿고 의지할 가족이었다. 엄마 외에는… 믿고 의지할 사람이 아무도 없었다. 사람들은 대체 사는 게 얼마나 고단하냐고 수군거렸다. 숨을 쉴 때마다 혼자라는 실감이 떠올라 눈이 짓무르도록 물이 흘렀다. 장례식에 왔던 시모는 시집살이가 얼마나 고되면 그렇게 우는지 남들이 흉본다며 남사스럽게 울지 말라고 모질게 굴었다. 하지만… 그 눈물은 어떻게 해도 참아지지 않았다.

이제 나는 천애고아인 것이다. 의지처가 하늘 아래 아무 데도 없는 것이다.

엄마가 없으면 내겐 아무도 없다.

물어볼 사람도, 상담할 사람도 없어. 엄마가 그래서 성당에 그렇게 열심히 다녔던 걸까. 의지할 순 없어도 최소한 엄마가 거기 있다는 걸 알아줄 사람들을 찾아서?

아들은 잘 자랐다. 남매가 그렇게 사이좋지 않다는 문제가 있긴 했다. 가끔 제 여동생을 두들겨 팼다. 볼 때마다 나무랐더니 내가 없을 때 때리고, 엄마에게 말하지 말라고 협박하는 모양이었다. 아들이 물색없이 동생을 때리는 건 아니었다. 말리는 조금이라도 이치와 규칙에 맞지 않으면 납득을 못하는 아이였다. 반면 아들은 넉살이 좋았다. 그리고 한번 욱하고 성을 내면 앞뒤 없이 주먹을 휘두르는 성질도 있었다. 애교를 섞어 넉살 좋게 대꾸하다가 어느 순간 이중인격처럼 욱하고 성질을 내며 주먹부터 쥐는 게 제 아비와 똑같았다. 둘이 싸우는 건 자연스러운 결과였다. 말리는 제 오빠가 게으름을 피우거나 대충 애교로 넘기는 걸 그대로 봐넘기지를 못했고, 아들은 제 여동생이 자신에게 따져 드는 걸 참지 못했다.

말리가 오빠 앞에서 조금만 참으면 될 일인데, 그걸 참지 못해서 매번 매를 버는 것이다.

나이가 들어가면서 말리는 제 오빠와 아예 말을 섞지 않게 되었다. 둘 사이는 몹시 냉랭했지만 어쨌거나 집안은 조용해졌다.

아들과 말리 모두 큰 말썽 없이 사춘기를 보내며 착실하게 자랐다. 아들이 취업한 후, 나는 전세금을 마련해 아들을 독립시켰다. 말리도 취업했지만 아들과는 달리 독립을 시키지 않았다. 남편이 딸아이를 시집가기 전까지는 내보내지 않겠다며 강경하게 반대하기도 했고, 요즘같이 흉흉한 시기에 여자 혼자 살게 두는 것도 영 불안했다. 딸아이에게 전세금을 넘겨주는 것보다는 좀 더 모아서 혼수를 마련해주는 게 좋을 것 같았다.

슬슬 혼기 걱정을 할 무렵이었다. 내가 뭐라고 하기도 전에 아들은 먼저 만나는 여자가 있다고 소개 자리를 마련했다. 아직

상견례도 아니고, 결혼을 약속한 것도 아니었으니 집에서 만나는 건 과하다 싶어서 고즈넉한 중식당의 룸을 예약했다.

아들이 데려온 여자는 얌전하고 꽤 예뻤다. 긴장했는지 제대로 먹지 못했지만, 그건 당연했다. 어떤 여자가 시어미 될지도 모르는 어른 앞에서 태평할 수 있을까. 제법 화기애애한 분위기 속에서 식사하는데, 말리가 사고를 쳤다.

말리는 처음부터 그 여자가 마음에 안 드는 기색이 역력했다. 애당초 이 자리 자체에 별로 오기 싫어하는 것을 내가 억지로 권해서 데려왔다. 식구라고는 딱 넷인데 남편마저 갑작스럽게 지방 출장이 잡혔다며 빠졌다. 식구가 하나라도 더 있는 게 좋을 것만 같았다.

그 말리가 밥 먹는 내내 툴툴거리면서 영 석연치 않아 하더니 급기야 식혜를 아들 여자친구의 옷에 엎은 것이었다. 말리 자신도 놀랐는지 당황해서 자리에서 일어나며 사과를 했다.

"어머, 언니, 미안해요!"

하지만 그 사과가 끝나기도 전에 아들이 일어나 말리의 뺨을 후려쳤다. 아들 여자친구의 얼굴이 경악으로 얼어붙었다. 말리가 비틀거리면서 옆으로 넘어졌다. 나도 눈을 크게 뜨면서 아들을 돌아보았다.

아들은 홧김에 손을 댄 다음, 여자친구를 돌아보다가 안색이 굳어졌다. 아들의 여자친구는 마치 범죄자를 보는 것 같은 얼굴로 아들을 보고 있었다.

나는 옷을 버린 그 애를 데려가서 옷을 새로 사주고 갈아입혔다. 아들은 여자친구에게 연달아 뭐라고 속삭이며 달래고 있었다. 아들이 여자친구에게 정신이 팔린 사이, 나는 말리에게 집에 가지 말고 친구 집이라도 가 있으라고 속삭였다. 아들 성격으로 봐서 여자친구가 간 다음에 도저히 그냥 있을 것 같지 않았다. 핸드폰도 꺼놓고, 친구 집에 가 있으라고 일렀다.

말리는 복잡한 눈으로 나를 쳐다보다가 고개를 끄덕였다.

아들이 그 일을 어떻게 수습했는지는 몰라도 아들의 여자친구, 그 아이 수빈은 아들과 결혼을 약속했다.

*

아들과 수빈이 결혼한 후 남편이 지방에서 교통사고로 죽었다. 지방 출장이 잦더니 결국 과속하다가 당한 교통사고였다. 그 후 나는 딸과 둘이서 살았다.

그리고 몇 년 후 남편의 기일이라 납골당에서 돌아오던 길이었다. 갑작스럽게 알게 되었다. 곧 딸애에게 그 일이 벌어질 거라는 걸.

엄마는 내가 꽤 어릴 때 내게 말해줬지만, 나는 여태까지 딸에게 말해준 적이 없다는 것도 함께 깨달았다. 엄마가 이런 기분이었던 걸까? 엄마는 그래서 내게 말해줬던 걸까? 만약… 엄마가 그때 살아계셨다면 이런 기분이셨을까?

우리는 밥을 먹고 있었다. 문득 숟가락을 딱 멈춘 나를 보고 말리가 눈을 둥글게 떴다.

"엄마? 왜 그래요? 어디 아파?"

어쨌거나 말리는 미우나 고우나 내 딸이었다. 말리의 눈을 들여다보다가 말했다.

"며칠 후에 수빈이 부를 거다. 그때 어디 가지 말고 집에 있어."

"응? 싫어, 그럼 그 인간도 올 거 아냐?"

"오빠한테 그 인간이 뭐야."

나는 반사적으로 나무라다가 다시 말을 되잡았다.

"말리야, 엄마 말 잘 들어."

말리가 여섯 살 때 일어났던 그 일이 다시 떠올랐다. 그 일은 절대 잊을 수 없다. 잊히지도 않는다. 나는 아직도 그 순간에 떠돌던 집 안의 냄새를 기억한다. 내가 삶아서 썰었던 수육의 부들부들한 냄새, 수육을 삶을 때 누린내를 제거하느라 넣었던 양파와 대파와 마늘이 흐늘흐늘하게 늘어지던 모양, 그리고 내가 떨어뜨렸던 간장병의 빨간 상표 같은 것들을 선명하게 떠올릴 수 있다.

"엄마한테도, 외할머니한테도, 외외증조할머니에게도 일어났던 일이 있어."

말리는 말없이 눈을 껌벅거렸다.

"너한테도 그 일이 일어날 거야."

하지만 너는, 나와는 다르게, 엄마가 옆에 있어줄 거야.

"그 일이 일어나면 엄마가 시키는 대로 해. 알겠어?"

말리가 잠자코 젓가락을 만지작거리다가 물었다.

"그 일하고 수빈 언니하고 무슨 상관인데?"

나는 엄마에게 그 말을 처음 들었을 때 놀라고 당혹스러웠지만 말리는 전혀 그렇지 않았다. 그저 잠시 생각하다가 되물었을 뿐이었다. 나는 이걸 미리 말해줄 필요가 있을까 생각했다.

네가 믿어야 할 사람은 반드시 가족이어야 해.

말리는 아직 결혼을 안 했는데… 하지만 괜찮아. 말리는… 괜찮아.

"아무튼, 엄마 말대로 한다고 약속해. 알았어, 몰랐어?"

말리는 다른 때와는 달리 선뜻 대답하지 않았다. 어릴 때부터 이럴 때는 유난히 고집스럽던 아이였다. 말리는 물끄러미 내 얼굴이며 몸짓을 살펴서 내 속을 알아내려고 애썼다.

"말리야, 그 일이 일어나면, 너는 엄마 말이 무슨 뜻인지 알게 될 거야. 엄마 말대로 따르면 너는 그 일을 한 번만 겪을 수 있어."

나는 엄마가 했던 말이 무슨 의미인지 이제 안다.

내 딸에게 엄마가 했던 말을 그대로 전하고 있다.

"약속해, 엄마가 시키는 대로 한다고!"

"으응…."

말리가 마침내 고개를 끄덕였다.

나는 애써 아픈 척을 하며 아들에게 전화했다. 엄마가 몸살이 나서 아픈데, 수빈이가 보고 싶다고. 와서 엄마 얼굴 한 번만 보고 갔으면 좋겠다고.

이런 면에선 내게 잘하는 아들이었다. 아들은 "알았어, 수빈이 데리고 엄마한테 갈게. 엄마 너무 아프지 마." 몇 번을 당부하고 전화를 끊었다.

주말에 수빈이와 아들이 왔다. 둘 다 직장에 다니고 있었으니 평일에 오는 게 쉽지 않았다. 내가 당부했던 대로 말리도 집에 있었다. 말리를 본 아들이 의외라는 듯 놀라다가 눈을 부라렸다.

수빈이가 인사 왔던 때 이후로 둘의 사이는 악화일로로 치달아서 이제 도저히 같은 가족이라고 보기 어려웠다. 원래 가족이라는 이름 아래 묶이는 사람이 남보다 못할 때가 많은 법이다.

나는 요리를 데웠고, 말리가 아들과 수빈에게 상을 차려주었다. 아픈데 뭘 이런 걸 했느냐고 타박하면서도 아들은 맛있게 먹었다. 수빈은 음식을 건성으로 건드리며 나를 살폈다.

"어머니, 아프시다고 해서 홍삼을 사 왔는데 좀 드시겠어요? 홍삼이 몸에 받으시는지 이 사람은 모른다고 해서요."

수빈이 조심스레 나를 걱정하는 눈으로 바라보았다.

가슴이 콱 막히는 기분으로 웃었다.

나는 조심스레 말리를 살피며 따라다녔다. 시모와 시누이가 어떻게 행동했는지 기억한다. 그들 눈에는 그 얼굴이 보이지 않았다. 그러니 내 눈에도 보이지 않을 것이다. 내가 봐야 하는 건 말리뿐이었다. 말리가 알려줄 것이다.

지켜본 보람이 있었다. 하필이면 말리가 부엌에서 과일과 과도를 챙기던 때였다. 말리가 그대로 굳어버렸다. 말리의 손에 들려 있던 쟁반이 서서히 기울어졌다. 나는 재빨리 말리의 손에서 쟁반을 받았다. 말리의 발에 과도를 떨어뜨리기라도 하면 큰일이었다.

어딘가, 그것이 있다.

나는 침을 삼키면서 주변을 둘러보았다. 말리의 시선으로는 아무것도 알아낼 수가 없었다. 말리는 그저 눈을 크게 뜨고 허공을 쳐다보고 있을 뿐이었다. 차가운 소름이 등줄기를 훑어내렸다. 새까맣게 열려서 웃던 입, 찢어진 눈…. 그때 봤던 그 얼굴이 내 기억 속에 선명히 떠올랐다.

그리고 한 가지 기억도 떠올랐다.

나는 아주 어렸다. 서너 살쯤 되었을까. 화창한 낮이었다. 그때는 우리 가족이 작은아버지 내외와 함께 살고 있었다. 부엌은 낡은 한옥이라서 낮에는 깊고 침침했다. 엄마가 부엌의 높은 문턱 앞에서 작은 엄마의 등을 밀었다.

날카롭게 터지던 작은 엄마의 비명이 떠올랐다.

말리가 희미하게 고개를 끄덕이는 것처럼 보였다. 그게 아니었다. 말리의 몸이 떨려서 턱도 끄덕이는 것 같이 보일 뿐이었다. 말리가 나지막이 신음했다.

"아빠…?"

나는 과도를 내려놓고 말리의 어깨를 꽉 움켜잡았다.

"그건 아빠가 아니다."

말리의 공허한 눈이 나를 바라보았다.

"엄마…?"

"말리야, 그건 아빠가 아니야. 그건…."

나는 숨을 몰아쉬면서 말리를 끌어당겼다. 아니 내가 말리의 귓가로 가까이 다가갔다. 내 딸은 나보다 키가 컸다. 나는 발돋움을 해서 속삭였다.

"그건… 수빈이를 받아갈 것이야."

말리는 결혼을 안 해도 괜찮아. 다른 여자 가족이 이미 있으니까.

말리의 눈이 활짝 열렸다. 말리가 덜덜 떨면서 고개를 저었다.

"어, 엄마, 엄마, 그게, 엄마…. 아빠가…."

"아빠가 아니라니까! 엄마 말 듣기로 약속했잖아!"

나는 단호하게 소리 지르면서 말리를 끌어안았다. 그런데 말리의 손목이 움직이지 않는 걸 발견했다. 내 눈에는 보이지 않지만, 이미 손목을 붙잡힌 것이다. 나는 있는 힘껏 말리를 끌어안았다.

"안 돼! 내 딸이야! 말리야! 말리야! 어서 말해! 말리야!"

"엄마! 어떻게…! 안 돼, 엄마!"

말리가 목이 부러질 것처럼 머리를 흔들어댔다.

"엄마! 엄마가! 어떻게! 안 돼! 엄마가! 엄마가… 역시… 고모를…. 나도… 엄마처럼… 새언니를…!"

말리의 흔들리는 눈이 나를 바라보았다. 나는 손을 휘둘렀다. 말리를 키우며 단 한 번도 말리에게 손을 대지 않았었다. 안 그래도 제 오빠에게 치이는 아이가 가여웠기 때문에. 그런데 처음으로 말리를 내 손으로 때렸다.

"너는 내 딸이야! 저런 거한테 내 딸을 뺏길 수 없어! 세상 모두를 줘도 내 딸은 안 돼! 무슨 말인지 알아듣겠니?"

뺨을 얻어맞은 말리의 눈에서 눈물이 주르륵 흘렀다.

"어엄마아…."

"그래, 그래, 말리야, 내 딸."

나는 말리를 끌어안은 채 발을 옮겼다. 너무 무거워서 신음이 터졌다. 말리가 무거운 게 아니라, 말리의 손목을 쥔 것이 지독하게 무거웠다.

"엄마는! 너를 절대 뺏기지 않아!"

"엄마…."

내가 소리를 꽥 질렀다.

"수빈이를 주라고!"

거실에 있던 수빈과 아들이 벌떡 일어섰다. 부엌에서 일어나는 일이 가족의 일이라고 생각해서 애써 외면하던 수빈이와, 제 엄마와 제 동생이 창피해서 얼굴을 벌겋게 물들이던 아들이 마침내 뭔가 일이 생각과 다르다는 걸 깨달은 것 같았다.

두 사람이 성큼성큼 부엌으로 왔다.

"엄마, 왜 그래? 왜 소리 질러?"

"어머니? 괜찮으세요?"

나는 가까이 온 수빈이의 손목을 잡아채어 말리 쪽으로 떠밀었다.

"대신 얘를 주라고! 내 딸 대신!"

"어머니?"

하지만 말리는 고개를 세차게 흔들기만 했다. 그리고 천천히 발을, 욕실 쪽으로 옮기기 시작했다. 이상했다. 욕실에서 물소리가 들렸다. 이 집에 있는 사람 네 명이 모두 여기에 있는데, 물소리가 들리는 것이다. 마치 욕조에 물을 받는 것처럼.

상식적으로, 손님이 와 있는데 누가 욕조에 물을 받겠는가?

말리가 욕실 쪽으로 조금씩 걸어갔다. 마치 말리는 가만히 있는데 누군가가 억지로 말리의 발을 하나씩 옮기고, 등을 떠미는 것 같은 뻣뻣한 움직임이었다.

"말리야!"

말리의 눈이 커다랗게 열리고, 초점이 사라져갔다. 저런 눈빛을 안다. 베란다에서 방충망을 열어젖히던 시누이의 눈이었다. 밖에 둥둥 떠 있던 남자의 얼굴을 한 그것에게 마침내 먹힌 눈.

"안 돼! 말리야악!"

나는 목을 찢어놓을 것 같은 비명을 질렀다. 욕실로 들어가는 말리를 꽉 붙잡았지만 문이 쾅 닫히면서 내 팔뚝이 문 사이에 끼었다. 이번에는 다른 의미로 비명이 터졌다. 팔이 잘려나가는 것만 같았다. 팔이 영원히 끼어 있다고 느끼는 순간 문이 활짝 열리고, 나는 거칠게 가슴을 걷어차였다.

숨을 쉴 수가 없어서 컥컥거리면서 바닥에서 뒹굴다 무릎을 배 아래에 넣어 일어나는데, 닫히는 욕실 문 사이로 익숙한 발뒤꿈치를 보았다.

"…동백아?"

아들의 발뒤꿈치였다.

아들이 왜 저기로 갔지? 첨벙! 물소리가 들렸다. 끄억꺽 지르는 소리와 물이 사방으로 튀는 소리가 들렸다.

뭐가 잘못됐는지 알 수가 없었다.

뭐지?

나는 앉아서 멍하니 욕실 문을 쳐다보았다.

그리고… 욕실 문이 열렸다.

아들이 흠뻑 젖어서 욕실 바깥으로 천천히 쓰러졌다. 머리끝부터 발끝까지 물에 빠진 듯 물방울이 뚝뚝 흐르는 몰골이었다. 이어서 말리가 아들의 몸을 타넘으며 나왔다. 말리는 그 정도로 젖지는 않았지만, 대신 땀범벅이었다.

이제 말리의 눈은 완전히 돌아와 있었다.

"재, 죽지는 않았어요."

나는… 무슨 일인지 천천히, 아니, 빠르게 깨달았다. 말리에게 달려들었다. 말리를 때리려고 했지만 팔이 말을 듣지 않았다. 말리가 몸을 피하다가 동백의 몸에 걸려서 넘어졌다. 나는 말리를 발로 걷어찼다.

"네가! 저 애 대신! 내 아들을 주었구나! 네가 감히!"

말리가 수빈이 대신 내 아들을 그것에게 넘긴 것이다!

애 아빠 얼굴을 한 그것에게, 내 아들을 준 것이다!

어떻게! 내가 저를 어떻게 키워냈는데 내 아들을 죽이려 해! 내게서 내 아들을 빼앗으려 해! 내가 저를 얼마나 아껴줬는데!

말리는 숨소리도 내지 못하고 몸을 웅크렸다.

"네가 감히! 어떻게! 내 아들을! 너 같은 게!"

퍼억, 퍼억 발로 걷어차고 있는데 발가락이 부러지는 것 같은 감각이 느껴졌다. 하지만 아무래도 상관없었다. 나는 눈이 시뻘게져서 아무것도 보이지 않았다.

내 아들을 감히 죽이려 한 이년을 죽이고 싶을 뿐이었다.

"그러지 마세요, 어머니."

"아윽!"

어깨가 강하게 잡혔다. 뿌리치려 했지만 팔이 너무 아파서 그러지 못했다.

"뭐야?"

나는 거칠게 돌아보았다. 수빈이었다. 눈물로 범벅이 된 얼굴로 나를 바라보고 있었다.

"말리도 어머니 딸이고, 말리도 아파요. 그러니 그만하세요."

"내 딸이라고? 내 아들을 죽이려고 한 게? 저게 내 아들을 죽이려고 했다고!"

"동백 씨를 죽이려고 한 건 아가씨가 아니라 욕실 안에 있는 그거잖아요!"

수빈이 눈물 묻은 눈으로 나를 노려보았다. 눈가가 붉었다.

"저년이 내 아들을 넘겼잖아! 그게 죽이려고 한 거잖아! 내 아들이 죽을 뻔했어!"

"그렇게 따지면, 저를 죽이려고 한 건 어머니잖아요!"

그게 뭐 어때서!

아니면 내 딸이 죽으니까! 내 딸이 끌려가니까! 그게 뭐 어때서!

그때 웅크리고 있던 말리가 나직이 말했다.

"이동백 안 죽었다고요, 엄마. 이동백이나 살펴봐요."

그 말을 듣고서 나는 내 아들을 돌아보았다. 희미하게 젖은 등이 오르내리고 있었다. 나는 비틀거리면서 움직였다. 내 아들에게 가까이 가자 뜨끈뜨끈 열이 오르기 시작하는 체온이 느껴졌다.

"아들. 아들. 눈 좀 떠봐. 엄마다, 응? 아들."

나는 아들의 등을 끌어안으며 울었다. 내 딸이 내 아들을 감히 죽이려고 했어. 그것에게 넘기려고 했어. 내 아들이 죽을 뻔했어.

하염없이 울다가, 구급차를 불러야겠다는 생각이 들었다. 돌아보자 말리를 부축하고 현관문을 나서는 수빈의 뒷모습이 보였다. 둘은 서로를 부축하듯, 의지하듯 단단히 달라붙어서 걸어갔다.

내 쪽은 한 번도 돌아보지 않고.

나는 아직도 울음이 터질 것 같은 기분으로 핸드폰을 찾았다. 아들이 얼른 병원에 가야 했다.

김수륜

웹진 거울의 필진이다. 경기도 양평 한구석에서 고양이를 키우고 꽃을 가꾸며 소설을 쓴다. 《이웃집 슈퍼히어로》 앤솔러지에 단편 〈소녀는 영웅을 선호한다〉를 수록했다.

누나 노릇

초판 1쇄 발행 2021년 6월 10일

지은이 이나경, 구한나리, 김수륜, 김인정, 남세오, 손지상, 유이립, 지현상, 해도연, 홍지운, 홍청강
펴낸이 박은주
편집장 최재천
기획 환상문학웹진 거울
디자인 김선예, 서예린
마케팅 박동준

발행처 (주)아작
등록 2015년 9월 9일(제2021-000132호)
주소 04050 서울특별시 마포구 양화로 156 LG팰리스빌딩 1428호
전화 02.324.3945-6 **팩스** 02.324.3947
이메일 decomma@gmail.com
홈페이지 www.arzak.co.kr

ISBN 979-11-6668-612-2 03810